ZU DIESEM BUCH

‹Sie fühlte mehr, als sie sah, wie die Hand sich näherte. Sie spürte sie an ihrem Hals und war im Begriff, sich ihm lächelnd zuzuwenden, als die Hand ihre silberne Halskette packte. Sie wollte protestieren, ihm sagen, daß er die Kette zu eng zusammenziehe, aber da war es schon zu spät. Die Hand riß die Kette mit einem Ruck ganz eng zusammen. Sie konnte sich nicht wehren. Sie konnte nicht einmal schreien. Sie schwamm in rotem Nebel. Und dann wurde alles schwarz.›

‹Lanigan stand auf. «Trotzdem – schönen Dank für Ihre Hilfe, Rabbi.»
«Ich bitte Sie – das war doch selbstverständlich.»
«Ach, übrigens...» Lanigan wandte sich in der Tür noch einmal um: «Ich hoffe, Sie brauchen Ihren Wagen nicht gleich. Meine Leute haben ihn sich vorgenommen.»
Der Rabbi sah ihn verblüfft an.
«Es ist nämlich... Wissen Sie, die Handtasche der Toten lag nämlich drin.»›

Die Tote ist Anfang Zwanzig, blond, hübsch. Sie war Hausangestellte, und man weiß wenig von ihr. Nur eines stellte sich heraus: Sie war schwanger. Aber das hilft Polizeichef Lanigan auch nicht weiter. Es gibt keinen Verdächtigen. Wer sollte in der muffigen Ehrbarkeit der New England-Kleinstadt ein solches Verbrechen begehen? Ein Mann allerdings müßte eigentlich etwas bemerkt haben: Der Rabbiner, unter dessen Fenster der Mord geschah. Aber auch seine Vernehmung fördert nichts Neues zutage.

HARRY KEMELMAN, *hauptberuflich Lehrer an einem College, hatte eine Anzahl Kurzgeschichten veröffentlicht, ehe er seinen hier vorliegenden ersten Kriminalroman schrieb, für den er dann den Edgar Allan Poe-Preis erhielt. Sein zweiter,* Am Samstag aß der Rabbi nichts *(Nr. 2125), wurde als erster Kriminalroman von der Darmstädter Jury zum «Buch des Monats» gewählt.* Am Sonntag blieb der Rabbi weg *erschien 1970 in einer gebundenen Ausgabe im Rowohlt Verlag und liegt nun auch als Taschenbuch vor (Nr. 2291) wie auch die Bände* Am Montag flog der Rabbi ab *(Nr. 2304) und* Am Dienstag sah der Rabbi rot *(Nr. 2346). Die acht Detektivstories des Autors erschienen unter dem Titel* Quiz mit Kemelman *(Nr. 2172). Weitere Romane des Autors sollen hier folgen.*

HARRY KEMELMAN

Am Freitag schlief der Rabbi lang

KRIMINALROMAN

ROWOHLT

rororo thriller · Herausgegeben von Richard K. Flesch

DEUTSCHE ERSTAUSGABE

1.– 13. Tausend	März 1966
14.– 18. Tausend	Juli 1966
19.– 25. Tausend	Februar 1967
26.– 35. Tausend	Februar 1968
36.– 45. Tausend	März 1968
46.– 60. Tausend	Mai 1968
61.– 70. Tausend	Februar 1969
71.– 80. Tausend	September 1969
81.– 95. Tausend	April 1970
96.–108. Tausend	Mai 1971
109.–120. Tausend	März 1972
121.–130. Tausend	Mai 1973
131.–145. Tausend	April 1974
146.–153. Tausend	August 1975

*Veröffentlicht im Rowohlt Taschenbuch Verlag GmbH,
Reinbek bei Hamburg, März 1966
Die Originalausgabe erschien bei Crown Publishers, Inc., New York,
unter dem Titel «Friday the Rabbi slept late»
Aus dem Amerikanischen übertragen von* Liselotte Julius
*Umschlagentwurf Heinz Edelmann / Klaus Kammerichs
© Rowohlt Taschenbuch Verlag GmbH, Reinbek bei Hamburg, 1966
«Friday the Rabbi slept late» © Harry Kemelman, 1964
Gesetzt aus der Linotype-Cornelia
und der Baskerville (Bauersche Gießerei)
Gesamtherstellung Clausen & Bosse, Leck/Schleswig
Printed in Germany
380-ISBN 3 499 42090 2*

Die Hauptpersonen

ELSPETH BLEECH	eine Unschuld vom Lande, die ein Kind erwartet und stirbt
RABBI DAVID SMALL	ein sanfter Gelehrter, in dessen Auto ihre Handtasche liegt
AL BECKER	ein jähzorniger Kaufmann mit sozialen Vorurteilen
STANLEY DOBLE	ein heimlicher Kunstliebhaber ohne Vorurteile
MELVIN BRONSTEIN	ein schwacher Charakter, der in die Klemme gerät
JOE SERAFINO	ein Nachtclubbesitzer mit vorbildlichem Familienleben
WILLIAM NORMAN	ein Polizist mit schlechtem Gedächtnis
HUGH LANIGAN	ein Polizeichef mit dem Mut zu unpopulären Maßnahmen

Für
meinen Vater
und
meine Mutter

1. Kapitel

Sie saßen im Betsaal und warteten. Neun Männer, die auf den zehnten warteten, um den Morgengottesdienst beginnen zu können. Jacob Wasserman, der bejahrte Gemeindevorsteher, hatte die Gebetsriemen bereits befestigt. Der junge Rabbi David Small war gerade eingetroffen, zog den linken Arm aus der Jacke und rollte den Hemdsärmel bis zur Achsel hoch. Er legte die kleine schwarze Kapsel mit den Thora-Stellen auf den linken Oberarm gegenüber dem Herzen, wickelte den einen Gebetsriemen siebenmal um den Unterarm, dreimal um den Handteller – das bedeutet den ersten Buchstaben vom Namen des Herrn – und schließlich um den Mittelfinger, als Symbol für den Bund mit Gott. Nun befestigte er den zweiten Gebetsriemen mit der Kapsel an der Stirn; zusammen mit dem ersten gilt das als buchstäbliche Erfüllung des biblischen Gebotes: *Und sollst die Worte Gottes binden zum Zeichen auf deine Hand, und sollen dir ein Denkmal vor deinen Augen sein.*

Die anderen, die mit Fransen besetzte seidene Gebettücher und schwarze Käppchen trugen, saßen in Gruppen herum und unterhielten sich. Von Zeit zu Zeit verglichen sie ihre Armbanduhren mit der runden Wanduhr.

Der Rabbi war jetzt für das Morgengebet bereit und schlenderte den Mittelgang auf und ab, nicht ungeduldig, eher wie ein Reisender, der zu früh auf den Bahnhof gekommen ist. Gesprächsfetzen drangen an sein Ohr: Geschäftliches, Familie und Kinder, Urlaubspläne, die Chancen einer Baseballmannschaft wurden erörtert. Nicht gerade passende Themen, wenn man beten will, dachte er, und wies sich sofort zurecht. War nicht übertriebene Frömmigkeit gleichfalls Sünde? Sollte der Mensch nicht die guten Dinge dieses Lebens genießen – die Freuden, die Familie, Arbeit und Ruhe nach der Arbeit schenken? Er war noch sehr jung, knapp dreißig, und selbstkritisch, so daß er ständig Fragen aufwarf und diese wiederum in Frage stellte.

Wasserman war hinausgegangen und kam jetzt zurück. «Ich habe eben bei Abe Reich angerufen. Er ist in etwa zehn Minuten hier, hat er gesagt.»

Ben Schwarz, ein kleiner, rundlicher Mann in mittleren Jahren, sprang auf. «Mir reicht's», murrte er. «Wenn ich diesem Reich noch dankbar sein muß, daß wir mit ihm den *minjen* zusammenkriegen, bete ich lieber zu Hause.»

Wasserman eilte ihm nach und holte ihn am Ende des Ganges ein. «Du willst uns doch jetzt nicht etwa sitzenlassen, Ben? Dann sind wir ja wieder nur neun, auch mit Reich.»

«Tut mir leid, Jacob», sagte Schwarz steif, «ich habe eine wichtige Verabredung und muß weg.»

Wasserman hob die Hände. «Du bist doch extra hergekommen, um den *kadisch* für deinen Vater zu sagen. Wieso hast du es da plötzlich so eilig mit deiner Verabredung, daß du nicht mal die paar Minuten warten kannst, um für deinen toten Vater zu beten?» Wasserman war Mitte Sechzig und somit älter als die meisten Gemeindemitglieder. Er hatte einen leisen Akzent, der sich vor allem in seinen Bemühungen um eine besonders korrekte Aussprache äußerte. Er merkte, daß Schwarz schwankend wurde. «Übrigens hab ich selber heute *kadisch*, Ben.»

«Schon gut, Jacob, hör mit der Seelenmassage auf. Ich bleibe.» Er grinste sogar.

Wasserman hatte noch etwas auf dem Herzen. «Warum bist du denn so wütend auf Abe Reich? Ihr seid doch immer gute Freunde gewesen.»

Schwarz gab bereitwillig Auskunft. «Ich werd dir sagen, wieso. Letzte Woche . . .»

Wasserman wehrte ab. «Du meinst die Geschichte mit dem Auto? Von der hab ich schon gehört. Wenn du glaubst, er schuldet dir Geld, verklag ihn eben, dann hast du's hinter dir.»

«Einen solchen Fall bringt man nicht vor Gericht.»

«Dann seht zu, wie ihr sonst klar kommt. Aber wenn zwei prominente Gemeindemitglieder noch nicht mal im gleichen *minjen* sein wollen, ist das einfach eine Schande.»

«Sieh mal, Jacob . . .»

«Was stellst du dir eigentlich vor, wozu die Synagoge in einer Gemeinde wie unserer da ist? Hier sollten die Juden ihre Streitigkeiten vergessen.» Er winkte den Rabbi heran. «Ich hab gerade zu Ben gesagt, die Synagoge ist eine heilige Stätte, und alle Juden, die sie aufsuchen, sollten hier ihren Frieden miteinander machen und ihre Differenzen beilegen. Das ist vielleicht sogar noch wichtiger als das Beten. Was meinen Sie, Rabbi?»

Der junge Rabbi sah unsicher von einem zum anderen. Er errötete. «Ich fürchte, ich kann Ihnen da nicht beipflichten, Mr. Wasserman», erklärte er. «Die Synagoge ist in dem Sinn keine heilige Stätte. Der Tempel in Jerusalem war es natürlich, aber eine Gemeindesynagoge wie die unsere ist nichts weiter als ein Gebäude, das für Gebete und Studien bestimmt ist. Heilig kann man sie wohl nur insofern nennen, als jedem Ort, wo sich Menschen zum Gebet zusammenfinden, diese Bezeichnung zukommt. Aber nach der Tradition obliegt es nicht der Synagoge, Zwistigkeiten zu schlichten, sondern dem Rabbi.»

Schwarz schwieg. Er fand es unpassend, daß der junge Rabbiner dem Gemeindevorsteher so offen widersprach. Wasserman war immerhin sein Vorgesetzter und hätte den Jahren nach sein Vater sein können. Doch Jacob verübelte es offenbar nicht, im Gegenteil. Augenzwinkernd wandte er sich an den Rabbi: «Was würden Sie also vorschlagen, Rabbi, wenn sich zwei Gemeindemitglieder streiten?»

Der junge Mann lächelte flüchtig. «Tja, in alten Zeiten hätte ich einen *din-tojre* vorgeschlagen.»

«Was ist denn das?» erkundigte sich Schwarz.

«Eine Verhandlung, ein Urteilsspruch», erklärte der Rabbi. «Übrigens gehörte das zu den Hauptaufgaben des Rabbiners — zu Gericht zu sitzen. Früher wurde der Rabbiner in den europäischen Gettos nicht von der Gemeinde, sondern von der Stadt angestellt, und zwar nicht als Leiter des Gottesdienstes oder als Oberhaupt der Gemeinde. Er hatte vielmehr über die Fälle zu Gericht zu sitzen, die ihm vorgetragen wurden, und sein Urteil in juristischen Fragen abzugeben.»

«Und wie hat er seine Entscheidungen gefällt?» fragte Schwarz unwillkürlich interessiert.

«Wie jeder Richter hat er sich den Fall angehört, manchmal allein, manchmal zusammen mit ein paar gelehrten Männern aus dem Dorf. Er stellte Fragen, verhörte Zeugen, falls notwendig, und fällte dann nach dem Talmud sein Urteil.»

«Damit kämen wir wohl kaum weiter, fürchte ich», meinte Schwarz lächelnd. «Hier handelt es sich nämlich um ein Auto. Und mit Autos befaßt sich der Talmud doch sicher nicht.»

«Der Talmud befaßt sich mit allem», erklärte der Rabbi entschieden.

«Aber Autos?»

«Selbstverständlich ist im Talmud nicht von Autos die Rede, aber von Schadensfällen und Schadenersatzpflicht. Bestimmte Gegebenheiten sind zwar in jeder Zeit verschieden, die allgemeinen Grundsätze jedoch nicht.»

«Na, Ben, bist du einverstanden, deinen Fall vor den Rabbi zu bringen?» fragte Wasserman.

«Von mir aus kann die ganze Gemeinde erfahren, was Abe Reich für ein *ganew* ist.»

«Ich meine das ganz im Ernst, Ben. Ihr seid beide im Vorstand. Und ihr habt beide, ich weiß nicht wie viele Stunden für die Gemeinde geopfert. Warum willst du dann einen Streitfall nicht nach altem jüdischen Brauch bereinigen?»

Schwarz zuckte die Achseln. «Von mir aus . . .»

«Wie steht's mit Ihnen, Rabbi? Wären Sie bereit . . .»

«Wenn Mr. Reich und Mr. Schwarz beide einverstanden sind, werde ich einen *din-tojre* abhalten.»

«Abe Reich kriegen Sie im Leben nicht zu so was», meinte Schwarz.

«Ich garantiere dir, daß Reich kommt», versicherte Wasserman.

Schwarz war jetzt interessiert. «Na schön, und wie geht's nun weiter? Wann soll dieser ... dieser *din-tojre* sein, und wo?»

«Ginge es heute abend? Hier in meinem Arbeitszimmer?»

«Von mir aus gern, Rabbi. Sehen Sie, es war nämlich so: Abe Reich ...»

«Finden Sie es nicht richtiger, mit Ihrer Geschichte zu warten, bis Mr. Reich dabei ist, wenn ich den Fall entscheiden soll?» fragte der Rabbi freundlich.

«Freilich, Rabbi. Ich wollte ja nicht ...»

«Bis heute abend, Mr. Schwarz.»

«Ich komme bestimmt.»

Der Rabbiner nickte und schlenderte davon. Schwarz sah ihm nach. «Weißt du, Jacob, wenn man sich's genau überlegt, habe ich mich eben in eine ziemlich alberne Geschichte eingelassen.»

«Wieso albern?»

«Weil ... weil ... Nun, ich habe mich ja gewissermaßen mit einer regelrechten Gerichtsverhandlung einverstanden erklärt.»

«Na, und?»

«Na, und wer ist der Richter?» Verdrossen sah er zu dem Rabbi hinüber, bemerkte den schlecht sitzenden Anzug, das zerzauste Haar, die staubigen Schuhe. «Sieh ihn dir doch an ... Ein grüner Junge. Ich könnte schließlich sein Vater sein, und da soll ich ihn über mich zu Gericht sitzen lassen? Nein, Jacob, wenn ein Rabbi wirklich eine Art Richter sein soll ... Ich meine, dann haben Al Becker und die anderen recht, die sagen, wir müßten einen älteren, reiferen Mann haben ... Glaubst du tatsächlich, daß Abe Reich mit der Sache einverstanden ist? Ich meine, wenn er nicht zu diesem ... Na, zu dem Dingsda kommt, wird dann wegen Abwesenheit zu meinen Gunsten entschieden?»

«Da ist ja Reich», antwortete Wasserman. «Wir fangen gleich an. Und wegen heute abend mach dir keine Sorgen. Er wird da sein.»

Das Arbeitszimmer des Rabbiners lag im zweiten Stock, mit Aussicht auf den großen asphaltierten Parkplatz. Wasserman und der Rabbi trafen gleichzeitig ein.

«Ich hatte keine Ahnung, daß Sie auch kommen», sagte der Rabbi.

«Schwarz begann kalte Füße zu kriegen, deshalb hab ich gesagt, ich würde dabei sein. Stört Sie das?»

«Aber durchaus nicht.»

«Wie ist das, Rabbi», fuhr Wasserman fort, «haben Sie so was eigentlich schon mal gemacht?»

«Einen *din-tojre* abgehalten? Natürlich nicht. Wer würde heutzutage selbst in den orthodoxen Gemeinden Amerikas noch zum Rabbi gehen und um einen *din-tojre* bitten?»

«Aber dann . . .»

Der Rabbi lächelte. «Keine Angst, es wird alles seine Richtigkeit haben. Das verspreche ich Ihnen. Ich weiß einigermaßen Bescheid über das, was in der Gemeinde vorgeht. Mir sind Gerüchte zu Ohren gekommen. Die beiden waren immer gute Freunde, und jetzt hat etwas diese Freundschaft gestört. Ich nehme an, beide sind nicht sehr glücklich darüber und werden sich nur zu gern wieder versöhnen. Unter diesen Umständen müßte es mir gelingen, eine gemeinsame Basis zu finden.»

Wasserman nickte. «Ich fing schon an, mir etwas Sorgen zu machen. Es stimmt, die beiden waren seit Jahren befreundet. Höchstwahrscheinlich wird sich herausstellen, daß die Frauen dahinter stecken. Bens Frau Myra hat ein böses Mundwerk, sie ist ein regelrechter *kochlefel*.»

«Ich weiß, ich weiß», seufzte der Rabbi.

«Schwarz ist ein Waschlappen», fuhr Wasserman fort. «Bei ihm zu Hause hat die Frau die Hosen an. Die Familien Schwarz und Reich haben immer gute Nachbarschaft gehalten, bis Ben Schwarz nach dem Tod seines Vaters etwas Geld geerbt hat . . . Ach ja, heute vor zwei Jahren muß er gestorben sein, weil Ben zum *kadisch* in der Synagoge war . . . Na ja; jedenfalls sind die Schwarzens dann nach Grove Point gezogen und haben sich mit den Beckers und den Pearlsteins angefreundet – mit der ganzen Clique. Und jetzt hab ich den Verdacht, der Schlamassel kommt vor allem daher, daß Myra ihre alten Bekannten abhängen will.»

«Das werden wir ja bald erfahren», meinte der Rabbi. «Das muß einer von beiden sein.»

Die Tür schlug zu, und sie hörten Schritte auf der Treppe. Ben Schwarz und Abe Reich traten ein. Allem Anschein nach hatte einer auf den anderen gewartet. Der Rabbi placierte sie rechts und links vom Schreibtisch einander gegenüber.

Reich war groß und sah mit der hohen Stirn und dem zurückgebürsteten eisgrauen Haar recht gut aus. Im Augenblick war er verlegen, was er hinter einer gleichgültigen Miene zu verbergen suchte.

Auch Schwarz war verlegen, bemühte sich jedoch, die ganze Angelegenheit als Witz hinzustellen, den sich sein alter Freund Jake Wasserman ausgedacht hatte und bei dem er kein Spielverderber sein wollte.

Schwarz und Reich hatten seit ihrem Eintritt kein Wort gesagt und es sogar vermieden, einander anzusehen. Reich knüpfte ein Gespräch mit Wasserman an, und so wandte sich Schwarz an den Rabbi. «Und was geschieht nun?» fragte er grinsend. «Ziehen Sie Ihren Talar an, und müssen wir alle aufstehen? Fungiert Jacob als Protokollführer oder als Geschworener?»

Der Rabbi lächelte, rückte seinen Sessel zurecht, als Zeichen, daß er bereit sei. «Ich nehme an, Sie verstehen beide, worum es hier geht», sagte er gelassen. «Es gibt keine formellen Verfahrensvorschriften. Normalerweise bekunden beide Parteien ihre Bereitschaft, die Zuständigkeit und die Entscheidung des Rabbis anzuerkennen. In diesem Fall möchte ich jedoch nicht darauf bestehen.»

«Ich habe nichts dagegen», sagte Reich. «Ich bin bereit, Ihre Entscheidung anzuerkennen.»

Schwarz wollte nicht zurückstehen und erklärte hastig: «Ich habe weiß Gott nichts zu befürchten. Ich mache auch mit.»

«Um so besser», meinte der Rabbi. «Sie sind der Geschädigte, Mr. Schwarz. Ich schlage deshalb vor, Sie berichten uns, was vorgefallen ist.»

«Da gibt's nicht viel zu erzählen», erklärte Schwarz. «Die Geschichte ist ganz einfach. Abe hat sich Myras Wagen geliehen und ihn durch reine Fahrlässigkeit ruiniert. Ich muß einen neuen Motor kaufen. Das ist alles.»

«Die wenigsten Fälle liegen so einfach», entgegnete der Rabbi. «Können Sie mir schildern, unter welchen Umständen er den Wagen geliehen hat? Und ob es sich um Ihren oder um den Wagen Ihrer Frau handelt. Sie sprachen von dem Auto Ihrer Frau, sagten aber gleich darauf, Sie müßten den neuen Motor kaufen.»

Schwarz lächelte. «Es ist mein Wagen in dem Sinne, daß ich ihn bezahlt habe. Und ihrer in dem Sinne, daß sie ihn normalerweise benutzt. Ein Ford-Kabriolett, Baujahr 65. Ich fahre einen Buick.»

«Baujahr 65?» Der Rabbi zog die Augenbrauen hoch. «Dann ist er ja praktisch neu. Da läuft doch die Garantie noch?»

«Sie machen wohl Witze, Rabbi?» Schwarz lachte erbittert auf. «Kein Händler erkennt die Garantie an, wenn der Schaden aus Fahrlässigkeit des Besitzers entstanden ist. Becker Motors, wo ich den Wagen gekauft habe, ist bestimmt eine anständige Firma, aber als ich Al Becker damit kam, hat er mich ganz schön abblitzen lassen.»

«Ich verstehe.» Der Rabbi bedeutete ihm, fortzufahren.

«Also, wir haben einen Kreis von Freunden, mit denen wir alles gemeinsam unternehmen – Theaterbesuche, Autoausflüge und so weiter. Diesmal wollten wir nach Belknap in New Hampshire zum Skilaufen. Mit zwei Wagen. Die Alberts sind mit den Reichs in ihrer Limousine hingefahren. Ich hab den Ford genommen, und wir hatten Sarah Weinbaum mit. Sie ist Witwe. Die Weinbaums gehörten zu unserem Kreis, und seit dem Tod ihres Mannes kümmern wir uns soviel wie möglich um sie ... Na ja.

Wir sind also am Freitag kurz nach Tisch losgefahren. Man braucht nur drei Stunden, und wir konnten so vor Dunkelheit noch ein bißchen skilaufen. Am Sonnabend waren wir alle draußen, bis auf Abe. Er hatte eine schwere Erkältung. Am Samstag abend bekam Sarah einen Anruf von ihren Kindern – sie hat zwei Söhne, einer ist siebzehn, der andere fünfzehn –, sie hätten einen Autounfall gehabt. Sie schworen, es sei nichts Ernstliches passiert, und so war's dann auch – Bobby hatte eine Schramme, und Myron, der Ältere, mußte genäht werden. Trotzdem war Sarah furchtbar aufgeregt und wollte unbedingt nach Hause. Weil sie mit uns hingefahren war, bot ich ihr unseren Wagen an. Aber es war spät und neblig, und Myra wollte sie keinesfalls allein fahren lassen. Und da hat sich Abe erboten, sie zurückzubringen.»

«Gehen Sie mit dem bisher Gesagten einig, Mr. Reich?» erkundigte sich der Rabbi.

«Ja, genauso ist es gewesen.»

«Gut; berichten Sie bitte weiter, Mr. Schwarz.»

«Als wir Sonntag abends nach Hause kamen, war der Wagen nicht in der Garage. Das regte mich nicht weiter auf. Abe wollte ihn offenbar nicht bei uns lassen und dann zu Fuß nach Hause gehen. Am nächsten Morgen fuhr ich mit dem Buick weg, und meine Frau rief wegen des Wagens bei Abe an. Und da hat er ihr erzählt ...»

«Einen Moment bitte Mr. Schwarz. Wenn ich recht verstehe, können Sie bis hierher aus eigener Kenntnis berichten. Ich will damit sagen, von jetzt ab würden Sie wiedergeben, was Sie von Ihrer Frau gehört und nicht, was Sie selber erlebt haben.»

«Sie haben uns doch vorhin ausdrücklich erklärt, hier gebe es keine Verfahrensvorschriften und so was ...»

«Die gibt es auch nicht. Aber wir wollen ja erst mal die ganze Geschichte hören, und da ist es doch zweifellos besser, wenn Mr. Reich weiterberichtet. Ich möchte alles in der chronologisch richtigen Reihenfolge haben.»

«Ach so. Na gut.»

«Bitte, Mr. Reich.»

«Es war genauso, wie Ben erzählt hat. Ich fuhr mit Mrs. Weinbaum los. Es war neblig und natürlich dunkel, aber wir sind flott und zügig gefahren. Kurz vor Barnard's Crossing blieb der Wagen stehen. Zum Glück kam ein Streifenwagen vorbei, und der Polizist fragte, was los sei. Ich sagte ihm, daß der Motor streikt, und er versprach, uns abschleppen zu lassen. Ungefähr fünf Minuten später kam ein Abschleppwagen aus einer Garage von außerhalb und brachte uns in die Stadt. Es war spät – nach Mitternacht, glaube ich – und kein Mechaniker mehr zu haben. Also holte ich ein Taxi und brachte Mrs. Weinbaum nach Hause. Und dann ... Sie werden es nicht für möglich halten: Als wir hinkamen, war alles finster, und Mrs. Weinbaum hatte ihren Schlüssel vergessen.»

«Wie sind Sie denn hereingekommen?» fragte der Rabbi.

«Sie sagte, sie läßt oben immer ein Fenster offen, und man braucht bloß auf das Dach der Veranda zu klettern ... Mir war so mies, daß ich noch nicht mal eine steile Treppe geschafft hätte, und sie konnte da natürlich auch nicht rauf. Der Taxifahrer war zwar noch ein junger Kerl, behauptete aber, er hätte ein lahmes Bein – vielleicht hatte er nur Angst, wir wollten ihn zum Einbruch verleiten. Aber er sagte uns, der Polizist von der Nachtstreife mache gewöhnlich um diese Zeit eine Kaffeepause in der Molkerei. Mrs. Weinbaum hatte mittlerweile fast die Nerven verloren. Also schickten wir den Taxifahrer los, um den Polizisten zu holen. Und wie sie eben zurückkommen, wer taucht auf ... Die beiden Jungen! Sie waren in der Stadt im Kino! Na ja, Mrs. Weinbaum war so erleichtert, wie sie die beiden wohlbehalten vor sich sah, daß sie sogar vergessen hat, sich bei mir zu bedanken. Sie ist mit den Jungen ins Haus und hat es mir überlassen, dem Polizisten alles zu erklären.»

Schwarz empfand das als unausgesprochene Kritik und warf ein: «Sarah muß furchtbar aufgeregt gewesen sein. Sonst ist sie immer sehr höflich.»

Reich äußerte sich nicht dazu, sondern fuhr fort: «Ich hab also dem Polizisten erklärt, was passiert ist. Er sagte kein Wort, sondern sah mich nur mit dem mißtrauischen Blick an, den sie alle haben. Sie können sich vorstellen, wie mir zumute war. Ich habe vor Schnupfen keine Luft mehr gekriegt, jeder Knochen tat mir weh, und Fieber hatte ich auch ... Sonntag bin ich im Bett geblieben. Als Betsy – meine Frau – aus Belknap zurückkam, schlief ich fest und hörte sie nicht mal. Am nächsten Morgen war mir immer noch miserabel, und ich beschloß, nicht ins Büro zu gehen. Bei Myras Anruf war Betsy am Apparat. Sie weckte mich, und ich erzählte ihr, was sich abgespielt hatte, und gab ihr Namen und Adresse von der Garage. Ungefähr zehn Minuten später klingelte das Telefon wieder. Myra bestand darauf, mit mir zu sprechen. Also bin ich aufgestanden. Sie hätte eben in der Werkstatt angerufen. Die haben ihr gesagt, ich hätte ihren Wagen ruiniert, ich sei ohne Öl gefahren, und der ganze Motor ist hin, und sie macht mich haftbar – und so weiter und so fort. Sie war ganz hübsch grob. Ich fühlte mich ziemlich mies, und da hab ich ihr gesagt, sie soll gefälligst machen, was sie will. Dann hab ich eingehängt und bin wieder ins Bett gegangen.»

Der Rabbi sah Schwarz fragend an.

«Meine Frau behauptet zwar, er hätte noch einiges mehr gesagt, aber ich glaube schon, so etwa ist's gewesen.»

Der Rabbi schwenkte den Sessel herum und schob die Glastür des Bücherschranks hinter sich auf. Er betrachtete die Bände auf dem Regal prüfend und zog einen heraus. Schwarz zwinkerte Wasserman grinsend zu. Reich unterdrückte ein Lächeln. Der Rabbi jedoch blätterte gedankenverloren das Buch durch. Hin und wieder stockte er bei einer Seite und überflog sie nickend. Mitunter rieb er sich die Stirn, als wolle er die Gehirntätigkeit anregen. Seine kurzsichtigen Augen irrten auf dem Schreibtisch umher. Endlich fand er ein Lineal, mit dem er eine Stelle festhielt. Kurz darauf markierte er eine andere mit einem Briefbeschwerer. Dann zog er einen zweiten Band heraus, der ihm anscheinend vertrauter war, da er den gesuchten Abschnitt rasch fand. Schließlich schob er beide Bücher beiseite und sah die Männer vor sich wohlwollend an.

«Gewisse Aspekte des Falles sind mir noch nicht ganz klar. Zum Beispiel stelle ich fest, daß Sie, Mr. Schwarz, von Sarah sprechen, während Sie, Mr. Reich, Mrs. Weinbaum sagen. Bedeutet das bloß, daß Mr. Schwarz weniger konventionell ist? Oder ist die Dame mit der Familie Schwarz enger befreundet als mit den Reichs?»

«Sie gehörte zu unserer Clique. Wir waren alle befreundet. Wenn einer von uns Gäste hatte oder eine Veranstaltung besuchte, lud er sie immer dazu ein, genau wie neulich.»

Der Rabbi sah Reich an.

«Ich würde schon sagen, daß sie enger mit ihnen befreundet war. Wir haben die Weinbaums erst durch Ben und Myra kennengelernt.»

«Das mag wohl richtig sein», räumte Schwarz ein. «Was hat das mit der Sache zu tun?»

«Und Mrs. Weinbaum ist in Ihrem Wagen mitgefahren?» fragte der Rabbi.

«Ja. Es hat sich so ergeben ... Worauf wollen Sie denn hinaus?»

«Meiner Auffassung nach war sie in erster Linie Ihr Gast, und Sie fühlten sich mehr für sie verantwortlich als Mr. Reich.»

Wasserman beugte sich vor.

«Ich glaube, das trifft zu», bestätigte Schwarz wiederum.

«Tat dann Mr. Reich nicht gewissermaßen Ihnen einen Gefallen, als er sie heimfuhr?»

«Sich selbst aber auch. Er war schwer erkältet und wollte nach Hause.»

«Hatte er irgend etwas in der Richtung geäußert, bevor Mrs. Weinbaum angerufen wurde?»

«Nein. Aber wir wußten alle, daß er nach Hause wollte.»

«Glauben Sie, daß er Sie auch ohne den Anruf um Ihren Wagen gebeten hätte?»

«Wahrscheinlich nicht.»

«Wir können also wohl als gegeben annehmen, daß er Ihnen einen Gefallen tat, wenn er Mrs. Weinbaum nach Hause fuhr – so sehr es auch in seinem eigenen Interesse gelegen haben mag.»

«Hm ... Ich verstehe nicht recht, was das für einen Unterschied macht. Worauf wollen Sie hinaus?»

«Ganz einfach: Im einen Fall wäre er in der Rechtslage des Entleihers gewesen, im zweiten aber ist er de facto Ihr Bevollmächtigter, und dafür gelten andere Gesetze. Als Entleiher obliegt ihm die volle Verantwortung dafür, Ihren Wagen in einwandfreiem Zustand zurückzugeben. Um nicht schadenersatzpflichtig gemacht zu werden, hätte er den Beweis antreten müssen, daß der Wagen einen Defekt hatte und daß auf seiner Seite kein fahrlässiges Verschulden vorlag. Ferner hätte er sich bei Übernahme des Wagens vergewissern müssen, daß er in einwandfreiem Zustand war. Als Ihr Bevollmächtigter jedoch konnte er mit Recht voraussetzen, daß der Wagen in einwandfreiem Zustand war, und die Beweislast liegt bei Ihnen. Sie müssen ihm grobe Fahrlässigkeit nachweisen.»

Wasserman lächelte.

«Für mich besteht da kein großer Unterschied. Ich bin vielmehr der Ansicht, daß er in jedem Fall grob fahrlässig gehandelt hat. Das kann ich auch beweisen. Es war kein Tropfen Öl im Motor. Das hat der Mechaniker in der Garage gesagt. Also ist er ohne Öl weitergefahren, und das ist grobe Fahrlässigkeit.»

«Und woher sollte ich bitte wissen, daß der Wagen Öl brauchte?» fragte Reich.

Bisher hatten beide nur über den Rabbi miteinander gesprochen. Jetzt aber wandte sich Schwarz um, sah Reich direkt an und sagte: «Du hast doch unterwegs getankt, nicht wahr?»

Reich drehte sich ebenfalls um. «Allerdings. Beim Einsteigen habe ich gesehen, daß der Tank nicht mal mehr halb voll war. Nach etwa einer Stunde hab ich dann an einer Tankstelle gehalten.»

«Aber du hast den Ölstand nicht kontrollieren lassen», wandte Schwarz ein.

«Nein. Und das Kühlwasser, die Batterie und den Reifendruck auch nicht. Neben mir saß nämlich eine nervöse, hysterische Frau, die es kaum abwarten konnte, bis der Tank voll war. Warum sollte ich auch alles nachkontrollieren lassen? Der Wagen war ja so gut wie neu.»

«Sarah hat aber zu Myra gesagt, sie hätte das mit dem Öl erwähnt.»

«Freilich – zehn, fünfzehn Kilometer nach der Tankstelle. Auf meine Frage sagte sie, du hättest den Ölstand auf der Hinfahrt kontrollieren lassen und zwei Liter nachgefüllt. Daraufhin sagte ich, dann brauchen wir bestimmt keins, und damit war der Fall erledigt ... Sie ist eingenickt und erst wieder aufgewacht, als wir steckenblieben.»

«Na, ich bin schon der Meinung, daß man auf einer langen Fahrt bei jedem Halt Öl und Wasser kontrollieren läßt», beharrte Schwarz.

«Einen Augenblick, Mr. Schwarz», unterbrach der Rabbi. «Ich bin zwar kein Mechaniker, aber ich verstehe nicht recht, wieso ein neuer Wagen gleich zwei Liter Öl braucht.»

«Weil irgendeine Dichtung defekt war. Gar nicht weiter gefährlich. Ich entdeckte ein paar Öltropfen auf dem Garagenboden und sprach mit Al Becker darüber. Er sagte, er bringt das bei der nächsten Inspektion in Ordnung; ich kann inzwischen ruhig weiterfahren.»

Der Rabbi sah Reich an, ob er darauf etwas zu erwidern hätte, lehnte sich dann zurück in seinem Drehstuhl und dachte nach. Endlich richtete er sich auf und straffte die Schultern. Er ließ die Hand auf die Bücher vor sich heruntersausen. «Hier liegen zwei von den drei Bänden des Talmud, die das allgemeine Thema Schadenersatz behandeln, wie wir es heute nennen würden. Er befaßt sich sehr ausführlich damit. Der erste Band geht auf die üblichen Schadensursachen ein; zum Beispiel enthält der Abschnitt über den Ochsen, der etwas auf die Hörner nimmt, rund vierzig Seiten. Es werden allgemeine Grundsätze aufgestellt, nach denen die Rabbiner sich in den verschiedenartigsten Fällen weitgehend richten konnten. Sie unterschieden zunächst zwischen *tam* und *muad*, das heißt zwischen dem zahmen Ochsen und dem, der bereits als bösartig bekannt ist. Hatte nun ein solcher Ochse abermals etwas auf die Hörner genommen, so wurde sein Besitzer weit strenger zur Verantwortung gezogen als der des zahmen Ochsen im gleichen Fall, da er ja durch die früheren Vorkommnisse gewarnt war und entsprechende Vorsichtsmaßnahmen hätte ergreifen müssen.» Er warf Wasserman einen Blick zu, der bestätigend nickte.

Der Rabbi stand auf und begann hin und her zu wandern. Er sprach jetzt im singenden Tonfall der Talmudisten, während er den Faden weiterverfolgte. «In diesem Fall nun wußten Sie, daß Ihr Wagen Öl verlor. Und ich vermute, daß es sich zumindest beim Fahren um mehr als nur ein paar Tropfen handelte, da Sie auf dem Hinweg zwei ganze Liter nachfüllen mußten. Wäre nun Mr. Reich als Entleiher aufgetreten, hätte er beispielsweise erklärt, er fühle sich nicht wohl und wolle nach Hause, und hätte er Sie gebeten, ihm Ihren Wagen für die Heimfahrt zu leihen, dann wäre es an ihm gewesen, sich entweder bei Ihnen über den einwandfreien Zustand zu vergewissern oder sich persönlich davon zu überzeugen. Und wenn er das versäumt hätte, wäre er selbst unter genau den gleichen Umständen verantwortlich gewesen und für den entstandenen Schaden haftbar. Wir sind uns jedoch bereits darüber einig geworden, daß er kein Entleiher war, sondern in erster Linie Ihr Bevollmächtigter. Somit waren Sie verantwortlich und mußten ihn darauf hinweisen, daß der Wagen Öl verlor und daß er auf den Ölstand achten solle . . .»

«Einen Augenblick, Rabbi», unterbrach Schwarz. «Ich brauchte ihn nicht persönlich zu warnen. Der Wagen hat ja eine Ölkontrollampe. Wenn man fährt, muß man auf das Armaturenbrett achten. Und wenn er das getan hätte, dann hätte er an dem roten Licht gesehen, daß kein Öl mehr drin war.»

Der Rabbi nickte. «Ein guter Einwand. Was haben Sie dazu zu sagen, Mr. Reich?»

«Die Ölkontrollampe leuchtete allerdings auf», bestätigte dieser. «Aber das war unterwegs und weit und breit keine Tankstelle in Sicht. Bevor ich eine finden konnte, blieben wir stecken.»

«Aha.»

«Der Mechaniker meinte, er hätte den brenzligen Geruch lange vorher bemerken müssen», beharrte Schwarz.

«Nicht bei starkem Schnupfen. Und Mrs. Weinbaum schlief ja.» Der Rabbi schüttelte den Kopf. «Nein, Mr. Schwarz: Mr. Reich hat nur getan, was jeder durchschnittliche Fahrer unter den obwaltenden Verhältnissen getan hätte. Deshalb kann man ihn nicht als fahrlässig ansehen. Und wenn er nicht fahrlässig war, ist er auch nicht verantwortlich.»

Sein entschiedener Ton zeigte an, daß die Verhandlung beendet war. Reich stand als erster auf. «Mir ist es wie Schuppen von den Augen gefallen, Rabbi», sagte er leise. Der Rabbi nahm seinen Dank entgegen.

Reich drehte sich unsicher zu Schwarz um in der Hoffnung auf eine versöhnliche Geste. Doch Schwarz blieb sitzen, blickte starr auf den Fußboden und rieb sich verärgert die Hände.

Reich wartete einen Moment und sagte dann: «Na ja, ich gehe jetzt.» An der Tür blieb er stehen. «Ich habe deinen Wagen nicht auf dem Parkplatz gesehen, Jacob. Kann ich dich mitnehmen?»

«Ich bin zu Fuß gekommen», sagte Wasserman. «Aber ich würde ganz gern heimfahren.»

«Ich warte unten.»

Nachdem er die Tür hinter sich geschlossen hatte, hob Schwarz den Kopf. Er war sichtlich gekränkt. «Ich hatte wohl eine falsche Vorstellung von dem Zweck dieser Verhandlung, Rabbi. Oder vielleicht liegt ein Mißverständnis vor. Ich habe Ihnen gesagt oder zu sagen versucht, daß ich nicht beabsichtige, Abe zu verklagen. Immerhin kann ich die Reparaturkosten viel leichter erschwingen als er. Wenn er mit irgendeinem Angebot gekommen wäre, hätte ich es abgelehnt, aber wir wären Freunde geblieben. Statt dessen hat er meine Frau beschimpft, und ich mußte sie verteidigen. Vermutlich ist sie ausfallend zu ihm geworden. Ich kann jetzt begreifen, warum er so reagiert hat.»

«Aber dann . . .»

Schwarz schüttelte den Kopf. «Sie verstehen mich nicht, Rabbi. Ich hatte gehofft, daß wir in dieser Verhandlung zu irgendeinem Vergleich kämen, daß sie uns wieder zusammenbrächte. Statt dessen haben Sie ihn vollständig entlastet – was bedeutet, daß ich absolut im Unrecht gewesen sein muß ... Aber was habe ich denn schon getan? Zwei Freunde von mir wollten rasch nach Hause, und ich habe ihnen meinen Wagen geliehen. War das unrecht? Ich habe den Eindruck, daß Sie nicht als unparteiischer Richter gehandelt haben, sondern eher wie sein Anwalt. Alle Ihre Fragen und Argumente waren gegen mich gerichtet. Ich bin kein Jurist und kann deshalb nicht feststellen, wo der Fehler in Ihren Ausführungen steckt. Doch ich bin überzeugt, wenn ich mit einem Rechtsanwalt hier erschienen wäre – der hätte es sofort gemerkt. Jedenfalls hätte er bestimmt einen Vergleich zustande gebracht.»

«Aber wir haben doch sogar noch mehr erreicht», sagte der Rabbi.

«Wie meinen Sie das? Sie haben ihn von jeder Fahrlässigkeit freigesprochen, und ich werde um ein paar hundert Dollar ärmer.»

Der Rabbi lächelte. «Ich fürchte, Sie haben die volle Bedeutung des Beweismaterials nicht erfaßt, Mr. Schwarz. Es stimmt, Mr. Reich wurde von jeder Fahrlässigkeit freigesprochen, aber das macht Sie doch nicht automatisch schuldig.»

«Das kapier ich nicht.»

«Betrachten wir doch einmal den Tatbestand. Sie haben einen Wagen gekauft, der Öl verlor. Als Sie den Schaden bemerkten, verständigten Sie den Hersteller durch seinen Vertreter, Mr. Becker. Nun handelte es sich fraglos um einen geringfügigeren Defekt, und weder Mr. Becker noch Sie hatten Veranlassung zu der Annahme, daß er sich in unmittelbarer Zukunft verschlimmern würde. Der Gedanke, daß dies bei einer langen Fahrt eintreten könnte, ist Mr. Becker offenbar nicht gekommen, sonst hätte er Sie doch darauf aufmerksam gemacht, und Sie wären in diesem Fall zweifellos nicht nach New Hampshire gefahren. Tatsächlich hat sich jedoch auf der langen Strecke die undichte Stelle vergrößert, weshalb Sie ja auf dem Hinweg zwei Liter Öl nachfüllen mußten. Der Hersteller kann nun unter diesen Umständen nur von Ihnen verlangen, daß Sie die normale Sorgfalt walten lassen. Sie werden mir wohl beipflichten, daß Mr. Reich nichts getan hat, was nicht jeder sorgfältige Fahrer . . .»

«Dann ist also eigentlich die Fabrik schuld, Rabbi?» Schwarz' Miene hellte sich auf, und seine Stimme klang aufgeregt. «Wollen Sie das damit sagen?»

Wasserman strahlte über das ganze Gesicht.

«Genau, Mr. Schwarz. Ich behaupte, die Schuld liegt beim Hersteller, und er muß seine Garantie erfüllen.»

«Also wissen Sie, Rabbi . . . Das ist ja einfach phantastisch! Becker wird blechen, da bin ich sicher. Schließlich ist es nicht sein Geld . . . Dann ist ja alles in Ordnung! Hören Sie, Rabbi, falls ich was gesagt habe, das . . .»

Der Rabbi fiel ihm ins Wort. «Unter den Umständen durchaus verständlich, Mr. Schwarz.»

Schwarz wollte alle zu einem Drink einladen, aber der Rabbi entschuldigte sich. «Vielleicht ein andermal. Beim Blättern bin ich eben auf ein paar Punkte gestoßen, die mich interessieren . . . Nein, es hat nichts mit unserer Sache zu tun, aber ich würde mich gern näher damit befassen, solange ich es noch frisch im Kopf habe.» Er schüttelte beiden die Hand und begleitete sie zur Tür.

«Na, und was hältst du jetzt von dem Rabbi?» fragte Wasserman, kaum waren sie auf der Treppe.

«Ein doller Bursche», meinte Schwarz.

«Ein *charif*, Ben, ein regelrechter *charif*.»

«Ich hab zwar keine Ahnung, was ein *charif* ist, Jacob, aber wenn du's sagst, wird's schon stimmen.»

«Ein *charif* ist . . . Na, ein heller Kopf. Und was ist mit Abe?»

«Also, Jacob, dir gesagt, es war hauptsächlich Myra. Du weißt doch, wie Frauen sind, wenn's um ein paar Dollar geht.»

Aus dem Fenster seines Arbeitszimmers sah der Rabbi auf den Parkplatz hinunter, wo sich die drei Männer offensichtlich versöhnt unterhielten. Er lächelte und trat zurück. Sein Blick fiel auf die Bücher am Schreibtisch. Er rückte die Leselampe zurecht, setzte sich auf den Drehstuhl und zog die Bücher näher heran.

2. Kapitel

Elspeth Bleech lag auf dem Rücken und betrachtete die Decke, die langsam von einer Seite zur anderen schwankte. Sie krallte sich an den Laken fest. Der Wecker hatte wie gewöhnlich gerasselt, doch als sie sich aufrichtete, wurde ihr plötzlich schwindlig, und sie ließ den Kopf aufs Kissen zurücksinken. Schweiß trat ihr auf die Stirn.

Mit großer Willensanstrengung setzte sie sich wieder auf und stürzte in das winzige Badezimmer, ohne erst die Hausschuhe anzuziehen. Nach einer Weile wurde ihr besser. Sie ging zurück, hockte sich auf die Bettkante, trocknete das Gesicht ab und überlegte, ob sie sich nicht noch eine halbe Stunde hinlegen sollte. Da klopfte es an die Tür, und die beiden Kinder, Angelina und Johnnie, schrien. «Elspeth! Elspeth! Zieh uns rasch an! Wir wollen raus.»

«Schon gut, Angie», rief sie. «Ihr geht jetzt wieder nach oben und spielt schön leise. Ich stehe gleich auf. Aber vergiß nicht, schön leise spielen. Ihr wollt doch Mammi und Pappi nicht aufwecken.»

Zum Glück gehorchten sie. Elspeth seufzte erleichtert. Sie schlüpfte in den Bademantel und die Hausschuhe, goß eine Tasse Tee auf und machte sich Toast. Nach dem Essen fühlte sie sich wohler.

Sie hatte schon eine Weile seltsame Symptome, aber in letzter Zeit waren sie schlimmer geworden. Heute hatte sie sich zum zweitenmal übergeben. Als es gestern früh passierte, hatte sie es auf die Ravioli vom Vorabend geschoben. Womöglich hatte sie zuviel davon gegessen. Aber gestern hatte sie den ganzen Tag wenig zu sich genommen – vielleicht zuwenig.

Ob sie mit ihrer Freundin Celia Saunders sprechen sollte? Celia war älter als sie und müßte eigentlich einen Rat wissen. Ihr war jedoch klar, daß es unangebracht wäre, die Symptome allzu genau zu schildern. Im Hintergrund bohrte die Angst, die Übelkeit könnte möglicherweise eine ganz andere Ursache haben.

Die Kinder oben begannen zu lärmen. Mrs. Serafino sollte sie nicht zu Gesicht bekommen, bevor sie angezogen war und etwas Rouge aufgelegt hatte. Noch mehr scheute sie die Begegnung mit Mr. Serafino. Sie eilte in ihr Zimmer zurück, um sich fertig zu machen. Nachdem sie Bademantel und Nachthemd abgelegt hatte, musterte sie sich prüfend im Spiegel des Kleiderschrankes. Nein, sie war bestimmt nicht dicker geworden ... Trotzdem beschloß sie, den neuen Hüfthalter zu nehmen; er war fester als der alte und gab mehr Halt.

Als sie angezogen war, fühlte sie sich wie immer. Schon das Spiegelbild in der adretten weißen Uniform hob ihre Stimmung. Wenn es nun doch die andere Ursache wäre? Sie brauchte sich nicht unbedingt davor zu fürchten, sondern könnte das sogar zu ihrem Vorteil ausnutzen. Aber natürlich mußte sie ganz sicher sein. Das bedeutete einen Besuch beim Arzt. Vielleicht am nächsten Donnerstag, wenn sie frei hatte ...

«Warum, zum Donnerwetter, läßt du dir dann nicht vom Rabbi den Brief an die Fordwerke schreiben?» fragte Al Becker. Er war klein, untersetzt, und sein kräftiger Oberkörper saß auf kurzen, stämmigen Beinen. Nase und Kinn sprangen angriffslustig hervor; um den schmallippigen Mund lag ein streitsüchtiger Zug. Er paffte eine dicke schwarze Zigarre. Wenn er sie herausnahm, hielt er sie zwischen dem gekrümmten Daumen und Zeigefinger der rechten Hand – eine glühende Waffe in der geballten Faust. Die Augen waren stumpfe blaue Murmeln.

Ben Schwarz war erfüllt von der Freudenbotschaft bei ihm erschienen. Er glaubte, sein Freund würde die Nachricht mit Begeisterung aufnehmen, daß er den teuren neuen Motor nicht zu bezahlen brauchte.

Doch Becker war alles andere als erfreut. Freilich würde es Becker Motors keinen Cent kosten, aber es bedeutete eine Menge Scherereien, vielleicht einen ausgedehnten Briefwechsel, um der Firma Ford das Ganze auseinanderzusetzen.

«Wieso kümmert sich eigentlich der Rabbi um solche Sachen?» erkundigte er sich. «Du bist doch ein vernünftiger Mensch, Ben. Ich frage dich, ist das die Aufgabe eines Rabbiners?»

«Das verstehst du nicht, Al», erklärte Schwarz. «Es ging ja gar nicht um die Reparaturen ... Doch, schon; natürlich – aber ...»

«Was ist nun ... Ja oder nein?»

«Ja, freilich; aber ich hab mich nicht deswegen an ihn gewandt. Er hat zufällig gehört, daß ich wütend auf Abe Reich war, und da hat er einen *din-tojre* vorgeschlagen ...»

«Einen *din* ... was?»

«Einen *din-tojre*», wiederholte Schwarz. «So nennt man das, wenn zwei Parteien mit einer Streitfrage oder einer Auseinandersetzung zum Rabbi gehen, und er hört sich den Fall an und spricht ein Urteil nach dem Talmud. Rabbis tun das schon immer.»

«Das erste, was ich höre.»

«Na schön, ich geb ja zu, ich hab vorher auch nichts davon gewußt. Jedenfalls hab ich mich damit einverstanden erklärt. Reich, ich und Wasserman – als eine Art Zeuge, nehme ich an – wir sind also beim Rabbi gewesen. Der hat dann die ganze Sache klargelegt und festgestellt, daß weder Reich noch ich fahrlässig waren. Und bei Gott, wenn ich nicht fahrlässig gewesen bin und der Fahrer auch nicht, hatte eben der Wagen einen Defekt, und die Herstellerfirma muß dafür geradestehen.»

«Verdammt noch mal, die Herstellerfirma denkt gar nicht daran – nicht ehe ich ausdrücklich den Antrag stelle. Und ich seh einfach nicht ein, weshalb ich denen bei Ford eine solche Räuberpistole erzählen soll!» Becker hatte von Natur aus ein lautes Organ, aber wenn er wütend war, brüllte er.

Schwarz riß die Geduld. «Aber da war eine Dichtung kaputt!» brüllte er zurück. «Ich hab's dir auch gesagt.»

«Freilich, ein paar Tropfen in der Woche. Davon geht kein Motor in'n Eimer!»

«Ein paar Tropfen, wenn der Wagen in der Garage stand, ja. Beim Fahren muß es nur so rausgesprudelt sein. Auf dem Weg nach New Hampshire hab ich zwei Liter Öl nachgefüllt. Das sind schließlich keine paar Tropfen. Und da bin ich selber dabeigewesen.»

Die Tür ging auf, und Beckers Juniorpartner Melvin Bronstein kam herein. Ein jugendlicher Vierziger: groß, schlank, welliges schwarzes Haar mit ergrauenden Schläfen, tiefe, dunkle Augen, Adlernase und ein sensibler Mund.

«Was ist denn hier los?» fragte er. «Habt ihr privat Krach, oder darf man mitmischen? Wetten, daß euch der ganze Block gehört hat?»

«Was los ist? Das werd ich dir sagen. Wir haben uns für unsere Gemeinde einen Rabbi eingekauft, bei dem wir sicher sein können, daß er alles Mögliche und Unmögliche tut, nur nicht das, was er eigentlich soll», erklärte Becker.

Bronstein sah Schwarz verständnislos an, der erfreut war, einen etwas weniger explosiven Zuhörer gefunden zu haben. Er berichtete Bronstein alles haarklein, während Becker betont gleichgültig an seinem Schreibtisch saß und mit Papieren raschelte.

Bronstein winkte ihn zu sich, und Becker ging zögernd zur Tür. Schwarz begab sich diskret außer Hörweite.

«Ben ist schließlich ein guter Kunde, Al», flüsterte Bronstein. «Ich glaub nicht, daß Ford Einwände machen würde.»

«Was du nicht sagst! Ich hab jedenfalls schon mit Ford gearbeitet, als du noch auf der Oberschule warst, Mel», erwiderte Becker laut.

Doch Bronstein kannte seinen Partner. Er grinste ihn an. «Überleg mal, Al: Wenn du Bens Reklamation zurückweist, kriegst du's nur mit Myra zu tun, und ... Ist sie nicht dieses Jahr Präsidentin vom Frauenverein der Gemeinde?»

«Voriges Jahr auch schon», warf Ben ein.

«Fürs Geschäft wäre es keinesfalls gut, wenn sie uns auf dem Kieker hat», sagte Bronstein mit gedämpfter Stimme.

«Der Frauenverein kauft schließlich keine Autos.»
«Aber die Ehemänner von sämtlichen Mitgliedern.»
«Verdammt noch mal, Mel, wie soll ich Ford erklären, daß sie einen neuen Motor in einem Wagen einbauen müssen, weil der Rabbi von meiner Gemeinde findet, sie wären dazu verpflichtet?»
«Du brauchst doch den Rabbi überhaupt nicht zu erwähnen. Noch nicht mal den Hergang. Du kannst einfach sagen, das Öl ist während der Fahrt ausgelaufen.»
«Und wenn die Fordwerke nun jemand herschicken, der den Schaden untersucht?»
«Haben sie das schon mal bei dir gemacht, Al?»
«Nein, aber bei anderen Vertretungen.»
«Wenn einer kommt», meinte Bronstein grinsend, «kannst du ihn ja in Gottes Namen zum Rabbi schicken.»
Beckers Laune schlug plötzlich um. Er lachte glucksend in sich hinein und wandte sich an Schwarz. «Gemacht, Ben; ich schreibe nach Detroit und sehe zu, daß die Sache in Ordnung kommt. Aber nur, verstehst du, weil du Mel mit dem Schmus eingeseift hast. Er ist nämlich der leichtgläubigste Trottel in der ganzen Stadt.»
«Du bist ja nur so hochgegangen, weil der Rabbi damit zu tun hat», sagte Bronstein. Und zu Schwarz: «Al hätte gleich richtig geschaltet und sich außerdem gefreut, einem guten Kunden helfen zu können, wenn du nicht den Rabbi erwähnt hättest.»
«Was hast du eigentlich gegen den Rabbi, Al?» erkundigte sich Ben.
«Was ich gegen den Rabbi habe?» Becker nahm die Zigarre aus dem Mund. «Ich werd dir genau sagen, was ich gegen den Rabbi habe. Er ist nicht der geeignete Mann für den Posten; das hab ich gegen ihn. Er soll unser Vertreter sein, aber würdest du ihn etwa als Vertreter für deine Firma engagieren, Ben? Komm, sei ehrlich.»
«Sicher würde ich ihn engagieren», entgegnete Schwarz, doch es klang nicht überzeugend.
«Wenn du tatsächlich so dumm wärst, kann ich nur hoffen, du bist wenigstens gescheit genug und setzt ihn vor die Tür, sobald er aus der Reihe tanzt.»
«Wann ist er denn aus der Reihe getanzt?» fragte Schwarz.
«Ach, hör doch auf, Ben. Denk bloß an das Schulfest, zu dem wir diesen Baseball-Star eingeladen hatten, damit er zu den Jungen spricht. Der Rabbi soll ein paar einführende Worte sagen, und was tut er? Er hält den Kindern einen langen Vortrag, daß unsere Helden Gelehrte und keine Sportler sind! Mich hätte fast der Schlag getroffen.»
«Na ja, aber . . .»
«Und damals, wie deine Frau ihn in den Frauenverein holte? Da

sollte er die Damen für irgendeine Wohltätigkeitsveranstaltung begeistern – eine Spendenaktion oder so was. Und was tut der Unglücksmensch? Er erzählt ihnen, es wäre für jüdische Frauen wichtiger, ihr Judentum im Herzen zu tragen und koscher zu kochen, als Spenden zu sammeln.»

«Moment mal, Al. Natürlich möchte ich nichts gegen meine eigene Frau gesagt haben, aber Recht muß Recht bleiben. Bei der Versammlung hat Myra zum Lunch Krabben-Cocktail serviert. Das ist nicht koscher. Da kannst du's einem Rabbi nicht verdenken, wenn er verärgert ist.»

«Und bei all dem Getue willst du mich dauernd überreden, daß ich der Gemeinde beitrete», sagte Bronstein und zwinkerte Schwarz zu.

«Sicher», nickte Becker. «Als Jude und als Einwohner von Barnard's Crossing bist du es dir und deiner Gemeinde schuldig, Mitglied zu werden. Und was den Rabbi angeht – der bleibt auch nicht ewig.»

3. Kapitel

Der Vorstand hielt seine regelmäßige Sonntagssitzung in einem der leeren Klassenzimmer ab. Jacob Wasserman als Gemeindevorsteher und Vorsitzender des Vorstandes, saß am Lehrerpult. Die übrigen fünfzehn hatten sich auf die Schülerplätze gezwängt und streckten die Beine in die Gänge. Hinten hockten ein paar auf den Schreibtischen, die Füße auf die vordere Stuhlreihe gestützt. Außer Wasserman waren es lauter jüngere Männer, die Hälfte in den Dreißigern, die anderen in den Vierzigern und Anfang Fünfzig. Wasserman hatte einen leichten dunklen Straßenanzug an, die übrigen trugen lange Hosen, Sporthemd, Jacke oder Golfpullover, wie es in Barnard's Crossing an einem warmen Junisonntag allgemein üblich war.

Durch die offenen Fenster hörte man einen elektrischen Rasenmäher knattern, den der Hausmeister Stanley betätigte; durch die offene Tür drang das schrille Singen der Kinder aus dem Gemeindesaal hinten am Korridor. Es ging höchst zwanglos zu; jeder sprach, wann es ihm gerade einfiel, und meistens redeten mehrere durcheinander wie eben jetzt.

Wasserman klopfte mit dem Lineal auf den Tisch. «Aber, meine Herren, immer nur einer auf einmal. Was hast du gesagt, Joe?»

«Ich versuchte zu sagen, daß ich mir nicht vorstellen kann, wie wir bei dem Krach alles erledigen wollen. Außerdem sehe ich nicht ein, wieso wir für unsere ordentlichen Sitzungen nicht den kleinen Betsaal benutzen.»

«Gegen die Geschäftsordnung», rief eine Stimme von hinten.

«Was heißt gegen die Geschäftsordnung?» erkundigte sich Joe kampflustig. «Na schön, dann stelle ich eben einen Antrag, daß alle Versammlungen von jetzt ab im kleinen Betsaal abgehalten werden.»

«Aber, meine Herren ... Meine Herren! Wer etwas Wichtiges zu sagen hat, kann es jederzeit tun, solange ich Vorsitzender bin. Unsere Versammlungen sind ja nicht so kompliziert, daß wir nicht gelegentlich von der Geschäftsordnung abweichen könnten. Der Sekretär kann das ohne weiteres im Protokoll ändern. – Wir tagen nicht im Betsaal, Joe, weil dort für den Sekretär kein Platz zum Schreiben ist. Wenn aber die Mitglieder der Ansicht sind, ein Klassenzimmer sei für eine Versammlung nicht geeignet, können wir uns von Stanley einen Tisch in den Betsaal stellen lassen.»

«Damit erhebt sich eine andere Frage, Jacob. Was ist mit Stanley? Ich halte es nicht für richtig, daß unsere christlichen Nachbarn ihn sonntags draußen arbeiten sehen. Schließlich ist er selber Christ und hat genauso Feiertag wie die anderen.»

«Und was glaubst du, was unsere christlichen Nachbarn am Sonntag tun? Geh doch mal durch die Vine Street, da siehst du sie alle Rasen mähen, Hecken stutzen oder Boote anstreichen.»

«Trotzdem hat Joe da völlig recht», sagte Wasserman. «Wenn Stanley etwas dagegen hätte, würden wir natürlich nicht darauf bestehen. Er muß sonntags hier sein wegen der Schule, aber es wäre vielleicht besser, wenn er drinnen bliebe. Andererseits, kein Mensch hat je verlangt, daß er draußen arbeitet. Er ist sein eigener Herr und kann sich das einteilen, wie er will. Deshalb ist er auch jetzt draußen.»

«Schon, aber es macht keinen guten Eindruck.»

«Es dauert ja nur noch zwei Wochen», meinte Wasserman. «Im Sommer hat er sowieso sonntags frei.» Er zögerte und warf einen Blick auf die Uhr an der hinteren Wand. «Damit kommen wir zu einer Frage, über die ich gern kurz sprechen möchte. Wir haben zwar noch zwei Versammlungen, bevor wir uns den Sommer über vertagen, aber ich finde, wir sollten uns überlegen, was wir mit dem Vertrag für den Rabbi tun.»

«Warum denn, Jacob? Er läuft doch erst nach den hohen Festtagen ab, oder?»

«Stimmt. Die Verträge sind immer so gehalten, damit die Gemeinde für die Gottesdienste an den Festtagen einen Rabbi hat. Eben deshalb ist es üblich, den neuen Vertrag um diese Jahreszeit zu besprechen. Falls die Gemeinde sich für einen Wechsel entscheidet, hat sie so Gelegenheit, sich nach einem neuen Rabbi umzusehen. Und wenn sich der Rabbi verändern will, kann er sich ebenfalls eine neue Gemeinde suchen. Ich schlage vor, jetzt darüber abzustimmen, ob wir den Vertrag für unseren Rabbi ein weiteres Jahr verlängern und ihm das schriftlich bestätigen wollen.»

«Wieso? Sieht er sich nach was anderem um, oder hat er mit dir darüber gesprochen?»

Wasserman schüttelte den Kopf. «Nein. Ich fände es nur besser, ihm mit unserem Brief zuvorzukommen.»

«Moment mal, Jacob, woher wissen wir denn, ob der Rabbi den Vertrag überhaupt verlängern will? Müßten wir nicht seinen Brief abwarten?»

«Ich glaube, es gefällt ihm hier, und er würde gern bleiben», sagte Wasserman. «Es ist üblich, daß die Gemeinde den Rabbi schriftlich benachrichtigt. Natürlich müßten wir sein Gehalt erhöhen. Ich halte fünfhundert Dollar für angemessen als Zeichen der Anerkennung.»

«Herr Vorsitzender!» Das war die rauhe Stimme von Al Becker. Er saß rittlings auf seinem Stuhl und beugte den massigen Oberkörper vor, wobei er sich mit den Fäusten auf den Schreibtisch stützte. «Herr Vorsitzender, mir kommen fünfhundert Dollar reichlich viel vor als Prämie, wenn man bedenkt, was uns die neue Synagoge und all das gekostet hat.»

«Ja, fünfhundert Dollar sind ein Haufen Geld.»

«Er ist doch erst ein Jahr hier.»

«Ist es nicht am passendsten, ihm die Prämie nach dem ersten Jahr zu zahlen?»

«Wir müssen ihm irgendeine Erhöhung geben, und fünfhundert Dollar sind nur etwas über fünf Prozent seines Gehaltes.»

«Aber, meine Herren!» Wasserman klopfte mit dem Lineal auf den Tisch.

«Ich beantrage, die Entscheidung ein bis zwei Wochen zu vertagen», sagte Meyer Goldfarb.

«Was ist denn daran zu vertagen?»

«Wenn's ums Geldausgeben geht, ist Meyer immer für Hinausschieben.»

«Herr Vorsitzender . . .» Wieder Al Becker: «Ich befürworte Meyers Antrag, die Entscheidung bis nächste Woche zu vertagen. Das haben wir doch jedesmal so gemacht, wenn es sich um eine große Ausgabe handelte. Und ich halte es nach wie vor für eine große Summe. Fünfhundert Dollar sind viel Geld. Wir sind heute eben mit Ach und Krach beschlußfähig – ich finde, für eine so wichtige Frage müßten wir eine größere Sitzung einberufen. Ich beantrage, daß Lennie an sämtliche

Vorstandsmitglieder schreibt und sie bittet, nächste Woche unbedingt zu erscheinen, da wir eine vordringliche Angelegenheit zu beraten haben.»

«Es liegt doch schon ein Antrag vor.»

«Dabei geht es ja um das gleiche. Na gut, dann stelle ich eben einen Zusatzantrag.»

«Irgendwelche Bemerkungen zu dem Zusatzantrag?» fragte Wasserman.

«Einen Augenblick bitte», rief Meyer Goldfarb. «Der Zusatzantrag betrifft meinen Antrag. Wenn ich ihn also akzeptiere, brauchen wir darüber nicht mehr zu beraten. Es ist dann so, als ob ich meinen Antrag geändert hätte, nicht wahr.»

«Na schön, dann formuliere deinen Antrag neu.»

«Ich beantrage, daß der Antrag, den Vertrag des Rabbis zu verlängern ...»

«Moment mal, Meyer; ein solcher Antrag lag nicht vor.»

«Jacob hat ihn doch gestellt.»

«Jacob hat überhaupt keinen Antrag gestellt. Er hat lediglich einen Vorschlag gemacht. Außerdem war er ...»

«Meine Herren!» Wasserman klopfte abermals mit dem Lineal auf den Tisch. «Was hat denn das alles für einen Sinn? Antrag, Zusatzantrag, Zusatzantrag zum Zusatzantrag ... Ich habe keinen Antrag gestellt, ich habe doch einen Antrag gestellt ... Ist die Versammlung der Meinung, daß wir die Entscheidung über den Vertrag des Rabbi bis nächste Woche vertagen sollten?»

«Ja.»

«Warum denn nicht? Der Rabbi läuft uns schon nicht weg.»

«Vom Rabbi mal ganz abgesehen, müßten wir mehr Leute sein.»

«Gut», sagte Wasserman, «dann vertagen wir es eben. Wenn nichts weiter vorliegt ...» Er wartete einen Augenblick «... ist die Sitzung geschlossen.»

4. KAPITEL

Am Dienstag war es schön und warm. Elspeth Bleech und ihre Freundin Celia Saunders, die zwei Häuser weiter bei den Hoskins als Kindermädchen arbeitete, führten ihre Schutzbefohlenen in den sogenannten Park. Er bestand aus einem ungepflegten Stück Rasen und lag ein paar Straßen hinter der Synagoge. Für den kleinen Johnny Serafino nahm Elspeth immer den Kinderwagen mit. Manchmal marschierte er vor den beiden Frauen her und hielt sich krampfhaft am

Chromgriff fest, manchmal kletterte er auch hinein und wollte unbedingt geschoben werden.

Alle fünfzehn Meter blieben Elspeth und Celia stehen, um nach den Kindern Ausschau zu halten. Wenn sie weit zurückgeblieben waren, riefen sie oder liefen zurück, trennten Kampfhähne oder entrissen Forschern von morgen einen interessanten Fund aus dem Rinnstein oder einer Mülltonne.

Celia wollte ihre Freundin überreden, den freien Donnerstag gemeinsam in Salem zu verbringen. «Adelson hat Ausverkauf; ich möchte mich nach einem neuen Badeanzug umsehen. Wir könnten den Ein-Uhr-Bus nehmen . . .»

«Ich wollte nach Lynn fahren», sagte Elspeth.

«Was willst du denn in Lynn?»

«Weißt du, neulich war mir so schlecht, und da hab ich mir gedacht, ich sollte mich lieber mal untersuchen lassen. Vielleicht kann mir der Doktor was verschreiben.»

«Quatsch; du brauchst keine Medizin, El. Was du brauchst, ist 'n bißchen Bewegung und Zerstreuung! Komm mit nach Salem; wir kaufen in aller Ruhe ein und können nachmittags noch ins Kino. Dann essen wir irgendwo 'ne Kleinigkeit und gehen hinterher kegeln. Donnerstag abends gibt's da jede Menge nette Jungens. Wir amüsieren uns bestimmt himmlisch. Und dabei ist's ganz harmlos, keiner von denen wird kess. Wir albern rum, weiter gar nichts.»

«Hm . . . Ich glaub schon, daß es da nett ist, aber mir ist einfach nicht nach so was, Cel. Nachmittags bin ich meistens todmüde, und wenn ich morgens aufwache, wird mir immer schwindlig.»

«Den Grund kann ich dir verraten», erklärte Celia energisch.

«Wirklich?»

«Du hast nicht genug Schlaf. Weiter fehlt dir nichts. Für mich ist's ja ein reines Wunder, daß du dich überhaupt noch auf den Beinen halten kannst, wo du jede Nacht bis zwei, drei aufbleibst. Und das an sechs Tagen in der Woche. Ich kenne außer dir keine, die Sonntag nicht frei hat. Die Serafinos nützen dich richtig aus – du schuftest dich ja zu Tode.»

«Ach, ich hab schon genug Schlaf. Ich muß auch gar nicht aufbleiben, bis sie kommen.» Sie zuckte die Achseln. «Ich geh nur nicht gern ausgezogen ins Bett, wenn ich mit den Kindern allein im Haus bin. Deshalb schlafe ich die meiste Zeit auf der Couch. Und nachmittags lege ich mich auch immer hin. Wirklich, Cel, ich schlafe mehr als genug.»

«Aber sonntags . . .»

«Na ja, das ist doch der einzige Tag, an dem sie ihre Freunde besuchen können. Mir macht's gar nichts aus. Mrs. Serafino hat zu mir gesagt, wie ich angefangen habe, wenn ich mal einen Sonntag frei haben will, richtet sie's schon so ein. Sie sind wirklich sehr nett zu mir. Und Mr. Serafino hat gesagt, wenn ich in die Stadt zur Kirche will, fährt er mich hin, weil die Busverbindungen doch sonntags so schlecht sind.»

Celia blieb stehen und sah Elspeth scharf an. «Sag mal, belästigt er dich vielleicht?»

«Wie meinst du das ... belästigen?»

«Du weißt schon – wird er unverschämt, wenn die Gnädige nicht da ist?»

«Ach wo, keine Spur», sagte Elspeth hastig. «Wie kommst du denn bloß auf so 'ne Idee?»

«Ich trau diesen Nachtclubfritzen nicht. Und mir gefällt die Art nicht, wie er einen ansieht.»

«Das ist doch Quatsch. Er spricht kaum ein Wort mit mir.»

«Wirklich? Ich will dir mal was sagen. Die vor dir da war – Gladys hat sie geheißen –, die hat Mrs. Serafino rausgeschmissen, weil sie ihren Mann mit ihr erwischt hat ... Und die Gladys war nicht halb so hübsch wie du.»

Stanley Doble war ein typischer Barnard's Crosser. Man hätte ihn sogar als Prototyp eines gewissen Bevölkerungsteils der Old Town bezeichnen können: Ein vierschrötiger Vierziger mit rotblondem, ergrauendem Haar und tiefgebräunter Lederhaut, die verriet, daß er sich vorwiegend im Freien aufhielt. Stanley konnte Boote bauen, Rohr- und Lichtleitungen installieren, Rasen pflegen, Autos reparieren oder auch den Motor einer Barkasse, während sie bei rauher See auf und ab tanzte. Mit all diesen Tätigkeiten hatte er sich seinen Lebensunterhalt verdient, außerdem mit Fisch- und Hummerfang. Er hatte immer leicht Arbeit gefunden und stets nur soviel getan, um gerade das Nötigste zu verdienen. Das änderte sich, als er bei der Kultusgemeinde anfing. Diese Stellung hatte er behalten. Damals, als die alte Villa gekauft und renoviert wurde, die als Schule, Gemeindehaus und Synagoge zugleich diente, spielte er eine überaus wichtige Rolle; ohne ihn wäre sie auseinandergefallen. Er sorgte dafür, daß der Boiler funktionierte, brachte die Rohr- und Lichtleitungen in Ordnung, besserte das Dach aus und strich im Sommer das Haus innen und außen. Seit der Vollendung des neuen Gebäudes hatte er natürlich andere Aufgaben. Zu reparieren war kaum etwas, aber dafür mußte er alles sauberhalten, den Rasen pflegen, im Winter die Heizung und im Sommer die Klimaanlage regulieren.

Heute, an diesem strahlenden Donnerstagmorgen, harkte er den

Rasen. Mehrere große Körbe waren bereits mit Gras und Blättern gefüllt. Obwohl er erst knapp die Hälfte fertig hatte und noch die ganze Seite drüben machen mußte, beschloß er, eine Lunchpause einzulegen. Danach konnte er, wenn er Lust hatte, drüben weiterarbeiten oder es bis zum nächsten Tag liegen lassen. Es hatte wirklich keine Eile.

Er überlegte, ob er nicht lieber ein Glas Bier trinken sollte. Sein Wagen, ein schäbiges 1947er Ford-Kabriolett ohne Verdeck und mit den Farbresten vom letzten Hausanstrich hellgelb bemalt, stand auf dem Parkplatz vor der Synagoge. Er konnte zum *Ship's Cabin* fahren und in einer Stunde zurück sein. Er war niemand Rechenschaft schuldig, aber Mrs. Schwarz hatte gesagt, sie würde ihn vielleicht brauchen beim Dekorieren des Gemeindesaales für den Frauenverein. Deshalb hielt er es für besser, erreichbar zu sein.

Er wusch sich die Hände, holte Milch und Käse aus dem Kühlschrank und nahm sie mit hinunter in seine Privatecke im Kellergeschoß, die mit einem wackeligen Tisch, einem Feldbett und einem Korbsessel möbliert war. Sie stammten von einem seiner zahlreichen Ausflüge auf den städtischen Schuttabladeplatz, wohin manche Einwohner von Barnard's Crossing mit Vorliebe pilgerten. Er saß am Tisch, kaute schmatzend und starrte mürrisch durch die Sträucher vor dem schmalen Kellerfenster auf die Beine der Passanten: Männerbeine in Hosen und nylonbestrumpfte Frauenbeine, schlank und kühl. Manchmal beugte er sich seitwärts, um einem außergewöhnlichen Exemplar Damenbeine besser nachblicken zu können. Dann nickte er beifällig und flüsterte: «Klasse.»

Nach dem letzten Schluck Milch wischte er sich den Mund mit dem knorrigen, behaarten Handrücken, stand auf, dehnte sich faul und setzte sich wieder hin, diesmal auf das Feldbett; er kratzte sich mit den kräftigen, ungeschlachten Fingern die Brust und den grauen Kopf. Dann streckte er sich aus und grub sich eine bequeme Mulde in das Kissen. Er starrte auf die Röhren und Leitungen an der Decke, die wie Venen und Arterien auf einer anatomischen Darstellung kreuz und quer liefen. Seine Blicke schweiften zur Wand, an die er eine Galerie von ‹Kunstfotos› geklebt hatte: Frauen in verschiedenen Entkleidungsstadien, alle mollig, keß und verführerisch. Seine Augen wanderten von einer zur anderen, der Mund entspannte sich zu einem befriedigten Lächeln.

Draußen, direkt vor dem Fenster, ertönten weibliche Stimmen. Er drehte sich um und erkannte zwei Paar Frauenbeine, beide in weißen Strümpfen, und gleich dahinter die Räder eines Kinderwagens. Er glaubte zu wissen, wer es war; er hatte sie oft genug vorbeikommen gesehen. Es bereitete ihm einen besonderen Genuß, ihre Unterhaltung zu belauschen; das war beinahe, als ob er sie durch ein Schlüsselloch beobachtete.

«... wenn du fertig bist, kannst du den Bus nach Salem nehmen. Ich hole dich dann ab, und wir essen am Bahnhof.»

«Ich hab mir schon überlegt, ob ich in Lynn bleiben und ins *Elysium* gehen soll.»

«Da gibt's doch den Film, der so ewig dauert. Wie willst du denn nach Hause kommen?»

«Ich hab mich erkundigt, er ist um halb zwölf aus. Da kann ich allemal noch den letzten Bus erwischen.»

«Hast du keine Angst, so spät allein nach Haus zu gehen?»

«Ach, mit dem Bus fahren 'ne Masse Leute, und von der Haltestelle sind's nur noch ein paar Straßen ... Angie, wirst du wohl sofort herkommen!»

Kinderfüße trippelten. Dann verschwanden die Frauenbeine aus dem Gesichtsfeld.

Er wälzte sich wieder auf den Rücken und betrachtete die Bilder an der Wand. Auf einem war ein dunkelhaariges Mädchen, nur mit einem schmalen Strumpfhaltergürtel und schwarzen Strümpfen bekleidet. Während er sich ganz darauf konzentrierte, wurden die Haare blond und die Strümpfe weiß. Sein Mund öffnete sich, und er begann zu schnarchen, ein gleichmäßiges, rhythmisches, heiseres Geräusch wie ein Schiffsmotor bei rauher See.

Myra Schwarz und die zwei Damen vom Frauenverein, die den Saal für die abendliche Versammlung dekorierten, traten zurück, die Köpfe schief geneigt.

«Könnten Sie's ein bißchen höher halten, Stanley?» fragte Myra.

«Was meinen Sie?»

Stanley saß auf der Trittleiter und hob gehorsam das Kreppapier um ein paar Zentimeter.

«Ich finde, eine Idee niedriger wäre besser.»

«Vielleicht haben Sie recht. Könnten Sie's eine Idee niedriger halten, Stanley?»

Er schob es wieder an den alten Platz.

«Halten Sie's da fest, Stanley», rief Myra. «So ist's genau richtig, was meinen Sie?»

Emmy Adler und Nancy Drettman stimmten begeistert zu. Sie waren noch nicht lange im Frauenverein. Sie dekorierten nicht gerade leidenschaftlich gern, aber solche Arbeiten wurden nun einmal den neuen Mitgliedern überlassen.

Vorläufig übten sie sich darin, Stanley herumzukommandieren. Als sie eine Stunde vor Mrs. Schwarz eintrafen, baten sie ihn um Hilfe, obwohl sie wußten, daß er lieber draußen den Rasen harkte. «Fangen Sie ruhig schon mal an, meine Damen», erwiderte er. «Ich komm' dann 'n bißchen später.»

Mrs. Schwarz jedoch hatte keine Ausflüchte geduldet, sondern energisch erklärt: «Sie müssen mir helfen, Stanley.»

«Ich muß aber den Rasen harken, Mrs. Schwarz.»

«Das hat doch Zeit.»

«Jawoll, *ma'am*, komme sofort.» Und damit hatte er den Rechen weggestellt und war die Leiter holen gegangen.

Es war eine langweilige, umständliche Arbeit, die ihm keinen Spaß machte. Außerdem ließ er sich von harten, strengen Frauen wie Mrs. Schwarz ungern herumkommandieren. Er hatte die Dekoration gerade an der gewünschten Stelle befestigt, als sich die Tür öffnete und der Rabbi den Kopf hereinsteckte. «Kann ich Sie einen Moment sprechen, Stanley?» rief er.

Stanley kletterte prompt von der Leiter, wodurch das Kreppapier absackte. Die Reißzwecke löste sich aus der Wand, und die drei Frauen stöhnten. Der Rabbi bemerkte sie erst jetzt, nickte ihnen entschuldigend zu und wandte sich an Stanley. «Ich erwarte ein Eilpaket mit Büchern. Sie müßten in ein, zwei Tagen hier sein. Es sind seltene, wertvolle Bücher. Lassen Sie sie nicht herumliegen, sondern bringen Sie sie bitte sofort in mein Arbeitszimmer.»

«Selbstverständlich, Rabbi. Woran kann ich denn erkennen, ob's die richtigen Bücher sind?»

«Am Absender. Sie kommen vom Dropsie College.» Wieder nickte er den drei Frauen flüchtig zu und entschwand.

Myra Schwarz wartete ungeduldig, daß Stanley zurückkam. «Der Rabbi muß ja was ganz Wichtiges gehabt haben, wenn er Sie hier wegholt», bemerkte sie bissig.

«Ich wollte ja sowieso gerade runter und die Leiter verrücken ... Er erwartet ein paar Bücher, und um die soll ich mich dann kümmern.»

«Allerdings äußerst wichtig», sagte sie sarkastisch. «Seine Heiligkeit dürfte in den nächsten Tagen noch eine andere kleine Überraschung zu erwarten haben.»

«Er hat uns wohl zuerst gar nicht gesehen», meinte Emmy Adler.

«Ausgeschlossen. Er mußte uns gesehen haben», sagte Mrs. Drettman. Zu Myra gewandt fuhr sie fort: «Was Sie da eben erwähnten ... Mein Morrie ist doch im Vorstand, und ... Gestern hat Mr. Becker angerufen, er soll unbedingt zu der Sondersitzung kommen ...»

Myra Schwarz zeigte auf Mrs. Adler. «Darüber soll nicht gesprochen werden», flüsterte sie.

5. Kapitel

Obwohl sie ab zwölf frei hatte, schaffte es Elspeth selten, vor eins aus dem Haus zu kommen. Mrs. Serafino machte einen solchen Wirbel, wenn sie die Kinder füttern sollte, daß Elspeth es lieber selber tat und den Ein-Uhr-Bus nahm oder sogar den um halb zwei.

Heute kam es ihr gar nicht drauf an, weil sie erst um sechzehn Uhr bestellt war. Es war ein heißer Tag mit hoher Luftfeuchtigkeit, und sie wollte bei der Untersuchung frisch sein. Am liebsten wäre sie bis drei zu Hause geblieben, aber dann hätte Mrs. Serafino womöglich Fragen gestellt.

Sie gab den Kindern ihr Essen, als Mrs. Serafino herunterkam. «Ach, Sie haben schon angefangen», sagte sie. «Das war doch nicht nötig. Ich mache jetzt weiter. Sie können sich anziehen.»

«Wir sind fast fertig, Mrs. Serafino. Wollen Sie nicht frühstücken?»

«Meinetwegen, wenn es Ihnen nichts ausmacht. Ich würde brennend gern eine Tasse Kaffee trinken.»

Mrs. Serafino war kein Mensch, der eine Gefälligkeit ablehnte, und sie bedankte sich auch nicht überschwenglich bei Elspeth. Sonst bildete sich das Mädchen vielleicht noch etwas ein. Nachdem Elspeth die Kinder gefüttert hatte und sie nach oben brachte, saß Mrs. Serafino immer noch beim Kaffee und rührte sich nicht.

Die Kinder zum Mittagsschlaf fertigzumachen, war eine ebenso schwierige Aufgabe. Als Elspeth endlich hinunterkam, telefonierte Mrs. Serafino in der Diele. Sie unterbrach sich und hielt den Hörer zu. «Sind die Kinder schon im Bett, El? Ich wollte gerade raufgehen und sie hinlegen.» Damit nahm sie ihr Gespräch wieder auf.

Elspeth ging in ihr Zimmer neben der Küche, machte die Tür zu und schob den Riegel vor. Sie warf sich aufs Bett und drehte mechanisch das Radio auf dem Nachttisch an. Mit halbem Ohr hörte sie die muntere Stimme des Ansagers: «... und das war Bert Burns mit dem neuesten Hillbilly-Schlager *Cornliquor Blues*. Und jetzt die Wettermeldungen. Die bereits erwähnte Tiefdruckzone nähert sich. Das heißt, wir müssen gegen Abend mit Bewölkungszunahme und Nebel rechnen, vielleicht auch mit einigen Niederschlägen. Na, in jedem Leben muß es wohl mal Regen geben, haha. Und jetzt für Mrs. Eisenstadt, 24 West Street in Salem, die ihren dreiundachtzigsten Geburtstag feiert, die *Happy Hooligans* mit ihrer neuesten Platte, *Trash Collection Rock*. Recht herzliche Glückwünsche zum Geburtstag, Mrs. Eisenstadt.»

Während dieses Songs schlief Elspeth halb, drehte sich dann um und starrte an die Decke. Ein gräßlicher Gedanke, sich bei der feuchten

Hitze anziehen zu müssen. Schließlich erhob sie sich schwerfällig und zerrte das Kleid über den Kopf. Sie hakte den Büstenhalter auf, zog am Reißverschluß des Hüftgürtels und rollte ihn hinunter, ohne die Stumpfhalter zu öffnen. Dann warf sie die Wäsche in die unterste Kommodenschublade und hing das Kleid in den Schrank.

Durch die Tür hörte sie, daß Mr. Serafino heruntergekommen war, den Kaffee aufwärmte und Orangensaft aus dem Eisschrank holte. Elspeth warf einen Blick auf die verriegelte Tür, ging beruhigt in das winzige Bad und drehte die Dusche auf.

Als sie eine halbe Stunde später ihr Zimmer verließ, trug sie ein ärmelloses gelbes Leinenkleid, weiße Schuhe, weiße Handschuhe und eine weiße Plastikhandtasche. Das kurze, straff zurückgekämmte Haar wurde durch ein weißes elastisches Band gehalten. Mr. Serafino war nicht mehr da, nur seine Frau saß in der Küche – immer noch in Morgenrock und Pantoffeln – und trank eine weitere Tasse Kaffee.

«Nett sehen Sie aus, El», sagte sie. «Haben Sie heute abend was Besonderes vor?»

«Nein, nur Kino.»

«Na, dann amüsieren Sie sich gut. Haben Sie Ihren Schlüssel?»

Das Mädchen öffnete die Handtasche, um den Schlüssel vorzuweisen, der an der Reißverschlußschlaufe eines Innenfaches befestigt war. Sie trat wieder in ihr Zimmer, schloß die Tür hinter sich und ging durch einen kurzen Korridor zur rückwärtigen Haustür. Ein paar Minuten später hatte sie die Straßenecke erreicht und erwischte gerade noch den Bus. Sie setzte sich hinten an ein offenes Fenster. Sobald der Bus anfuhr, zog sie die Handschuhe aus und kramte in ihrer Tasche nach einem schweren, altmodischen goldenen Ehering. Sie steckte ihn an den Finger und streifte die Handschuhe wieder über.

Als Joe Serafino in die Küche zurückkam, war er rasiert und angezogen. «Ist das Mädchen schon fort?» fragte er.

«Du meinst Elspeth? Ja, sie ist vor ein paar Minuten gegangen. Wieso?»

«Ich dachte, sie wollte nach Lynn, da hätte ich sie mitnehmen können.»

«Seit wann fährst du denn nach Lynn?»

«Ich muß den Wagen in die Werkstatt bringen. Die Schließautomatik vom Verdeck muß nachgesehen werden. Neulich hat es sich im Regen verklemmt, und ich bin klatschnaß geworden.»

«Warum hast du damit bis heute gewartet?»

«Bei dem schönen Wetter hab ich's wohl vergessen», antwortete er leichthin. «Eben beim Rasieren hab ich den Wetterbericht gehört. Es soll Regen geben ... Sag mal, wozu eigentlich der dritte Grad?»

«Das ist doch kein dritter Grad ... Darf man denn nicht mal mehr eine harmlose Frage stellen? Wann kommst du nach Hause? Oder darf ich mich danach auch nicht erkundigen?»

«Frag nur ruhig weiter.»

«Also?»

«Ich weiß es nicht. Vielleicht bleibe ich in Lynn und esse eine Kleinigkeit im Club.» Wütend lief er aus der Küche.

Sie hörte die Vordertür zuschlagen und dann das Anlassen des Motors. Sie starrte auf Elspeths Zimmertür und überlegte angestrengt. Weshalb war ihr Mann, der sonst immer so tat, als wüßte er gar nicht, daß das Mädchen überhaupt existierte, plötzlich so beflissen? Und warum hatte er sich um diese Zeit rasiert? Gewöhnlich wartete er damit bis kurz vor der Abfahrt in den Club. Er hatte einen so starken Bartwuchs, daß sich schon im Lauf der Nacht wieder Stoppeln zeigten, wenn er sich früher rasierte.

Je mehr sie darüber nachdachte, desto verdächtiger erschien die ganze Sache. Weshalb hatte das Mädchen heute so herumgetrödelt? Sie hatte ab zwölf Uhr frei ... Warum hatte sie sich erboten, die Kinder zu füttern, und sie dann auch noch ins Bett gebracht? Niemand hatte sie darum gebeten. Kein anderes Mädchen würde das an ihrem freien Tag tun. Sie war erst gegen halb zwei gegangen ... Hatte sie auf Joe gewartet?

Und dann dieses Verriegeln ihrer Zimmertür. Bis jetzt hatte sie das immer nur amüsiert. Wenn Besuch da war und das übliche Dienstmädchenthema aufkam, erzählte sie jedesmal davon. ‹Elspeth riegelt sich immer ein. Ob sie etwa Angst hat, mein Joe könnte hereinkommen, wenn sie im Bett liegt oder sich anzieht?› Und dabei lachte sie immer hell auf, als sei die Vorstellung, ihr Mann könnte sich für das Dienstmädchen interessieren, völlig absurd. Doch jetzt fragte sie sich, ob das wirklich so lächerlich war. Wäre es denkbar, daß Elspeth sich vor *ihr* einriegelte und gar nicht vor Joe? Man konnte durch den Hintereingang in ihr Zimmer gelangen. Tat Joe das gelegentlich? Er wußte ja, daß die Tür zur Küche verriegelt war und er keine Störung durch seine Frau zu befürchten brauchte ...

Noch etwas fiel ihr ein: Elspeth war nun schon über drei Monate bei ihnen und hatte anscheinend bisher keinen Freund. Ihre einzige Freundin war dieser Trampel von Celia, die bei den Hoskins in Stellung war. Aber kein Mann ... Alle anderen Mädchen hatten an ihren freien Tagen Rendezvous. Warum sie nicht? Lag es vielleicht daran, daß sie ein Verhältnis mit Joe hatte?

Sie lachte sich aus wegen ihrer törichten Verdächtigungen. Schließlich war sie ja ständig mit Joe zusammen. Sie sah ihn jeden Abend im Club. Jeden Abend ... bis auf Donnerstag. Und am Donnerstag hatte Elspeth Ausgang.

Melvin Bronstein hatte ein paarmal zum Telefon gegriffen und immer wieder die Hand zurückgezogen, ohne den Hörer von der Gabel zu nehmen. Es war nach sechs, und die Angestellten hatten Feierabend gemacht. Nur Al Becker saß in seinem Büro und würde wohl noch eine Weile bleiben, nach den auf seinem Schreibtisch ausgebreiteten Büchern zu schließen.
Jetzt könnte er Rosalie ungestört anrufen. Die ganze Woche beschäftigte sie seine Gedanken nicht so stark, donnerstags jedoch wurde seine Sehnsucht nach ihr übermächtig. In dem einen Jahr ihrer Bekanntschaft hatte sich eine feste Routine herausgebildet. Jeden Donnerstag rief sie ihn nachmittags an, und sie trafen sich in einem Lokal zum Abendessen. Danach fuhren sie aufs Land und blieben in einem Motel. Kurz vor Mitternacht brachte er sie nach Hause, weil der Babysitter dann gehen wollte.
Doch in letzter Zeit war alles anders geworden. An zwei Donnerstagen hatte er sie nicht gesehen, weil sie von dieser unsinnigen Angst besessen war, ihr Mann lasse sie von Detektiven beobachten.
«Auch keine Telefongespräche, Mel», hatte sie gebeten.
«Aber dabei kann doch nichts passieren. Oder glaubst du etwa im Ernst, daß sie sich die Mühe machen und dein Telefon anzapfen?»
«Nein ... Es ist nur ... Wenn ich deine Stimme höre, lasse ich mich womöglich überreden. Und dann fängt alles von vorne an.»
Als sie sich nicht umstimmen ließ, hatte er schließlich eingewilligt. Außerdem hatte sie ihn mit ihrer Nervosität angesteckt. Und heute war wieder Donnerstag. Er sollte doch anrufen, und wenn er sich erkundigte, ob sich irgend etwas geändert hätte. Er mußte einfach mit ihr sprechen. Dann würde ihr Verlangen, das genauso groß war wie seines, bestimmt über ihre Angst siegen.
Becker kam herein und bemühte sich angestrengt, ungezwungen zu erscheinen. «Du, Mel, jetzt hätt ich's doch fast vergessen ... Sally hat nämlich gesagt, ich soll dich heute abend zum Essen mitbringen – keine Widerrede!»
Bronstein lächelte verstohlen. Seitdem Al und Sally ihn vor einem Monat mit einer Fremden gesehen hatten, versuchten sie mit allen möglichen Tricks, ihn an den Donnerstagabenden mit Beschlag zu belegen.

«Darf ich ein andermal auf die Einladung zurückkommen, Al? Ich bin heute nicht in der Stimmung, unter Menschen zu gehen.»

«Wolltest du zu Hause essen?»

«Nnnein ... Debbie hat ihren Bridgezirkel. Ich wollte irgendwo 'ne Kleinigkeit essen und dann ins Kino.»

«Ich werd dir was sagen, mein Junge – komm doch ein bißchen später rüber und bleib den Abend bei uns. Sally hat ein paar neue Platten bekommen – irgendwas gräßlich Klassisches. Die können wir uns anhören und nachher unten Billard spielen.»

«Also gut – mal sehen. Vielleicht schaue ich auf einen Sprung herein.»

Becker ließ nicht locker. «Ich hab noch 'ne bessere Idee: Wie wär's, wenn ich Sally anrufe und ihr sage, daß ich in der Stadt bleibe? Dann könnten wir beide uns einen vergnügten Abend machen – irgendwo gut essen, dann ein paar Drinks und hinterher kegeln?»

Bronstein schüttelte den Kopf. «Laß gut sein, Al. Fahr du schön nach Hause, iß Abendbrot und ruh dich aus. Um mich mach dir keine Sorgen. Vielleicht schau ich später mal rein.» Er ging um den Schreibtisch und faßte Becker um die Schulter. «Hau ab. Ich schließe zu.» Sanft, aber energisch schob er Becker zur Tür.

Dann nahm er den Hörer ab und wählte. Er hörte das Rufzeichen. Einmal. Zweimal. Dreimal. Nach einer Weile legte er auf.

Es war bereits nach sechs, als der Doktor die Untersuchung beendete. Elspeth bedankte sich bei der Sprechstundenhilfe für den Diätplan und die Broschüre über Schwangerschaft, faltete beide sorgfältig zusammen und steckte sie in die Handtasche. Im Aufbruch fragte sie, ob im Hause eine öffentliche Fernsprechzelle sei.

«Unten in der Halle ist eine. Sie können auch unser Telefon benutzen, wenn Sie wollen.»

Elspeth errötete und schüttelte schüchtern den Kopf. Die Sprechstundenhilfe lächelte verständnisvoll.

In der Telefonzelle wählte sie die Nummer und betete, daß er zu Hause sein möge. «Ich bin's – Elspeth», flüsterte sie, als sie seine Stimme hörte. «Ich muß dich unbedingt heute abend sprechen. Es ist furchtbar wichtig.»

Sie lauschte und sagte dann: «Du hast nicht richtig verstanden. Ich muß dir was erzählen ... Nein, das kann ich nicht am Telefon ... Ich bin jetzt in Lynn, aber ich fahre nach Barnard's Crossing zurück. Wir können zusammen Abendbrot essen. Ich wollte ins *Surfside* und mir nachher den Film im *Neptune* ansehen.»

Sie nickte zu seinen Worten, als ob er sie sehen könnte. «Ich weiß, du kannst heute abend nicht mit mir ins Kino gehen. Aber essen mußt du doch sowieso, da können wir doch auch zusammen ... Ja. Also, ich bin gegen sieben im *Surfside* ... Ja, sieh zu, daß du's schaffst ... Wenn du bis halb acht nicht da bist, weiß ich, daß du nicht kommen konntest ... Aber du versuchst es wenigstens, ja?»

Sie machte in einer Cafeteria halt, bevor sie zum Bus ging. Während sie ihren Kaffee trank, las sie die Broschüre über Schwangerschaft zweimal durch. Als sie sicher war, daß sie die paar einfachen Vorschriften begriffen hatte, steckte sie das Heft hinter das lederne Sitzkissen. Sie durfte es nicht behalten; das war zu riskant. Mrs. Serafino könnte es entdecken ...

6. KAPITEL

Um halb acht klingelte Jacob Wasserman an der Wohnung des Rabbi. Mrs. Small öffnete. Sie war klein und lebhaft und hatte üppiges blondes Haar, das sie zu erdrücken schien. Ohne das feste, entschlossene Kinn hätten die großen blauen Augen und das offene Gesicht naiv gewirkt.

«Kommen Sie doch bitte herein, Mr. Wasserman. Das ist aber nett, daß Sie uns besuchen.»

Als er den Namen hörte, erschien der Rabbi, der in ein Buch vertieft gewesen war, in der Diele. «Schau an, Mr. Wasserman ... Wir haben gerade gegessen, aber Sie trinken doch eine Tasse Tee mit uns? Würdest du uns bitte Tee machen, meine Liebe?»

Er führte Wasserman ins Wohnzimmer, während seine Frau das Wasser aufsetzte. Der Rabbi legte das Buch neben sich auf den Tisch und sah Wasserman fragend an. Wasserman erkannte plötzlich, daß der Blick des Rabbis zwar sanft und freundlich, aber zugleich durchdringend war.

Er versuchte zu lächeln. «Als Sie seinerzeit zu uns kamen, Rabbi, haben Sie angeregt, selbst an den Vorstandssitzungen teilzunehmen. Ich war sehr dafür. Wenn man einen Rabbi engagiert, damit er beim Aufbau einer Gemeinde mithilft, ist es doch am besten, ihn zu den Versammlungen hinzuzuziehen, auf denen die verschiedenen Vorhaben geplant und erörtert werden. Aber ich wurde überstimmt. Und wissen Sie auch, warum? Die anderen sagten, der Rabbi ist doch Angestellter der Gemeinde. Nimm mal an, wir wollen über sein Gehalt oder seinen Vertrag reden ... Und was war das Ende vom Lied? Das ganze Jahr ist nicht einmal davon die Rede gewesen – bis zur letzten Versammlung. Da hab ich vorgeschlagen, wir sollten über Ihren Vertrag für das nächste Jahr entscheiden, weil ja bis zur Sommerpause nur noch zwei Sitzungen stattfinden ...»

Mrs. Small kam mit einem Tablett. Sie schenkte den Tee ein, nahm sich ebenfalls eine Tasse und setzte sich.

«Und was wurde wegen des Vertrages beschlossen?» fragte der Rabbi.

«Gar nichts haben wir beschlossen. Wir haben es auf die nächste Versammlung verschoben – das heißt, auf kommenden Sonntag.»

Der Rabbi betrachtete seine Teetasse mit gerunzelter Stirn. Dann sagte er, ohne aufzublicken: «Heute ist Donnerstag. Noch drei Tage bis zur Sitzung. Wäre das Ja gesichert und die Abstimmung nur eine Formsache, hätten Sie bis Sonntag gewartet, um mir davon zu erzählen. Wäre die Zustimmung wahrscheinlich, aber nicht absolut sicher, hätten Sie es vermutlich bei unserer nächsten Begegnung erwähnt, also am Freitagabend beim Gottesdienst. Wenn es aber so aussähe, als sei das Ergebnis unsicher oder voraussichtlich negativ für mich, würden Sie am Freitagabend lieber nichts darüber sagen, weil Sie mir den Sabbat nicht verderben wollen ... Ihr Besuch heute abend kann also nur bedeuten, daß Sie Grund zu der Annahme haben, mein Vertrag wird nicht verlängert werden – stimmt's?»

Wasserman schüttelte bewundernd den Kopf. Dann drohte er Mrs. Small scherzhaft mit dem Zeigefinger. «Versuchen Sie ja nicht, Ihren Mann hinters Licht zu führen, Mrs. Small. Er kommt Ihnen im Handumdrehen auf die Schliche.» Er wandte sich wieder an den Rabbi. «Nein, Rabbi, ganz so ist es nicht. Ich werd's Ihnen erklären. Wir haben fünfundvierzig Vorstandsmitglieder – fünfundvierzig, stellen Sie sich das vor! Mehr als im Aufsichtsrat von General Electric. Von den fünfundvierzig kommen nun vielleicht fünfzehn regelmäßig zu den Versammlungen; ungefähr zehn weitere ab und zu. Der Rest läßt sich das ganze Jahr nicht blicken. Wenn nun am Sonntag nur die fünfzehn kämen, der Stamm, würden wir mit großer Mehrheit gewinnen. Für die meisten von uns war es eine reine Formsache. Wir hätten auf der Stelle über den Vertrag abgestimmt. Aber wir konnten nicht gegen den Antrag an, die Sache eine Woche zu vertagen. Das erschien einleuchtend, und wir halten es bei allen wichtigen Entscheidungen so. Die Opposition, Al Becker und sein Anhang, führt jedoch offenbar was anderes im Schilde. Al Becker kann Sie nicht leiden. Gestern bin ich dahintergekommen, daß er die dreißig Leute, die nicht regelmäßig zu den Sitzungen kommen, angerufen und unter Druck gesetzt hat ... Als Ben Schwarz mir das gestern erzählte, habe ich selbst mit den Leuten Fühlung aufgenommen. Aber ich kam zu spät. Die meisten hatten sich schon bei Becker festgelegt ... So stehen die Dinge im

Augenblick. Haben wir die übliche Sitzung mit den üblichen Mitgliedern, wird alles glatt gehen. Aber wenn er den ganzen Vorstand ranschleppt ...» Er hob die Arme, die Handflächen nach oben gedreht.

«Ich kann nicht behaupten, daß mir das völlig überraschend kommt», meinte der Rabbi niedergeschlagen. «Ich wurzele im traditionellen Judentum und wollte ein Rabbi von der Art werden, wie mein Vater einer gewesen ist und vor ihm mein Großvater. Ich wollte das Leben eines Gelehrten führen – nicht abgeschlossen, nicht im Elfenbeinturm, sondern inmitten der jüdischen Gemeinde, um sie lenken zu können ... Heutzutage soll der Rabbi gewissermaßen ein Manager sein, der Clubs organisiert, Reden hält und was weiß ich ... Vielleicht bin ich hoffnungslos altmodisch, aber das ist nichts für mich.»

Wasserman nickte ungeduldig. «Alles braucht seine Zeit, Rabbi, vergessen Sie das nicht. Die Leute in unserer Gemeinde sind zwischen den beiden Weltkriegen aufgewachsen. Die meisten ohne religiöse Erziehung ... Was glauben Sie, was ich für Schwierigkeiten hatte, als ich die Gemeinde zu organisieren versuchte! Damals hatten wir hier fünfzig jüdische Familien, und trotzdem war's beim Tod vom alten Levy schwierig, auch nur die nötige Anzahl Leute für das Totengebet zusammenzukriegen ... Zuerst wollte ich eine jüdische Schule einrichten und im gleichen Haus den Gottesdienst abhalten. Da haben die einen gefürchtet, das wird zu teuer; andere wollten ihre Kinder nicht nachmittags in eine eigene Schule schicken, damit sie den Unterschied zwischen sich und den Gojim-Kindern nicht empfinden ... Aber mit der Zeit hab ich sie rumgekriegt. Als wir dann endlich ein eigenes Haus kaufen konnten, sind sie abends und sonntags alle gekommen und haben geholfen – großartig, was für ein Geist damals in unserer Gemeinde herrschte!»

«Und dann?» fragte die Frau des Rabbi.

Wasserman lächelte schief. «Dann wurde die Gemeinde größer. Ich schmeichle mir gern, daß die Schule und die Synagoge was mit dem Zuzug zu tun hatten. Bei fünfzig Familien kannte jeder jeden, und Meinungsverschiedenheiten konnten in persönlichen Diskussionen bereinigt werden. Aber bei dreihundert und mehr Familien wie jetzt ist das was anderes. Heute gibt es getrennte soziale Schichten. Nehmen Sie Becker und seinen Kreis – alle, die in Grove Point wohnen ... Die bleiben unter sich. Becker ist kein schlechter Mensch, verstehen Sie mich recht. Er ist sogar ein feiner Mensch – alle, von denen ich sprach, sind feine Menschen. Sie haben eben nur eine andere Einstellung als Sie und ich. Je größer und einflußreicher die Gemeinde ist, desto besser. Das ist ihr Standpunkt. Aber ich meine ...»

Er wurde durch die Türglocke unterbrochen. Der Rabbi öffnete. Es war Stanley. «Sie haben doch so auf die Bücher gewartet, Rabbi», sagte er, «und da hab ich mir gedacht, ich schau auf dem Heimweg einen Sprung bei Ihnen vorbei und sag Ihnen, daß sie da sind. Es war 'ne große Kiste, ich hab sie gleich in Ihr Arbeitszimmer raufgebracht und den Deckel aufgestemmt.»

Der Rabbi dankte ihm und ging ins Wohnzimmer zurück. Er konnte seine Aufregung kaum verhehlen. «Meine Bücher sind gekommen, Miriam.»

«Das freut mich aber, David.»

«Es macht dir doch nichts aus, wenn ich rasch rüberfahre und sie durchschaue?» Plötzlich fiel ihm sein Gast ein. «Die Bibliothek vom Dropsie College hat mir ein paar seltene Bücher geschickt. Ich brauche sie für eine Abhandlung über Maimonides, an der ich gerade arbeite», erklärte er.

«Ich wollte sowieso gerade gehen, Rabbi.» Wasserman stand auf.

«Sie müssen noch ein bißchen bleiben, Mr. Wasserman. Sie haben ja Ihren Tee noch gar nicht ausgetrunken. Es wäre mir sehr peinlich, wenn Sie jetzt gehen. Laß ihn nicht weg, Miriam.»

Wasserman lächelte gutmütig. «Ich merke doch, Rabbi, wie Sie's zu Ihren Büchern zieht ... Ich möchte Sie nicht aufhalten. Gehen Sie ruhig; ich leiste Mrs. Small noch etwas Gesellschaft.»

«Nehmen Sie es mir auch bestimmt nicht übel?» fragte er über die Schulter zurück.

Seine Frau stellte sich ihm in den Weg, das feste kleine Kinn hochgereckt. «Ohne Überzieher verläßt du mir nicht das Haus, David Small», verkündete sie.

«Aber es ist doch ganz warm draußen!» protestierte er.

«Bis du zurückkommst, wird es ziemlich frisch sein.»

Ergeben holte der Rabbi seinen Mantel aus dem Schrank, zog ihn jedoch nicht an, sondern legte ihn trotzig über den Arm.

Mrs. Small ging wieder ins Wohnzimmer. «Er ist wie ein kleiner Junge», sagte sie entschuldigend.

«Nein», widersprach Wasserman. «Ich glaube, er wollte eine Weile allein sein.»

Das *Surfside* hatte einen guten Ruf: die Preise waren mäßig, die Bedienung nicht allzu schlecht, und trotz der einfachen Aufmachung aß man anständig; die Fischgerichte waren sogar hervorragend. Mel Bronstein war noch nie im *Surfside* gewesen. Als er sich dem Lokal näherte, fuhr ein vor dem Eingang geparkter Wagen weg. Das nahm er als Zeichen, zumal ihm einfiel, daß er schon viel Lobendes über das

Restaurant gehört hatte. Und so manövrierte er seinen großen blauen Lincoln in die freigewordene Parklücke.

Es war nicht sehr voll drinnen. Bronstein steuerte auf eine Nische zu und bestellte einen Martini. An den Wänden hingen Fischnetze und andere maritime Gegenstände: zwei Ruder, ein Steuerrad aus Mahagoni, und eine ganze Wand wurde von einem wahrhaft imposanten Schwertfisch eingenommen, der auf ein Brett montiert war.

Er entdeckte keinen Bekannten; die meisten Nischen waren von Paaren besetzt, nur schräg gegenüber saß ein junges Mädchen allein. Sie war nicht hübsch, machte jedoch einen sympathischen, frischen Eindruck. Da sie immer wieder auf die Uhr sah, vermutete er, daß sie jemand erwartete; sie hatte noch nicht bestellt, sondern trank nur ab und zu einen Schluck Wasser.

Die Kellnerin kam an seinen Tisch, und er bat um einen zweiten Drink.

Das Mädchen gegenüber wurde anscheinend immer nervöser. Jedesmal wenn sie die Tür aufgehen hörte, fuhr sie herum. Plötzlich richtete sie sich gerade auf, als sei sie zu einem Entschluß gekommen. Sie zog die weißen Handschuhe aus, stopfte sie in die Handtasche und schickte sich offensichtlich an, zu bestellen. Er sah, daß sie einen Ehering trug. Sie streifte ihn ab, öffnete die Tasche und ließ ihn ins Portemonnaie fallen.

Sie blickte auf und merkte, daß er sie beobachtete. Errötend wandte sie sich ab. Er schaute auf die Uhr. Viertel vor acht.

Nach kurzem Zögern verließ er die Nische und ging zu ihr hinüber. Sie schreckte zusammen.

«Mein Name ist Melvin Bronstein», sagte er. «Ich habe bestimmt keine finsteren Absichten. Ich esse nur so ungern allein, und mir scheint, Ihnen geht es ähnlich. Möchten Sie sich nicht vielleicht zu mir setzen?»

Sie riß die Augen groß auf wie ein Kind, schlug sie nieder, blickte wieder zu ihm hoch und nickte.

«Darf ich Ihnen noch etwas Tee einschenken, Mr. Wasserman?»

Er bejahte. «Ich kann Ihnen gar nicht sagen, wie unangenehm mir die ganze Geschichte ist, Mrs. Small. Schließlich und endlich habe ich ja Ihren Mann hergeholt.»

«Ich weiß, Mr. Wasserman. Wir haben uns damals beide gewundert. Gewöhnlich ist es doch so: wenn eine Gemeinde einen Rabbiner engagieren will, läßt sie eine Anzahl Kandidaten nacheinander am Sabbat kommen, um den Gottesdienst zu leiten, den Gemeindevorstand oder den Ritualausschuß kennenzulernen. Sie aber sind allein im

Seminar gewesen und haben David auf eigene Verantwortung genommen.» Sie musterte ihn abwägend und senkte sofort wieder den Blick.

«Glauben Sie etwa, ich habe mich danach gedrängt? Sie können versichert sein, Mrs. Small, ich hätte die Entscheidung lieber dem Ritualausschuß oder dem Vorstand überlassen. Aber ausgerechnet Becker hat darauf bestanden, ich soll allein fahren. ‹Was verstehen wir denn schon von Rabbis, Jacob?› Das waren seine Worte. ‹Fahr du lieber hin und suche ihn aus. Wir sind mit jedem einverstanden.› Vielleicht hatte er viel zu tun, vielleicht hat er es auch wirklich so gemeint. Schließlich haben Reich und Becker wirklich keine Ahnung. Und so habe ich eben eingewilligt, allein nach New York zu fahren.»

«Und warum haben Sie David ausgesucht, Mr. Wasserman?»

Er antwortete nicht gleich. Er hatte es mit einer sehr gescheiten, persönlichkeitsstarken jungen Frau zu tun, das wußte er, und deshalb mußte er genau überlegen, was er sagte. Was hatte ihn eigentlich so an ihrem Mann angezogen? Einmal seine beachtlichen Kenntnisse des Talmud. Zweifellos auch, daß er aus einer alten Rabbinerfamilie stammte und daß seine Frau ebenfalls Rabbinertochter war. Doch seine erste Begegnung mit David Small hatte ihn enttäuscht: er sah keineswegs eindrucksvoll, sondern wie ein ganz gewöhnlicher junger Mann aus. Im Gespräch jedoch bestachen ihn David Smalls freundliches Wesen und sein gesunder Menschenverstand.

Unmittelbar nachdem Wasserman alles geregelt hatte, überfielen ihn Zweifel. Nicht daß er selber unzufrieden war, aber er befürchtete, Rabbi Small möchte wohl doch nicht den Vorstellungen der meisten Gemeindemitglieder entsprechen. Einige erwarteten einen hochgewachsenen, ernsten Mann mit tiefem, volltönendem Organ, etwa einen Bischofstyp; Rabbi Small war nicht groß, seine Stimme leise, sanft und sachlich. Die Jungverheirateten erhofften einen fröhlichen Studententyp in grauen Flanellhosen, der auf dem Golf- oder Tennisplatz zu Hause war und ihre Interessen teilte; Rabbi Small war dünn, blaß, Brillenträger und erfreute sich zwar einer ausgezeichneten Gesundheit, war aber zweifellos unsportlich. Manche wiederum stellten sich einen dynamischen Managertyp vor, einen Organisator, einen forschen Draufgänger, der Komitees gründete und die ganze Gemeinde unaufhörlich in Schwung brachte; Rabbi Small war eher geistesabwesend, mußte ständig an Verabredungen erinnert werden und hatte weder von Zeit noch von Geld die leiseste Ahnung. Vorschlägen war er durchaus zugänglich, vergaß sie allerdings ebenso leicht wieder, vor allem, wenn sie ihn nicht auf Anhieb interessierten.

Wasserman wählte seine Worte sorgfältig. «Das werd ich Ihnen sagen, Mrs. Small. Einmal gefiel er mir persönlich. Aber da war noch was anderes. Sie wissen ja, ich hab mit mehreren gesprochen. Wir haben uns gegenseitig abgetastet – das tut man ja immer bei solchen Gesprächen –, und sobald sie meine Ansichten erkannt zu haben glaubten, teilten sie sie mir als ihre eigenen mit, nur viel besser formuliert . . . Ihr Mann dagegen schien sich überhaupt nicht für meine Ansichten zu interessieren. Und als ich sie äußerte, widersprach er mir, nicht unhöflich, sondern ruhig und fest . . . Wer sich um einen Posten bewirbt und seinem zukünftigen Arbeitgeber nicht zustimmt, ist nun entweder ein Narr, oder er hat Überzeugungen. Und ich hatte weiß Gott keinen Anlaß, Ihren Mann für einen Narren zu halten.

Jetzt hab ich Ihre Frage beantwortet, Mrs. Small, und Sie müssen mir meine beantworten: Warum hat sich Ihr Mann um den Posten beworben und ihn angenommen? Das Vermittlungsbüro im Seminar hat die Kandidaten doch sicher darüber aufgeklärt, um was für eine Gemeinde es sich handelt. Und ich habe Ihrem Mann auf all seine Fragen offen Auskunft gegeben.»

«Sie meinen, er hätte sich um eine Stellung in einer ältereingesessenen, traditionsgebundeneren Gemeinde bewerben sollen?» Sie stellte die leere Tasse auf den Tisch. «Wir haben darüber gesprochen, und er sagte, die hätten keine Zukunft. Nur in eingefahrenen Geleisen zu arbeiten, nur auf der Stelle zu treten, das liegt David nicht, Mr. Wasserman. Freilich, er hat seine Überzeugung und glaubte, sie Ihrer Gemeinde vermitteln zu können. Daß man jemand wie Sie allein losgeschickt hat, um den Rabbiner auszusuchen, und kein Komitee mit den üblichen Leuten wie Mr. Becker, bestärkte ihn in dem Glauben, daß er hier eine Chance hätte. Und jetzt scheint es ganz so, als habe er sich doch geirrt. Wollen sie ihn wirklich hinauswerfen?»

Wasserman zuckte die Achseln. «Einundzwanzig geben offen zu, daß sie gegen ihn stimmen werden. Sie hätten es Al Becker oder Dr. Pearlstein oder sonst jemand versprochen. Zwanzig sagen, sie wollten für den Rabbi stimmen. Aber mindestens bei vier von ihnen bin ich gar nicht so sicher. Sie hatten schon eine faule Ausrede parat, sie müßten am Samstag wegfahren, würden aber alles daransetzen, rechtzeitig zurück zu sein. Vielleicht kommen sie also gar nicht.»

«Das sind einundvierzig. Wie steht's mit den restlichen vier?»

«Die wollen es sich noch überlegen. Das bedeutet, daß sie sich bereits gegen den Rabbi entschieden haben, sich aber mit mir in keine Diskussion einlassen wollen. Was soll man denn schon zu jemand sagen, der verspricht, es sich zu überlegen? Nein, überleg nicht?»

«Na ja, wenn sie es nicht anders wollen . . .»

Er lächelte trübe. «Vielleicht male ich zu schwarz. Vielleicht wollen es sich die vier tatsächlich noch überlegen. Vielleicht kommt von denen, die wegfahren müssen, doch noch der eine oder andere rechtzeitig zurück ... Unsere Aussichten sind nicht sehr rosig, aber eine Chance besteht immerhin ... Eins will ich Ihnen klipp und klar sagen, Mrs. Small. An manchem ist Ihr Mann selber schuld. Viele in der Gemeinde – und damit meine ich nicht nur Beckers Freunde – sind der Ansicht, der Rabbi sei vor allem ihr persönlicher Vertreter in der Öffentlichkeit. Und diese Leute stoßen sich an der ganzen Haltung Ihres Mannes. Ihm sei das alles wohl ziemlich gleichgültig, sagen sie. Er vernachlässige seine Verabredungen, sein Äußeres, und das sogar in der Synagoge. Seine Kleider sind meist zerdrückt. Das macht keinen guten Eindruck.»

Sie nickte. «Ich weiß. Und vielleicht geben einige von diesen Kritikern mir die Schuld. Eine Frau muß auf ihren Mann achten. Aber was soll ich tun? Ich sehe, daß seine Sachen in Ordnung sind, wenn er morgens weggeht – aber kann ich den ganzen Tag hinter ihm her sein? Er ist ein Gelehrter. Wenn er sich in ein Buch vertieft, zählt nichts anderes mehr. Und wenn er Lust hat, im Liegen zu lesen, zieht er nicht erst die Jacke aus. Wenn er nachdenkt, fährt er sich mit den Händen durchs Haar, und dann sieht er aus, als ob er eben aus dem Bett gestiegen wäre. Beim Studieren macht er sich Notizen auf Karten und steckt sie in die Taschen, so daß sie nach einer Weile ausgebeult sind. Er ist eben ein Gelehrter, Mr. Wasserman. Ein richtiger Rabbi. Ich verstehe Sie, und ich weiß auch, was für einen Mann die Gemeinde haben will: Er erhebt sich in einer öffentlichen Versammlung, um Gott anzurufen. Er senkt den Kopf, als stehe der Allmächtige direkt vor ihm. Er schließt die Augen, damit Sein Glanz ihn nicht blende, und spricht dann leise, sonor – nicht etwa mit seiner alltäglichen Stimme, nein – mit einer besonderen, wie ein Schauspieler ... Mein David ist kein Schauspieler. Glauben Sie, Gott läßt sich von einem leisen, sonoren Organ beeindrucken, Mr. Wasserman?»

«Meine liebe Mrs. Small, ich bin ja durchaus Ihrer Meinung. Aber wir leben nun mal auf dieser Welt. Und das verlangt die Welt eben heutzutage von einem Rabbi, folglich muß er sich danach richten.»

«Eher verändert David die Welt, als daß die Welt meinen David ändert, Mr. Wasserman.»

7. KAPITEL

Als Joe Serafino im Club ankam, sah er ein neues Mädchen hinter der Garderobe. Er schlenderte zum Oberkellner hinüber, der in seiner Abwesenheit als Geschäftsführer fungierte.

«Wer ist denn die Neue, Lennie?»

«Das wollte ich Ihnen gerade erzählen, Joe. Nellies Kind ist wieder mal krank, und da hab ich das Mädchen als Aushilfe angeheuert.»

«Wie heißt sie?»

«Stella.»

Joe musterte sie von oben bis unten. «Die Uniform füllt sie jedenfalls aus», meinte er anerkennend. «Okay, wenn's ruhiger wird, schikken Sie sie zu mir ins Büro.»

«Keine krummen Touren, Joe. Keine Annäherungsversuche. Sie ist so 'ne Art entfernte Kusine von meiner Frau.»

«Stellen Sie sich nicht so an, Lennie. Ich muß doch schließlich Name, Adresse und Sozialversicherung notieren, nicht wahr?» Joe lächelte. «Oder soll ich etwa mit dem Buch hier draußen aufkreuzen?» Er trat seine Runde durch den Speiseraum an. Gewöhnlich ging ein großer Teil des Abends damit hin, daß er von Tisch zu Tisch wanderte, hier einen Gast begrüßte, dort einem zuwinkte, sich gelegentlich zu einem Stammgast setzte, ein paar Minuten plauderte und dann einem vorbeieilenden Kellner zurief: «Bringen Sie den Herrschaften einen Drink, Paul.» Donnerstags jedoch, wenn die Dienstmädchen Ausgang hatten, herrschte eine andere Atmosphäre. Zahlreiche Tische standen leer, die Gäste tranken mäßig, unterhielten sich gedämpft und waren offensichtlich nicht in Stimmung. Selbst die Bedienung war verändert; die Kellner lungerten bei der Küchentür herum, statt wie sonst durchs Lokal zu flitzen und zu servieren. Wenn Leonard sie streng fixierte oder mit den Fingern schnalzte, um sie aufzuscheuchen, trennten sie sich widerstrebend, nur um sich erneut zusammenzuscharen, sobald er den Rücken gekehrt hatte.

Donnerstags hielt sich Joe meistens in seinem Büro auf und beschäftigte sich mit den Rechnungen. An diesem Abend machte er bald Schluß, um auf der Couch ein wenig zu schlafen, als es an die Tür klopfte. Er stand auf, setzte sich an den Schreibtisch und legte die Bücher aufgeschlagen vor sich hin. «Herein», rief er kurz und geschäftsmäßig.

Er hörte, wie sich der Türknauf vergebens drehte, erhob sich lächelnd und zog den Riegel zurück. Mit einer Geste bedeutete er dem Mädchen, sich auf die Couch zu setzen. «Nehmen Sie Platz, Kindchen», sagte er. «Ich bin gleich soweit.» Gleichgültig warf er die Tür zu, kehrte zu dem Drehstuhl hinter dem Schreibtisch zurück und vertiefte sich stirnrunzelnd in die Bücher. Ein paar Minuten machte er sich eifrig zu schaffen, kritzelte Notizen aufs Papier und verglich die Spalten seiner Hauptbücher. Dann schwang er sich zu ihr herum und ließ den Blick langsam über sie hingleiten. «Wie heißen Sie?»

«Stella. Stella Mastrangelo.»

«Wie schreibt sich das? Lassen Sie nur, kommen Sie lieber her und notieren Sie's.»

Sie ging zum Schreibtisch und beugte sich vor, als sie den Namen zu Papier brachte. Eine junge, kräftige Person, mit zarter, bräunlicher Haut und dunklen, herausfordernden Augen. Die Hand juckte ihm, ihr einen Klaps aufs Hinterteil zu geben, um das sich die prallen schwarzen Satinshorts der Uniform so verführerisch spannten. Doch er durfte sein Interesse nicht zeigen, und so sagte er in unverändert sachlichem Ton: «Schreiben Sie auch Ihre Adresse und die Nummer der Sozialversicherung auf. Und die Telefonnummer, falls wir Sie mal rasch erreichen wollen.»

Als sie fertig war, richtete sie sich auf, ging aber nicht sofort zur Couch zurück. Sie lehnte sich an die Schreibtischkante und musterte ihn. «Ist das alles, was Sie wünschen, Mr. Serafino?»

«Ja.» Er studierte das Papier. «Es kann sein, daß wir gelegentlich Arbeit für Sie haben. Nellie hat davon gesprochen, daß sie gern noch einen weiteren freien Abend hätte. Dann könnte sie sich mehr um ihr Kind kümmern.»

«Das wäre fein, Mr. Serafino.»

«Na ja, mal sehen. Haben Sie Ihren Wagen dabei?»

«Nein, ich bin mit dem Bus gefahren.»

«Wie wollen Sie denn dann heimkommen?»

«Mr. Leonard hat gesagt, ich darf kurz vor Mitternacht gehen. Dann könnte ich den letzten Bus erwischen.»

«Haben Sie denn keine Angst, so spätnachts allein nach Hause zu fahren? Das ist doch eine blödsinnige Einteilung. Ich werd Ihnen was sagen – ich bringe Sie heute nacht mit dem Wagen heim. Nächstes Mal können Sie es sich dann besser einrichten. Pat, der Parkwächter, hat für solche Fälle immer einen Taxichauffeur an der Hand.»

«Das kann ich doch nicht annehmen, Mr. Serafino.»

«Warum denn nicht?»

«Ja ... also ... Mr. Leonard hat gesagt ...»

Er hob die Hand. «Es braucht ja niemand zu erfahren», sagte er leichthin und lockend. «Die Tür hier führt direkt auf den Parkplatz. Sie machen um Viertel vor zwölf Schluß, gehen zur Bushaltestelle und warten auf mich. Ich hole Sie dann dort mit dem Wagen ab.»

«Aber Mr. Leonard ...»

«Na schön, Lennie will mich sprechen und kommt hierher. Die Tür ist verschlossen, und er weiß dann, daß ich ein Nickerchen mache. Er wird sich hüten, mich beim Schlafen zu stören. Okay? Und schließlich haben wir ja geschäftlich miteinander zu reden, nicht wahr?»

Sie nickte und klapperte mit den Augendeckeln.
«Okay, Kindchen, geh jetzt. Bis nachher.» Mit einem väterlichen Klaps entließ er sie.

Tagsüber wurden im *Ship's Cabin* belegte Brote, Schmalzkringel und Kaffee serviert. Abends gab es warme Gerichte: Spaghetti und Fleischklößchen, gebackene Muscheln und Pommes frites, Baked Beans und Frankfurter Würstchen. Die schmierigen, mit Fliegenschmutz übersäten Speisekarten steckten im Rahmen des Barspiegels. Die Gerichte waren numeriert; Stammgäste wie Stanley bestellten nach der Nummer, in der Hoffnung, schneller bedient zu werden.

Bei Tag und am frühen Abend wurde nicht viel getrunken. Die Mittagsgäste spülten ihre belegten Brote meist mit Bier hinunter. Zum Abendbrot wurde gelegentlich vorher ein Whiskey bestellt. Doch die Stammgäste kamen im allgemeinen gegen neun zurück. Dann ging der Betrieb im *Ship's Cabin* erst richtig los.

Nach dem Besuch beim Rabbi fuhr Stanley in seiner gelben Klapperkiste zum *Ship's Cabin*, verzehrte seine gewohnte Abendmahlzeit, eines der drei Spezialgerichte, und trank dazu ein paar Glas Bier. Er saß an der Theke und stopfte mechanisch Bissen auf Bissen in den Mund, die er mit gleichmäßig mahlenden Kinnladen zermalmte. Er beschäftigte sich nur mit seinem Teller, um die Gabel vollzuschaufeln, und wandte sich dann sofort wieder dem Fernsehgerät oben in der Ecke zu. Von Zeit zu Zeit griff er nach dem Glas und nahm einen tiefen Schluck, ohne den Bildschirm aus den Augen zu lassen.

Stanley sprach mit keinem Menschen; er wechselte lediglich mit dem Barmann eine Bemerkung über das Wetter, als dieser ihm das Essen hinschob. Das Fernsehprogramm war zu Ende, er leerte das zweite Glas, wischte sich den Mund mit der Papierserviette ab, die zusammengefaltet neben dem Teller lag, und schlenderte zur Kasse, um seine Rechnung zu bezahlen.

In der Tür winkte er dem Barmann zu und fuhr die paar Blocks zu Mama Schofield. Es hatte keinen Sinn, noch länger herumzuhocken; die nächsten ein, zwei Stunden war doch nichts los.

Mama Schofield saß im Wohnzimmer. Er steckte den Kopf hinein, um ihr guten Abend zu sagen. Oben in seinem Zimmer zog er die Schuhe, die Drillichhose und das Arbeitshemd aus und legte sich, die Hände im Nacken verschränkt, auf das Bett und starrte an die Decke. Hier gab es keine Bilder wie im Kellergeschoß der Synagoge. Der einzige Wandschmuck bestand aus einem Kalender, auf dem ein kleiner Junge und ein junger Hund um Sympathien für die Kohlenhandelsgesellschaft von Barnard's Crossing warben.

Gewöhnlich schlief er etwa eine Stunde, aber an diesem Abend war er aus irgendeinem Grund unruhig. Er wußte, es war einer seiner häufigen Anfälle von Einsamkeit. Seine Bekannten betrachteten sein Junggesellendasein als Beweis dafür, daß er zu schlau war, um sich einfangen zu lassen. Jetzt grübelte er bedrückt, ob er sich nicht zum Opfer eines Selbstbetrugs gemacht hatte. Was führte er denn schon für ein Leben? Abends eine fettstarrende Mahlzeit, die er auf einem Barhokker verschlang; dann zurück in ein möbliertes Zimmer; als einzig erfreuliche Aussicht nachher das gemütliche Beisammensein mit den Zechkumpanen im *Ship's Cabin*. Wenn er verheiratet wäre ... Und seine Gedanken verloren sich in einen herzerquickenden Wunschtraum vom Eheleben. Bald darauf schlief er ein.

Als er aufwachte, war es beinahe zehn. Er stand auf, zog seine guten Sachen an und fuhr zum *Ship's Cabin*. Der Traum begleitete ihn. Er trank mehr als sonst, um ihn zu verscheuchen. Doch sowie das Gespräch stockte oder der Lärm vorübergehend abflaute, kehrte er wieder.

Gegen Mitternacht begann sich die Runde aufzulösen. Stanley erhob sich. Die Einsamkeit war stärker als je zuvor. Ihm fiel ein, daß Donnerstag war und daß wahrscheinlich irgendein Mädchen an der Haltestelle Oak und Vine Street aus dem letzten Bus steigen würde. Vielleicht war sie müde und ließ sich gern mit dem Auto nach Hause bringen ...

Elspeth saß auf dem Rücksitz des Wagens. Der Regen hatte etwas nachgelassen, aber noch immer klatschten dicke Tropfen auf den Asphalt und verwandelten ihn in eine glänzende schwarze Pfütze. Sie war jetzt ruhig und entspannt; zum Beweis zog sie langsam und graziös wie eine Schauspielerin an ihrer Zigarette. Beim Sprechen sah sie starr vor sich hin und warf nur gelegentlich einen raschen Blick auf ihren Begleiter, um festzustellen, wie er reagierte.

Er saß kerzengerade; die Augen waren weit aufgerissen und unbeweglich, die Kinnladen verkrampft, der Mund zusammengepreßt ... Wut? Enttäuschung? Verzweiflung? Sie wußte es nicht. Sie beugte sich vor, um die Zigarette in dem Aschenbecher an der Rückseite des Vordersitzes auszudrücken.

Sie fühlte mehr als sie sah, wie die Hand sich näherte. Sie spürte sie an ihrem Hals und war im Begriff, sich ihm lächelnd zuzuwenden, als die Hand ihre silberne Halskette packte. Sie wollte protestieren, ihm sagen, daß er die Kette zu eng zusammenziehe, aber da war es schon zu spät. Die Hand riß die Kette mit einem Ruck ganz eng zusammen. Sie konnte sich nicht wehren. Sie konnte nicht einmal schreien. Sie schwamm in rotem Nebel. Und dann wurde alles schwarz.

Eine Silberkette am Hals...

... wirkt gut und würgt gut. Die These, man könne grollende Damen mit Schmuck nur vorübergehend zum Schweigen bringen, ist damit endgültig widerlegt. Und erneut ist der Beweis erbracht, wie gefährlich es ist, Geld in Schmuck anzulegen. Welch treffliches Argument gegen schmuckheischende Damen!

Was dann zur Geldanlage? Goldbarren? Damit kann man erschlagen werden. Häuser? Können samt Insassen in die Luft gesprengt werden. Konsumieren? Vorsicht vor Gift. Am ungefährlichsten sind und bleiben doch Papiere.

Pfandbrief und Kommunalobligation

Meistgekaufte deutsche Wertpapiere - hoher Zinsertrag - bei allen Banken und Sparkassen

Verbriefte Sicherheit

Er saß da, den Arm ausgestreckt, die Hand umklammerte die silberne Kette wie das Halsband eines bissigen Hundes. Nach einer Weile lockerte er den Griff. Als sie vornüber kippte, hielt er sie an der Schulter und setzte sie wieder aufrecht. Er wartete. Dann öffnete er vorsichtig die Wagentür und spähte hinaus. Als er sich vergewissert hatte, daß niemand zu sehen war, stieg er aus, beugte sich in den Fond, nahm sie auf die Arme und holte sie heraus. Ihr Kopf fiel schlaff zurück.

Er schaute sie nicht an. Mit einer Hüftdrehung schlug er die Tür zu. Er trug sie zur niedrigsten Stelle der Brüstung, die knapp neunzig Zentimeter hoch war. Er lehnte sich hinüber und versuchte, sie drüben vorsichtig auf dem Gras hinzusetzen, aber sie war zu schwer und entglitt seinen Armen. Er tastete in der Dunkelheit umher, um ihr die Augen zuzudrücken, fühlte jedoch nur ihr Haar. Es hatte wohl keinen Sinn, wenn er sie umzudrehen versuchte.

8. KAPITEL

Der Wecker auf Rabbi Smalls Nachttisch klingelte um Viertel vor sieben. So blieb ihm Zeit, zu duschen, sich zu rasieren und für den Morgengottesdienst um halb acht anzuziehen.

Er langte hinüber und stellte das Läutwerk ab. Doch statt aufzustehen, grunzte er zufrieden und drehte sich wieder um.

Seine Frau rüttelte ihn. «Du versäumst den Gottesdienst, David.»
«Heute früh gehe ich nicht hin.»

Sie glaubte zu verstehen und drängte ihn nicht. Außerdem wußte sie, daß er vergangene Nacht sehr spät heimgekommen war, lange nachdem sie sich hingelegt hatte.

Später sprach Rabbi Small in seinem Arbeitszimmer das Morgengebet, während Miriam ihm in der Küche das Frühstück machte. Als sie hörte, wie sich seine Stimme frohlockend zum *Sch'ma Israel* hob: *Höre, Israel, der Herr, unser Gott ist ein einziger Gott!*, stellte sie das Wasser auf; beim Gemurmel des *Amida* legte sie die Eier ein und ließ sie kochen, bis er das *Alenu* anstimmte. Dann nahm sie sie heraus.

Wenige Minuten später kam er aus dem Arbeitszimmer, rollte den linken Hemdsärmel hinunter und knöpfte die Manschette zu. Wie immer betrachtete er bestürzt den gedeckten Tisch. «Soviel?»

«Das tut dir gut, mein Lieber. Alle sagen, das Frühstück ist die wichtigste Mahlzeit des Tages.» Ihre Schwiegermutter hatte höchst energisch darauf gedrungen: «Du mußt aufpassen, daß er ißt, Miriam.

Frage ihn nicht, was er haben will, denn wenn es nach ihm geht, ist er mit einer Brotrinde zufrieden, sobald er nur ein Buch vor sich hat oder ihm ein Gedanke im Kopf herumgeht. Du mußt dafür sorgen, daß er regelmäßige Mahlzeiten hat, gemischte Kost mit viel Vitaminen.» Miriam achtete darauf, daß er die Grapefruit aß, und stellte ihm dann die Getreideflocken hin mit einer Miene, die keinen Widerspruch duldete. Sobald er den letzten Löffel im Mund hatte, setzte sie ihm die Eier und dazu die bereits mit Butter bestrichenen Toastscheiben vor. Der Trick dabei war, jede Verzögerung zu vermeiden, während der seine Gedanken abschweifen konnten und er das Interesse verlor. Erst als er mit den Eiern und dem Toast anfing, schenkte sie sich eine neue Tasse Kaffee ein und setzte sich ihm gegenüber.

«Ist Mr. Wasserman noch lange geblieben?» fragte er.

«Ungefähr eine halbe Stunde. Er findet offenbar, ich müßte besser für dich sorgen und mich darum kümmern, daß deine Anzüge immer geplättet sind und dein Haar gekämmt ist.»

«Ich sollte wirklich mehr Wert auf mein Äußeres legen. Ist jetzt alles in Ordnung? Keine Eiflecke auf der Krawatte?» erkundigte er sich besorgt.

«Tadellos, David. Aber das bleibt wahrscheinlich nicht so.» Sie musterte ihn kritisch. «Vielleicht solltest du Kragenstäbchen nehmen, damit die Krawatte nicht verrutscht.»

«Dafür braucht man Hemden mit besonderen Kragen», erklärte er. «Ich hab's mal mit einem probiert. Das drückt am Hals.»

«Könntest du nicht vielleicht ein Mittel benutzen, das dem Haar mehr Halt gibt?»

«Willst du etwa, daß mir die Frauen nachlaufen? Wäre dir das recht?»

«Erzähl mir bloß nicht, du bist über so etwas erhaben und möchtest bei Frauen keinen Eindruck schinden.»

«Meinst du, das würde genügen?» Er tat, als sei er Feuer und Flamme. «Ein Hemd mit Kragenstäbchen und Haarfestiger?»

«Ernsthaft, David . . . Es ist wichtig. Mr. Wasserman schien es sogar für sehr wichtig zu halten. Meinst du, sie werden deinen Vertrag nicht verlängern?»

Er nickte. «Höchstwahrscheinlich. Ich bin überzeugt, er wäre gestern nicht zu uns gekommen, wenn er anderer Ansicht wäre.»

«Was werden wir tun?»

Er zuckte die Achseln. «Das Seminar verständigen, daß ich arbeitslos bin. Die sollen mir eine andere Gemeinde suchen.»

«Und wenn wieder dasselbe passiert?»

«Werden wir sie wieder benachrichtigen.» Er lachte. «Aber wenn wir das Herumziehen satt haben, kann ich ja eine Stellung als Dozent annehmen. Kein Mensch kümmert sich darum, wie Dozenten angezogen sind.»

«Warum tun wir das denn nicht gleich, statt darauf zu warten, daß man uns aus einem halben Dutzend Gemeinden rauswirft? Ich wäre gern Dozentenfrau. Du könntest als Semitist an ein College gehen, vielleicht sogar ans Seminar. Stell dir doch nur vor, David, ich brauchte mir keine Sorgen mehr darum zu machen, ob die Präsidentin des Frauenvereins mich für eine gute Hausfrau hält oder ob ihr mein Kleid gefällt . . .»

Der Rabbi lächelte. «Dann käme es nur noch auf die Frau des Dekans an. Und ich — ich müßte nicht dauernd an offiziellen Essen teilnehmen.»

«. . . und ich brauchte nicht jedesmal zu lächeln, wenn ein Gemeindemitglied zu mir hinsieht.»

«Machst du das denn?»

«Freilich. Bis mir jeder Gesichtsmuskel weh tut. Ach, laß uns an ein College gehen, David!»

Er sah sie erstaunt an. «Das kann doch nicht dein Ernst sein!» Sein Gesicht wurde düster. «Glaub nur nicht, daß ich unter dem Fehlschlag hier nicht leide, Miriam. Es belastet mich, weil ich etwas angefangen und dabei versagt habe, und auch, weil ich weiß, die Gemeinde braucht mich. Sie wissen es noch nicht, aber ich weiß es. Was wird denn aus diesen Gemeinden ohne mich oder jemand wie mich? Als religiöse Institutionen, das heißt als jüdische religiöse Institutionen, hören sie zu existieren auf. Ich meine damit nicht etwa Mangel an Aktivität. Sie sind sogar von einer bienenemsigen Betriebsamkeit mit ihren zahllosen verschiedenen Gruppen und Clubs und Komitees. Da werden Geselligkeit und Kunst, Wissenschaft und Forschung, Wohltätigkeit und Sport gefördert, aber . . .»

Es klingelte.

Miriam machte auf. Ein untersetzter Mann mit freundlichem irischem Gesicht und schlohweißem Haar stand vor ihr.

«Rabbi David Small?»

«Ja?» Der Rabbi sah fragend von ihm auf die Karte, aus der hervorging, daß er Hugh Lanigan vor sich hatte, den Polizeichef von Barnard's Crossing.

«Kann ich Sie unter vier Augen sprechen?» erkundigte sich Lanigan.

«Selbstverständlich.» Der Rabbi führte ihn in sein Arbeitszimmer. Er schloß die Tür und bat seine Frau, dafür zu sorgen, daß sie nicht gestört würden.

Er bot seinem Besucher einen Sessel an, setzte sich ebenfalls und blickte ihn gespannt an.

«Ihr Wagen hat die ganze Nacht auf dem Parkplatz der Synagoge gestanden, Rabbi.»

«Ist das nicht gestattet?»

«Doch, doch – selbstverständlich. Der Parkplatz ist Privateigentum. Wenn überhaupt jemand ein Recht hat, dort zu parken, sind Sie es.»

«Ja, und?»

«Ja, und da haben wir uns gefragt, weshalb Sie ihn wohl dort gelassen und nicht in Ihre Garage gefahren haben ...»

«Dachten Sie, er könnte gestohlen werden? Die Erklärung ist ganz einfach. Ich habe ihn dort gelassen, weil ich ohne Schlüssel nicht wegfahren konnte.» Er lächelte verlegen. «Ich fürchte, das hört sich ziemlich unklar an. Ich bin gestern noch einmal in die Synagoge gefahren und habe den Abend in meinem Arbeitszimmer verbracht. Es waren nämlich ein paar Bücher angekommen, die ich mir gern näher ansehen wollte. Als ich dann ging, habe ich die Tür meines Arbeitszimmers hinter mir zugemacht und sie damit versperrt ... Sie verstehen?»

Lanigan nickte. «Die Tür hat ein Schnappschloß.»

«Ja. Der Schlüsselring mit meinen sämtlichen Schlüsseln, auch dem zum Arbeitszimmer, lag drin auf dem Schreibtisch. Da ich ja nicht aufsperren und ihn holen konnte, mußte ich zu Fuß nach Hause gehen. Das ist das ganze Geheimnis.»

Lanigan wiegte nachdenklich den Kopf. «Soviel ich weiß, haben Sie jeden Morgen eine Andacht. Heute früh sind Sie nicht hingegangen, Rabbi.»

«Das stimmt ... Einige Mitglieder der Gemeinde sehen es zwar wahrscheinlich nicht gern, aber daß sie sich deshalb gleich bei der Polizei beschweren, hätte ich doch nicht erwartet.»

Lanigan lachte auf. «Kein Mensch hat sich beschwert. Zumindest nicht bei mir, nicht in meiner Eigenschaft als Polizeichef ...»

«Hören Sie, Mr. Lanigan, es ist doch offenbar etwas passiert, eine Polizeisache, die mit meinem Wagen zu tun hat ... Nein, sie muß mit mir zu tun haben, sonst hätten Sie mich ja nicht gefragt, warum ich heute früh nicht in der Synagoge gewesen bin. Wenn Sie mir erzählen würden, was geschehen ist, könnte ich Ihnen vielleicht die gewünschte Auskunft geben oder Ihnen wenigstens besser behilflich sein.»

«Sie haben ganz recht, Rabbi. Sie wissen ja, daß wir uns an unsere Vorschriften halten müssen. Mein gesunder Menschenverstand sagt mir, daß Sie als Geistlicher gar nichts damit zu tun haben können, aber als Polizist ...»

«Als Polizist wird nicht von Ihnen erwartet, daß Sie Ihren gesunden Menschenverstand gebrauchen? Meinten Sie das?»

«Na, also ... Ja, so ungefähr. Andererseits hat es natürlich seinen guten Grund. Wir sind verpflichtet, jeden zu verhören, der in den Fall verwickelt sein könnte. Obwohl ich nun weiß, daß ein Rabbi ein solches Verbrechen, wie wir es untersuchen, ebensowenig begehen würde wie ein Priester ...»

«Ich würde nicht zu entscheiden wagen, was ein Priester täte und was nicht, Mr. Lanigan. Aber eines weiß ich: ein Rabbi wäre zu den gleichen Dingen fähig wie jeder andere Mensch. Wir unterscheiden uns in nichts von gewöhnlichen Sterblichen. Wir sind nicht einmal Geistliche, wie Sie es nennen. Ich habe keinerlei Pflichten oder Privilegien, die nicht auch jedes Mitglied meiner Gemeinde hat. Von mir wird nur erwartet, daß ich das Gesetz kenne, nach dessen Vorschriften wir leben sollen.»

«Nett von Ihnen, daß Sie es so formulieren, Rabbi. Ich will ganz offen zu Ihnen sein. Heute morgen wurde der Leichnam einer jungen Frau von etwa neunzehn bis zwanzig Jahren auf dem Gelände der Synagoge gefunden, direkt hinter der niedrigen Mauer zwischen Parkplatz und Rasen. Sie wurde offenbar irgendwann im Laufe der Nacht getötet. Sobald das Laboratorium mit den Untersuchungen fertig ist, werden wir über den Zeitpunkt ziemlich genau Bescheid wissen.»

«Getötet? Ein Unfall?»

«Es war kein Unfall, Rabbi. Sie wurde mit einer silbernen Kette erdrosselt, die sie um den Hals trug, einer von diesen schweren Gliederketten mit Medaillon. Ausgeschlossen, daß es sich um einen Unfall handelt.»

«Das ist ja furchtbar. War sie ... gehörte sie zu meiner Gemeinde? Kenne ich sie?»

«Kennen Sie eine Elspeth Bleech?» fragte der Polizeichef.

Der Rabbi schüttelte den Kopf. «Ein ungebräuchlicher Name ... Elspeth.»

«Kommt von Elizabeth. Ein englischer Name. Das Mädchen stammte aus Nova Scotia.»

«Aus Nova Scotia? Eine Touristin?»

Lanigan lächelte. «Keine Touristin, Rabbi; eine Hausangestellte. Elspeth Bleech war bei den Serafinos in Stellung. Kennen Sie die Serafinos, Rabbi?»

«Der Name klingt italienisch.» Er lächelte. «Sollte ich Italiener in meiner Gemeinde haben, so bin ich mir dessen jedenfalls nicht bewußt.»

Lanigan grinste ihn an. «Die Serafinos sind tatsächlich Italiener.

Aber ich weiß, daß sie nicht in Ihre Kirche gehen, sondern in meine, die *Star of the Sea*-Kirche.»

«Sie sind Katholik? Das wundert mich allerdings. Ich hätte nicht gedacht, daß ein Katholik in einer Stadt wie Barnard's Crossing Polizeichef werden kann.»

«Seit der Revolution leben hier ein paar katholische Familien, darunter auch meine. Wenn Sie die Geschichte der Stadt kennen würden, wüßten Sie, daß Barnard's Crossing zu den wenigen Gemeinden im puritanischen Massachusetts gehört, in denen ein Katholik in Frieden leben konnte. Die Stadtgründer waren nicht gerade fanatische Puritaner.»

«Sehr interessant. Damit muß ich mich gelegentlich eingehender beschäftigen.» Er zögerte und fragte dann: «Diese Elspeth Bleech ... Ist sie überfallen oder belästigt worden?»

Lanigan machte eine zweifelnde Gebärde. «Allem Anschein nach nicht, aber vielleicht stellt der medizinische Sachverständige etwas fest. Es gab keinerlei Kampfspuren, weder Kratzer noch zerrissene Kleider. Das heißt, ein Kleid hatte sie gar nicht an – nur einen Unterrock, einen leichten Mantel, und darüber eine von diesen durchsichtigen Regenhäuten ... Das arme Mädchen hatte keine Chance. Die Kette, die sie trug, schließt eng am Hals an. Der Mörder brauchte sie nur hinten zu packen und umzudrehen.»

«Scheußlich», murmelte der Rabbi. «Und Sie meinen, daß es auf dem Synagogengelände passiert ist?»

Lanigan spitzte den Mund. «Da sind wir durchaus nicht sicher. Soweit wir bis jetzt wissen, könnte der Mord auch woanders begangen worden sein.»

«Weshalb hat er sie dann dorthin gebracht?» fragte der Rabbi. Es beschämte ihn, daß er automatisch an einen Plan dachte, der die jüdische Gemeinde mit einem Ritualmord belasten sollte.

«Weil der Platz für den Zweck gar nicht schlecht ist, wenn Sie sich's genau überlegen. Sie denken vielleicht, hier draußen in den Vororten kann man eine Leiche überall loswerden, aber das stimmt nicht. Die meisten in Frage kommenden Stellen können von irgendwoher eingesehen werden, und die unbebauten Gegenden sind von Liebespärchen bevölkert ... Nein, ich würde schon sagen, das Gelände bei der Synagoge ist sehr geeignet. Da ist es dunkel; es gibt keine Häuser in der unmittelbaren Nachbarschaft, und nachts ist es dort meist menschenleer.» Er hielt inne und warf dann beiläufig hin: «Ach ja, von wann bis wann waren Sie übrigens in der Synagoge?»

«Sie wollen wissen, ob ich etwas gehört oder gesehen habe?»

«Eh ... Ja.»

Der Rabbi lächelte. «Und außerdem wüßten Sie gern, was ich in der kritischen Zeit getan habe. Also gut. Ich ging gegen halb acht, acht zu Hause weg. Wie spät es genau war, kann ich Ihnen nicht sagen, weil ich nie auf die Uhr schaue. Meistens trage ich nicht mal eine. Ich trank Tee mit meiner Frau und Mr. Wasserman, unserem Gemeindevorsteher, als Stanley – unser Hausmeister – vorbeikam. Er berichtete, eine Büchersendung, die ich erwartete, sei eingetroffen und stehe in meinem Arbeitszimmer. Deshalb entschuldigte ich mich und fuhr zur Synagoge ... Ich bin kurz nach Stanley weggegangen. Sie müßten also mit Hilfe von meiner Frau, Mr. Wasserman und Stanley den Zeitpunkt ziemlich exakt feststellen können. Ich parkte meinen Wagen bei der Synagoge und ging direkt hinauf in mein Arbeitszimmer im zweiten Stock. Dort blieb ich bis nach zwölf. Das weiß ich, weil ich zufällig um Mitternacht auf meine Schreibtischuhr sah und es an der Zeit fand, nach Hause zu fahren. Da ich aber mitten in einem Kapitel war, bin ich nicht sofort aufgebrochen.» Plötzlich fiel ihm etwas ein. «Vielleicht können Sie damit die Zeit genauer bestimmen: kurz bevor ich zu Hause war, kam ein Wolkenbruch, so daß ich den Rest des Weges rennen mußte. Solche Dinge werden doch vermutlich von der Wetterwarte verzeichnet.»

«Das war um Viertel vor eins. Wir haben das als erstes nachgeprüft, weil das Mädchen ja einen Regenmantel trug.»

«Aha ... Normalerweise brauche ich zu Fuß zwanzig Minuten von der Synagoge bis zu meiner Wohnung. Das weiß ich, da wir ja am Freitagabend und am Sonnabend laufen. Aber ich nehme an, daß ich letzte Nacht langsamer gegangen bin, weil ich an die Bücher dachte, die ich gelesen hatte.»

«Andererseits sind Sie doch einen Teil der Strecke gerannt.»

«Nur ungefähr die letzten hundert Meter. Setzen Sie fünfundzwanzig Minuten an, das dürfte ziemlich genau hinkommen. Das hieße also, daß ich die Synagoge um zwanzig nach zwölf verlassen habe.»

«Haben Sie unterwegs jemand getroffen?»

«Nein, nur den Streifenpolizisten. Er kennt mich anscheinend, da er gegrüßt hat.»

«Das war Norman.» Er lächelte. «Es ist nicht gesagt, daß er Sie kennt, wenn er gegrüßt hat. Er erstattet um ein Uhr über das Polizeitelefon in der Vine Street gleich hinter der Synagoge Meldung. Von ihm kann ich die genaue Zeit erfahren.»

«Notiert er das etwa?»

«Kaum, aber er wird sich erinnern. Norman ist ein tüchtiger Beamter. Sie haben doch wahrscheinlich Licht gemacht, als Sie in die Synagoge kamen?»

«Nein. Es war ja noch nicht dunkel draußen.»
«Aber in Ihrem Arbeitszimmer haben Sie natürlich Licht gemacht?»
«Freilich.»
«Das hätte jeder Passant sehen müssen.»
Der Rabbi überlegte. Dann schüttelte er den Kopf. «Nein. Ich habe nur die Schreibtischlampe angeschaltet, nicht die Deckenbeleuchtung. Das Fenster habe ich zwar geöffnet, aber die Jalousie heruntergelassen.»
«Warum denn?»
«Offen gestanden, weil ich nicht gestört werden wollte. Es hätte ja jemand von der Gemeinde im Vorbeigehen das Licht bemerken und heraufkommen können, um ein bißchen zu schwatzen.»
«Wenn also jemand in der Nähe der Synagoge gewesen wäre, hätte er das Gebäude für leer halten müssen. Stimmt das, Rabbi?»
Der Rabbi dachte kurz nach und nickte.
Der Polizeichef lächelte.
«Ist denn das für Sie wichtig?»
«Hm ... Ja, damit könnten wir die Zeitfrage klären. Nehmen wir mal an, man hätte doch einen Lichtschein sehen können. Da ja außerdem Ihr Wagen auf dem Parkplatz stand, wäre die Vermutung naheliegend gewesen, daß noch jemand im Haus war, der jederzeit herauskommen konnte. In dem Fall könnten wir mit Recht folgern, daß die Leiche hinter die Mauer geschafft wurde, nachdem Sie weggegangen waren. War jedoch kein Licht von draußen zu erkennen, hätte man daraus schließen können, daß Ihr Wagen für die ganze Nacht dort geparkt war. Dann könnte die Leiche sehr wohl auf den Rasen gelegt worden sein, während Sie noch oben saßen. Nach der ersten Schätzung des medizinischen Sachverständigen wurde das Mädchen gegen ein Uhr umgebracht. Im jetzigen Untersuchungsstadium ist das nur eine Hypothese, die freilich untermauert worden wäre, wenn Sie nicht abgedunkelt hätten. Da Sie das aber nun einmal getan haben, kann die Tote durchaus hingebracht worden sein, während Sie sich noch in Ihrem Arbeitszimmer befanden, das heißt zu jedem beliebigen Zeitpunkt von den frühen Abendstunden an.»
«Ich verstehe.»
«Denken Sie bitte genau nach, Rabbi: Haben Sie etwas Ungewöhnliches gehört oder gesehen? Etwa einen Schrei? Oder ein Auto, das auf den Parkplatz fuhr?»
Der Rabbi verneinte.
«Und während Sie sich in Ihrem Arbeitszimmer aufhielten, war niemand bei Ihnen? Oder ist Ihnen auf dem Heimweg jemand begegnet?»

«Es war niemand bei mir, nein. Und ich habe nur den Polizisten getroffen.»

«Sie sagen, daß Sie Elspeth Bleech nicht kennen. Wäre es möglich, daß Sie sie doch vom Sehen her kennen und nur den Namen nicht wissen? Schließlich ist das Haus der Serafinos in der Nähe der Synagoge.»

«Das wäre immerhin denkbar.»

«Neunzehn bis zwanzig Jahre alt, blond, etwa einssechzig, ein bißchen pummelig, aber ganz attraktiv ... Vielleicht kann ich Ihnen später ein Bild zeigen.»

Der Rabbi schüttelte den Kopf. «Nach Ihrer Beschreibung erkenne ich sie nicht. Die trifft auf viele Mädchen zu, die ich vielleicht einmal gesehen habe. Jedenfalls fällt mir im Augenblick niemand ein.»

«Also dann will ich direkter fragen: Haben Sie in den letzten Tagen ein Mädchen im Wagen mitgenommen, auf das die Beschreibung passen könnte?»

Rabbi Small wehrte lächelnd ab. «Ein Rabbi muß in solchen Dingen genauso vorsichtig sein wie ein katholischer oder protestantischer Pfarrer. Ich würde keiner fremden jungen Frau anbieten, sie im Auto mitzunehmen. Die Gemeinde könnte das mißdeuten. Nein, ich habe niemand mitgenommen.»

«Ihre Frau vielleicht?»

«Meine Frau chauffiert nicht.»

Lanigan stand auf und streckte ihm die Hand hin. «Trotzdem – schönen Dank für Ihre Hilfe, Rabbi.»

«Ich bitte Sie – das war doch selbstverständlich.»

«Ach, übrigens ...» Lanigan wandte sich in der Tür noch einmal um: «Ich hoffe, Sie brauchen Ihren Wagen nicht gleich. Meine Leute haben ihn sich vorgenommen.»

Der Rabbi sah ihn verblüfft an.

«Es ist nämlich ... Wissen Sie, die Handtasche der Toten lag nämlich drin.»

9. Kapitel

Hugh Lanigan kannte jeden, der aus der Old Town stammte, und natürlich auch Stanley. Er traf ihn im Gemeindesaal an, wo er gerade eine lange Tafel aufstellte, auf der nachher die kleinen Kuchen und das Teegebäck serviert werden sollten, den üblichen Imbiß nach dem Gottesdienst am Freitagabend.

«Ich überprüfe nur die Geschichte, Stanley.»

«Freilich, Hugh, aber ich hab doch Eban Jennings schon alles gesagt, was ich weiß.»

«Du kannst es mir ruhig noch mal erzählen. Du bist also gestern abend zum Rabbi in die Wohnung gegangen, um ihm wegen einer Bücherkiste Bescheid zu sagen ... Wann sind die Bücher angekommen?»

«Gegen sechs. Vielleicht auch 'n bißchen später. War die letzte Lieferung von Robinson's Express.»

«Und wann bist du zum Rabbi gefahren?»

«So um halb acht rum. Ich hab die Kiste gekriegt, 'n Mordstrumm, und sie ist für den Rabbi. Zuerst weiß ich ja gar nicht, daß Bücher drin sind – ich meine, der Rabbi hat mir schon was von 'ner Büchersendung gesagt, auf die er wartet, aber ich hab ja keinen Schimmer gehabt, daß die in 'ner Holzkiste kommen. Aber dann seh ich den Absender: Dropsie College. Und der Rabbi hat was davon gesagt, daß die Bücher vom Dropsie College kommen. Und da hab ich mir gedacht, das sind sie ... die Bücher, meine ich.»

«Aha. Und dann?»

«Du wirst's kaum glauben, Hugh, aber der Rabbi ... Nichts gegen ihn zu sagen, er ist 'n netter Kerl, aber der weiß ja nicht mal, wie rum man 'nen Hammer hält. Also egal, was in der Kiste ist, aufmachen muß ich sie sowieso für ihn. Kapiert? Da denk ich mir, dann kann ich's auch gleich tun. Ich schlepp also den ganzen Krempel, die Kiste und alles gleich rauf in sein Arbeitszimmer. Hinterher hab ich meine Arbeit hier fertig gemacht und mir gedacht, ich sag ihm Bescheid, daß sie gekommen sind, weil er doch so drauf gewartet hat. Und ich muß ja sowieso bei ihm vorbeifahren.»

«Wo wohnst du denn jetzt, Stanley?»

«Ich hab 'n Zimmer bei Mama Schofield.»

«Hast du nicht immer in der Synagoge gewohnt?»

«Ja, früher. Da hab ich 'n Zimmer in der Mansarde gehabt. Klasse. Nicht übel, direkt am Arbeitsplatz zu wohnen. Aber dann haben sie Schluß damit gemacht. Sie haben mir jeden Monat 'n paar Dollar mehr gegeben für die Miete, und seitdem wohn ich bei Mama Schofield.»

«Warum haben sie damit Schluß gemacht?» fragte Lanigan.

«Ich erzähl dir, wie's gewesen ist, Hugh. Sie haben rausgekriegt, daß ich da oben manchmal Besuch gehabt hab. Keine dollen Parties, verstehst du, Hugh. So was würd ich nie tun, schon gar nicht, wenn Leute in der Synagoge sind. Nur eben ein paar Bekannte auf 'nen kleinen Schwatz und ein paar Gläser Bier. Aber sie haben sich wohl gedacht, ich könnt auf die Idee kommen, ein Weib mit raufzunehmen, vielleicht an einem von ihren Feiertagen.» Er lachte dröhnend und schlug sich auf die Schenkel. «Ich glaub, die hatten Angst, während sie unten beten, könnte ich oben ... Verstehst du?»

«Weiter.»

«Da haben sie mir gesagt, ich soll mir 'n Zimmer suchen, und das hab ich auch getan. Deswegen hat's keine Feindschaft gegeben.»

«Und wie ist's jetzt in dem neuen Haus? Übernachtest du manchmal hier?»

«Im Winter nach 'nem starken Schneefall, wenn ich frühmorgens die Bürgersteige räumen muß. Ich hab mir unten im Heizraum ein Feldbett aufgestellt.»

«Das wollen wir uns mal ansehen.»

«Ist recht.» Stanley führte ihn eine kurze Eisentreppe hinunter und trat beiseite, als Lanigan eine stahlverkleidete Tür aufstieß. Der Heizraum war tadellos in Ordnung, bis auf die Ecke, in der Stanley sein Feldbett aufgeschlagen hatte. Lanigan wies ihn darauf hin, daß die Decken zerwühlt waren.

«Sind die seit dem letzten Schneefall so?» fragte er.

«Meistens leg ich mich nach Tisch 'n bißchen aufs Ohr», sagte Stanley leichthin. Er sah zu, wie Lanigan im vollen Aschenbecher herumstocherte. «Hier runter kommt nie wer.»

Lanigan setzte sich auf den Korbstuhl und ließ die Blicke über Stanleys Kunstgalerie schweifen. Stanley grinste einfältig. Der Polizeichef winkte ihm, sich zu setzen, und er ließ sich gehorsam auf das Feldbett fallen.

«Weiter im Text», fuhr Lanigan fort.» Gegen halb acht hast du beim Haus des Rabbis gehalten, um ihm wegen der Kiste Bescheid zu sagen ... Warum konntest du nicht bis zum nächsten Morgen warten? Hast du damit gerechnet, daß der Rabbi abends seine Wohnung verläßt?»

Stanley war offensichtlich erstaunt über die Frage. «Aber klar doch, der Rabbi sitzt oft nachts hier oben und liest und studiert.»

«Hm hm ... Und was hast du danach getan?»

«Bin nach Hause gefahren.»

«Hast du unterwegs haltgemacht?»

«Freilich, im *Ship's Cabin*. Hab dort 'ne Kleinigkeit gegessen und zwei Bier getrunken. Dann bin ich zu Mama Schofield gefahren.»

«Bist du dort geblieben?»

«Ja, den ganzen frühen Abend.»

«Und dann hast du dich ins Bett gelegt?»

«Na ja, vor dem Schlafengehen bin ich noch 'n Bier trinken gewesen. Im *Ship's Cabin*.»

«Und wann bist du diesmal weggegangen?»

«Kann so gegen Mitternacht gewesen sein. Vielleicht 'n bißchen später.»

«Und du bist gleich nach Hause gefahren?»

Einen Augenblick zögerte er «Eh ... Ja.»

«Hat dich jemand reinkommen gesehen?»

«Nee, wieso denn auch? Ich hab doch 'n Schlüssel.»

«Gut. Wann bist du heute morgen zur Arbeit gekommen?»

«Wie immer. Kurz vor sieben.»

«Und was hast du getan?»

«Um halb acht haben sie Gottesdienst. Da hab ich Licht gemacht und die Fenster geöffnet, damit frische Luft reinkommt. Dann hab ich mich an meine Arbeit gemacht. Um die Jahreszeit hab ich meistens mit dem Rasen zu tun. Das gemähte Gras zusammenrechen und so. Gestern hab ich drüben an der Maple Street angefangen. Da hab ich weitergemacht, wo ich aufgehört hab, und dann so allmählich hinten ums Haus rum auf die andere Seite. Da hab ich das Mädchen gesehen. Sie sind gerade vom Gottesdienst gekommen und in ihre Autos gestiegen, wie ich sie da an der Ziegelmauer entdeckt hab. Ich bin rübergegangen und hab gesehen, daß sie tot war. Ich hab über die Mauer gelinst, und Mr. Musinsky – ein Stammgast, ich meine, er kommt jeden Morgen –, der war noch nicht in seinem Auto, und da hab ich ihn gerufen. Er hat sie sich angeschaut und ist dann gleich zurück ins Haus und hat bei euch angerufen.»

«Hast du den Wagen des Rabbis bemerkt, als du heute morgen gekommen bist?»

«Freilich.»

«Hat dich das überrascht?»

«Nicht besonders. Ich hab mir gedacht, er wär zum Morgengottesdienst gekommen und nur 'n bißchen früh dran. Wie ich gesehen hab, daß er nicht im Betsaal gewesen ist, hab ich mir gedacht, er wird in seinem Arbeitszimmer sein.»

«Du bist nicht raufgegangen und hast nachgesehen?»

«Nein. Warum?»

«Gut.» Lanigan stand auf, Stanley ebenfalls. Der Polizeichef schlenderte auf den Korridor, dicht gefolgt von Stanley. Er wandte den Kopf und sagte knapp: «Du hast das Mädchen natürlich erkannt.»

«Ich? Nee ...,» widersprach Stanley hastig.

Lanigan drehte sich um und musterte ihn scharf. «Soll das heißen, du hast sie nie vorher gesehen?»

«Du meinst das Mädchen, das ...»

«Von wem reden wir denn die ganze Zeit?» fragte Lanigan frostig.

«Na ja, wenn ich hier beim Haus arbeite, seh ich natürlich 'n Haufen

Leute. Also gut, ich hab sie gesehen. Ich meine, ich hab sie gesehen, wie sie mit den beiden kleinen Spaghettifressern spazierengegangen ist.»

«Kanntest du sie?»

«Eben hab ich doch gesagt, ich hab sie gesehen.» Es klang gereizt.

«Hast du mal bei ihr landen wollen?»

«Wie kommst du denn da drauf?» erkundigte sich Stanley.

«Na, du bist schließlich kein Säulenheiliger!»

«Aber ich hab's nicht getan.»

«Hast du mal mit ihr gesprochen?»

Stanley zog ein schmutziges Taschentuch aus einer Tasche seines Overalls und wischte sich die Stirn.

«Was ist denn los? Wird dir warm?»

Stanley explodierte. «Verdammt noch mal, Hugh – du willst mir da was anhängen! Klar hab ich mit ihr gesprochen. Ich steh vor dem Haus, und 'n junges Ding kommt an mit zwei Kindern im Schlepptau, und eins reißt an den Sträuchern rum – klar sag ich da was!»

«Natürlich.»

«Aber ausgegangen oder so bin ich nie mit ihr.»

«Hast du ihr auch nie deine Bildergalerie da unten im Keller gezeigt?»

«Nee. Hallo, oder schönes Wetter heute morgen, weiter nichts», behauptete Stanley stur. «Und meistens hat sie nicht mal geantwortet.»

«Kann ich mir vorstellen. Na gut – woher wußtest du, daß die Kinder Italiener sind?»

«Weil ich sie mit ihrem Vater gesehen hab. Den Serafino kenn ich. Ich hab mal bei ihm gearbeitet.»

«Wann war das?»

«Wann ich ihn gesehen habe? Vor zwei, drei Tagen ungefähr. Er ist mit seinem Kabrio angekommen, und da sieht er das Mädchen und die Kinder und fragt, ob Vati ihnen 'n Eis kaufen soll. Und sie quetschen sich alle auf den Vordersitz, das Mädchen und dann die Kinder, und zanken sich, wer an der Tür sitzen soll. Und das Mädchen schlängelt sich rüber, um Platz zu schaffen, und der Alte tätschelt ihr den Hintern. Widerlich.»

«Weil du's nicht warst?»

«Ich bin wenigstens nicht verheiratet und hab keine zwei Kinder.»

10. Kapitel

Die Serafinos hatten einen bewegten Vormittag. Obwohl Mrs. Serafino donnerstags zeitig zu Bett ging, stand sie gewöhnlich am Freitag nicht vor zehn auf. An diesem Morgen jedoch war sie durch die Kinder geweckt worden, die erfolglos bei Elspeth angeklopft hatten und nun ins Schlafzimmer stürmten und angezogen werden wollten.

Sie war wütend, weil das Mädchen verschlafen hatte, warf den Morgenrock über und ging nach unten, um sie zu wecken. Laut rufend hämmerte sie an die Tür. Als keine Antwort kam, fiel ihr ein, daß Elspeth vielleicht gar nicht in ihrem Zimmer war. Das konnte nur bedeuten, daß sie die ganze Nacht weggeblieben war. Für ein Hausmädchen ein schweres Vergehen, das mit fristloser Entlassung bestraft wurde. Sie wollte nach draußen laufen und sich durch einen Blick ins Fenster von der Richtigkeit ihres Verdachtes überzeugen, als es an der Haustür läutete.

Sie war sicher, daß es Elspeth war – wahrscheinlich mit einem Schauermärchen, sie habe ihren Schlüssel verloren –, rannte durch den Korridor und riß die Eingangstür auf. Ein Polizist in Uniform. Ihr Morgenrock hatte sich geöffnet, einen Augenblick stand sie wie benommen da und starrte ihn fassungslos an. Er errötete vor Verlegenheit. Sie merkte plötzlich, daß sie halb nackt war, und raffte den Mantel hastig zusammen.

Was nun folgte, war ein Albtraum. Weitere Polizisten erschienen, in Uniform und in Zivil. Das Telefon läutete ununterbrochen. Sie mußte ihren Mann wecken, damit er sich anziehen und einen Beamten begleiten konnte, um die Leiche zu identifizieren.

«Könnte ich das nicht erledigen?» fragte sie. «Mein Mann braucht seinen Schlaf.»

«Er muß gute Nerven haben, wenn er bei dem Rummel überhaupt schlafen kann», meinte der Beamte und dann, nicht unfreundlich: «Glauben Sie mir, es ist besser, Sie überlassen das ihm. Es ist kein schöner Anblick.»

Die Kinder setzten es irgendwie durch, gefüttert und angezogen zu werden, und Mrs. Serafino machte sogar für sich so etwas wie ein Frühstück. Und während sie aß, prasselten ständig Fragen auf sie hinunter; es war ein formelles Verhör, bei dem ein Beamter ihr gegenüber am Tisch saß und ein anderer Notizen machte. Fragen prasselten auf sie ein, während das Zimmer des Mädchens vermessen und fotografiert wurde, unvermittelt abgeschossene Fragen, die sie überrumpeln sollten.

Nach einer Weile gingen die Beamten. Die Kinder waren hinten auf dem Hof, und Mrs. Serafino hatte beschlossen, sich ein paar Minuten auf der Couch auszuruhen. Da klingelte es abermals an der Haustür. Es war Joe.

Sie forschte ängstlich in seinem Gesicht. «War sie's?»

«Natürlich war sie's. Wer denn sonst? Glaubst du etwa, die Polypen wußten nicht schon, wer sie war, bevor ich sie identifizierte?»

«Wozu haben sie dann dich noch gebraucht?»

«Weil's das Gesetz verlangt, deshalb. Eine Routinesache, die erledigt werden muß.»

«Haben sie dir Fragen gestellt, Joe?»

«Polypen fragen dauernd was.»

«Zum Beispiel? Was haben sie dich gefragt?»

«Hatte sie Feinde? Hatte sie einen festen Freund? Freundinnen? Wirkte sie in letzter Zeit verwirrt? Wann hab ich sie zum letztenmal gesehen?»

«Und was hast du ihnen gesagt?»

«Was meinst du wohl, was ich ihnen gesagt habe? Ich weiß nichts von einem Freund. Diese Celia, die bei den Hoskins arbeitet, ist die einzige Freundin, von der ich weiß. Sie hat auf mich ganz wie immer gewirkt. Ich habe keine Anzeichen dafür entdeckt, daß sie durcheinander war. Das hab ich ihnen gesagt.»

«Und hast du ihnen erzählt, wann du sie zuletzt gesehen hast?»

«Freilich – gestern mittag gegen eins oder zwei ... Meine Güte, was sollen diese Fragen? Erst die Polypen, und kaum komm ich nach Hause, fängst du auch an! Und ich hab den ganzen Vormittag noch nicht mal 'ne Tasse Kaffee gekriegt.»

«Ich hole dir welchen, Joe. Möchtest du Toast dazu haben? Eier? Getreideflocken?»

«Nein, nur Kaffee. Ich bin völlig fertig, mein Magen ist wie zugeschnürt.»

Sie wärmte den Kaffee auf. Ohne sich umzudrehen, fragte sie: «Wann hast du sie nun wirklich zuletzt gesehen, Joe? Um eins oder um zwei?»

Er blickte zur Decke. «Mal überlegen. Ich bin runtergekommen und habe gefrühstückt – gegen zwölf, stimmt's? Da hab ich sie gesehen. Ich glaube, ich habe ...» Er brach unsicher ab. «Jedenfalls hab ich gehört, wie sie den Kindern ihren Lunch gegeben und sie nachher zu Bett gebracht hat. Dann bin ich aufgestanden, um mich anzuziehen, und wie ich zurückgekommen bin, war sie schon weg.»

«Danach hast du sie nicht mehr gesehen?»

«Was meinst du denn damit? Zum Teufel, worauf willst du hinaus?»

«Du wolltest sie doch nach Lynn fahren, weißt du nicht mehr?»

«Und?»

«Und da hab ich mir überlegt, ob du sie vielleicht vor der Bushaltestelle eingeholt hast? Oder ob du vielleicht in Lynn in sie hineingelaufen bist?»

Eine schwache Röte überzog sein bräunliches Gesicht. Langsam stand er vom Küchentisch auf. «Na schön, dann pack mal aus. Worauf spielst du an?»

Sie war jetzt etwas eingeschüchtert, hatte sich aber zu weit vorgewagt, um noch zurück zu können. «Meinst du, ich hab nicht bemerkt, wie du sie mit Blicken verschlungen hast? Woher soll ich denn wissen, ob du dich nicht an ihrem freien Tag mit ihr getroffen hast? Vielleicht sogar hier im Haus, wenn ich nicht da war?»

«Das ist es also! Ich sehe hinter einer Puppe her, und schon heißt das, ich schlafe mit ihr. Und wenn ich sie satt habe, murkse ich sie ab, was? Als gute Staatsbürgerin wirst du das wohl jetzt brühwarm der Polizei erzählen, stell ich mir vor.»

«Du weißt genau, daß ich so was nicht tun würde, Joe. Ich überlege nur, ob dich vielleicht jemand gesehen hat. Dann könnte ich ja behaupten, sie hätte was für mich zu besorgen gehabt oder so. Um dich zu decken.»

«Ich sollte dir das ins Gesicht werfen!» Er nahm die Zuckerdose in die Hand.

«Ach nee? Spiel du bei mir bloß nicht den Unschuldsengel, Joe Serafino!» keifte sie. «Erzähl mir ja nicht, du machst dich nicht an eine ran, die unter einem Dach mit uns wohnt. Ich hab dich beobachtet, wie du mit dem Mädchen und den Kindern spazierengefahren bist. Und wie du dich an sie gedrückt hast, als du ihr aus dem Wagen geholfen hast. Warum hast du mir noch nie aus dem Wagen geholfen? Hier durch das Küchenfenster hab ich dich beobachtet. Und wie war's denn mit der anderen, mit Gladys? Red mir bloß nicht ein, daß nichts gewesen ist zwischen euch. Wo sie praktisch splitterfasernackt rumgelaufen ist, wenn du hier in der Küche gesessen hast und die Tür halb offen stand. Und wie oft . . .»

Die Türglocke läutete.

Es war Hugh Lanigan. «Mrs. Serafino? Ich hätte ein paar Fragen an Sie.»

11. Kapitel

Alice Hoskins hatte das exklusive Mädchen-College Bryn Mawr absolviert, war Mutter zweier Kinder und erwartete sichtlich das dritte. Sie führte den Polizeichef ins Wohnzimmer. Der Boden war ganz bedeckt von einem silbergrauen gemusterten Spannteppich. Moderne dänische Möbel, bizarr geformte Stühle aus hochpoliertem Teakholz und schwarzem Segeltuch, allem Anschein nach verkehrt herum gebogen, dennoch erstaunlicherweise bequeme Sitzgelegenheiten. Ein Couchtisch, eine Platte aus dunklem Walnußholz auf vier gläsernen Füßen. An einer Wand hing ein großes abstraktes Gemälde, das entfernt an einen weiblichen Kopf erinnerte, an einer anderen eine groteske Ebenholzmaske, deren kantige Züge weiß nachgezeichnet waren. Überall standen eckige Kristallaschenbecher herum, die vor Zigarettenstummeln überquollen. Einer von jenen Räumen, die nur dann attraktiv wirken, wenn sie tadellos aufgeräumt sind und alles an seinem Platz ist; hier jedoch herrschte ein Tohuwabohu: Der Boden mit Spielzeug übersät, ein roter Kinderpullover über einem schmiedeeisernen, mit weißem Leder bezogenen Sessel; auf dem Kaminsims ein viertelvolles Glas Milch; auf der Couch eine verknüllte Zeitung.

Alice Hoskins war bis auf den vorgewölbten Leib lang und dünn. Sie watschelte zur Couch, fegte die Zeitung auf den Boden und setzte sich. Mit einer einladenden Handbewegung wies sie Lanigan den Platz neben sich an, hielt ihm eine Kristalldose mit Zigaretten hin und nahm sich ebenfalls eine. Als er nach dem passenden Tischfeuerzeug griff, sagte sie: «Es funktioniert nicht ...» und zündete ein Streichholz für ihn an.

«Celia ist gerade mit den Kindern draußen, aber sie müßte bald zurückkommen», erklärte sie.

«Das macht absolut nichts.» Er kam sofort zur Sache: «War sie eng mit Elspeth Bleech befreundet?»

«Celia ist mit aller Welt befreundet, Mr. Lanigan. Sie gehört zu den unansehnlichen Mädchen, die Freundschaft als Lebensaufgabe betrachten. Sie wissen doch, ein häßliches Mädchen muß sich ja einen Ersatz schaffen. Sie ist vergnügt, kein Spielverderber und ganz versessen auf Kinder. Und die Kinder sind ebenso verrückt nach ihr. Ich bin nur dazu da, um sie zu kriegen; nachher kümmert Celia sich um sie.»

«Ist sie schon lange bei Ihnen?»

«Sie kam vor der Geburt des ersten her. Ich war damals im neunten Monat.»

«Dann ist sie also ein gutes Stück älter als Elspeth?»

«Meine Güte, natürlich. Celia ist acht- oder neunundzwanzig.»

«Hat sie sich mit Ihnen über Elspeth unterhalten?»

«O ja. Wir reden über alles mögliche. Wir verstehen uns ausgezeichnet. Celia hat eine gute Portion gesunden Menschenverstand, wenn es auch mit ihrer Schulbildung ein bißchen hapert. Sie ist viel herumgekommen und kennt die Menschen. Elspeth tat ihr leid ... Celia hat immer Mitleid mit allen Leuten. In diesem Fall wohl mit einer gewissen Berechtigung – wo Elspeth doch fremd hier war und so weiter. Und außerdem war sie wirklich schüchtern. Überhaupt nicht unternehmungslustig. Celia geht regelmäßig zum Kegeln und Tanzen, im Sommer auf Strandfeste und im Winter Schlittschuh laufen. Aber sie konnte Elspeth nie dazu bewegen, mitzukommen. Gelegentlich ist sie mit ihr im Kino gewesen, und natürlich waren sie nachmittags meistens mit den Kindern zusammen draußen, aber Celia hat sie nie dazu gekriegt, sie zum Kegeln oder Tanzen zu begleiten – irgendwohin eben, wo ein Mädchen Männerbekanntschaften machen kann.»

«Bestimmt haben Sie auch über den Grund gesprochen.»

«Selbstverständlich. Celia hielt sie für schüchtern von Natur aus – so was gibt's ja öfter, nicht wahr? Und sie meinte, vielleicht hätte Elspeth auch nicht die passende Garderobe. Ich vermute außerdem, Celias Bekannte waren für Elspeth einfach zu alt.»

Lanigan kramte einen Schnappschuß von dem Mädchen mit den beiden Kindern aus der Tasche. «Das hat mir Mrs. Serafino gegeben. Das einzige Bild, das sie von ihr hatte. Finden Sie es gut getroffen?»

«Freilich, das ist sie.»

«Ich meine, würden Sie es als charakteristisch im Ausdruck bezeichnen, Mrs. Hoskins? Wir wollen es nämlich eventuell in den Zeitungen veröffentlichen ...»

«Etwa mit den beiden Kindern?»

«Aber nein, die retuschieren wir weg.»

«Die Sensationslust des Publikums muß ja wohl befriedigt werden, aber ich wußte bisher nicht, daß die Polizei das noch unterstützt», sagte sie eisig.

Er lachte. «Gerade umgekehrt, Mrs. Hoskins. Wir hoffen auf die Unterstützung der Presse. Wenn sie das Bild veröffentlicht, können wir vielleicht genau rekonstruieren, wo Elspeth gestern überall gewesen ist.»

«Ach so ... Verzeihen Sie.»

«Würden Sie den Ausdruck als charakteristisch bezeichnen?» wiederholte er.

Sie sah sich den Schnappschuß noch einmal an. «Ja, das ist typisch Elspeth. Sie war wirklich ein ganz hübsches Mädchen. Ein bißchen pummelig, aber sonst ... Natürlich habe ich sie immer nur mit den Kindern gesehen, so gut wie gar nicht zurechtgemacht und mit glatt zurückgekämmtem Haar – aber welcher Frau steht schon Hausarbeit und Kinderhüten? Einmal habe ich sie in großer Gala erlebt: hohe Absätze, Ballkleid und richtig frisiert. Ganz reizend. Damals hatte sie gerade bei den Serafinos angefangen. Ich erinnere mich jetzt – im Februar war es, zu Washingtons Geburtstag. Wir hatten zwei Billetts für den Polizei- und Feuerwehr-Ball gekauft und sie natürlich Celia geschenkt ...»

«Natürlich», murmelte Lanigan.

«Na ja ...» Sie stockte und wurde rot. «Ach, verzeihen Sie ...»

«Sie brauchen sich nicht zu entschuldigen, Mrs. Hoskins. Alle Leute verschenken sie weiter – meistens an Dienstmädchen.»

«Was ich sagen wollte», fuhr sie fort, «es sah Celia ähnlich, Elspeth einzuladen statt einen ihrer Freunde. Elspeth holte sie hier ab, weil mein Mann die beiden hinfahren wollte.»

An der Haustür lärmte es. Mrs. Hoskins sagte: «Da kommt Celia mit den Kindern.»

Die Tür barst auf, und die zwei Kinder platzten herein, gefolgt von der langen, wenig attraktiven Celia. Hugh stand hilflos inmitten des Wirbels, während sich die beiden Frauen bemühten, die Kinder aus ihren Pullovern und Mützen herauszuschälen.

«Ich gebe ihnen zu essen, Celia», sagte Mrs. Hoskins. «Sie können sich mittlerweile mit dem Herrn unterhalten. Er kommt wegen der armen Elspeth.»

«Polizeichef Lanigan von Barnard's Crossing», stellte er sich vor, sobald sie allein waren.

«Ich weiß. Ich hab Sie auf dem Polizei- und Feuerwehr-Ball gesehen, an Washingtons Geburtstag. Sie haben mit Ihrer Frau die Polonäse angeführt ... Sie ist hübsch, Ihre Frau.»

«Danke.»

«Und gescheit. Ich meine, man merkt, das sie oben was drin hat.»

«Oben? Ach so. Ja, Sie haben ganz recht. Sie sind eine gute Menschenkennerin, Celia. Erzählen Sie mir mal, was für einen Eindruck Sie von Elspeth hatten.»

Celia überlegte sich die Frage anscheinend gründlich. «Hm, die meisten Leute haben sie für einen ruhigen, stillen Menschen gehalten, aber wissen Sie, das hätte auch nur äußerlich gewesen sein können.»

«Wie meinen Sie das?»

«Sie wahrte Abstand – nicht hochnäsig, nein, mehr zurückhaltend. Ich hab mir damals gedacht, das arme Ding ist ganz allein hier und hat keine Freunde. Und weil ich doch schon länger in der Gegend wohnte, fühlte ich mich verpflichtet, sie aus ihrem Schneckenhaus rauszulocken. Ja, und da hatte ich die zwei Karten für den Polizei- und Feuerwehr-Ball, die Mr. Hoskins mir geschenkt hat, und hab sie eingeladen. Sie kam auch mit und hat sich blendend amüsiert. Jeden Tanz hat sie getanzt, und in der Pause hatte sie einen Kavalier.»

«War sie vergnügt?»

«Sie hat nicht gerade den ganzen Abend gelacht und gekichert, aber man hat schon gesehen, daß sie sich auf ihre ruhige Art gut unterhalten hat.»

«Ein vielversprechender Anfang.»

«Hab ich auch gedacht. Aber damit war's auch schon Schluß. Danach habe ich sie x-mal aufgefordert. Zum Tanzen oder zum Ausgehen zu viert. Sie hat immer abgelehnt. Ich habe viele Freunde und hätte ihr praktisch jeden Donnerstag ein Rendezvous verschaffen können, aber sie wollte nie.»

«Haben Sie mal nach dem Grund gefragt?»

«Freilich. Sie hat immer gesagt, ihr ist einfach nicht danach, oder sie ist zu müde und will zeitig nach Hause, oder sie hat gesagt, sie hat Kopfweh.»

«Vielleicht fühlte sie sich wirklich nicht wohl», meinte Lanigan.

Celia schüttelte den Kopf. «Keine Spur. Ein Mädchen, das wegen Kopfschmerzen ein Rendezvous sausen läßt, so was gibt's gar nicht. Erst hab ich gedacht, vielleicht hat sie nichts anzuziehen und ist einfach schüchtern. Aber dann kam ich drauf, daß es vielleicht einen anderen Grund hatte ...» Sie dämpfte die Stimme: «Ich hab mal in ihrem Zimmer gewartet, als wir zusammen ins Kino wollten. Sie zog sich an, und ich hab mir die Sachen auf ihrer Kommode angeschaut, während sie sich frisierte. Sie hatte da so eine kleine Schatulle stehen mit Nadeln, Knöpfen, Haarklammern und solchem Kram. Und ich hab ein bißchen drin rumgestöbert und mir alles angeschaut – nicht aus Neugier, verstehen Sie, bloß so –, und da hab ich den Ehering in der Schachtel gesehen. Da hab ich gefragt: ‹Willst du etwa bald heiraten, El?› So aus Jux. Und sie ist knallrot geworden und hat das Kästchen zugeklappt und gesagt, der Ring hätte ihrer Mutter gehört.»

«Wollen Sie damit sagen, daß sie vielleicht heimlich verheiratet war?»

«Das würde doch erklären, warum sie nicht mit Männern ausging, oder?»

«Möglicherweise ... Was hat Mrs. Hoskins dazu gemeint?»

«Ich hab's ihr gar nicht erzählt. Es ist schließlich Els Geheimnis, hab ich mir gedacht. Wenn ich Mrs. Hoskins was davon sage, spricht sie vielleicht mit jemand darüber. Und dann könnte es bis zu den Serafinos rumkommen, und Elspeth verliert womöglich ihre Stellung ... Na ja, so ein Unglück wär das ja auch wieder nicht gewesen. Ich hab ihr oft genug gesagt, sie soll sich 'ne andere Stellung suchen.»

«Warum? Hat Mrs. Serafino sie nicht gut behandelt?»

«Doch, soweit schon, glaube ich. Natürlich standen sie nicht so miteinander wie Mrs. Hoskins und ich, aber das kann man ja auch nicht erwarten ... Nein, mich hat nur gestört, daß sie jede Nacht ganz allein mit den Kindern im Haus sein mußte, wo doch ihr Zimmer im Erdgeschoß war.»

«Hatte sie Angst?»

«Zuerst ja, das weiß ich. Später hat sie sich wohl daran gewöhnt. Die Gegend hier draußen ist hübsch und ruhig, und ich denke mir, nach einer Weile hat sie sich ganz sicher gefühlt.»

«Aha ... Na schön. Nun zu gestern: Wußten Sie, was sie vorhatte?»

Celia schüttelte langsam den Kopf. «Ich hab sie die ganze Woche nicht gesehen. Seit Dienstag nicht, wie wir mit den Kindern spazierengegangen sind.» Ihr Gesicht erhellte sich. «Sie hat was erzählt, daß sie sich nicht wohl fühlte, und an ihrem freien Tag wollte sie zum Arzt, und hinterher vielleicht ins Kino ... Ach ja – jetzt fällt's mir ein – sie hat was gesagt, daß sie ins *Elysium* will. Und ich hab gesagt, dort läuft ein furchtbar langer Film, aber sie hat gemeint, sie kriegt trotzdem noch den letzten Bus, und ihr macht es nichts aus, wenn sie so spät von der Haltestelle nach Hause laufen muß ... Und dann passiert genau das, wovor ich Angst hatte und sie immer gewarnt habe.» Celias Augen füllten sich mit Tränen, und sie betupfte sie mit dem Taschentuch.

Die Kinder waren zurückgekommen und betrachteten die beiden Erwachsenen mit weit aufgerissenen Augen. Als Celia zu weinen anfing, lief der eine der kleinen Jungen zu ihr und streichelte sie, während der andere mit der winzigen Faust auf Lanigan einhieb.

Er bückte sich und hielt ihn fest. «Immer sachte, mein Junge», sagte er lachend.

Mrs. Hoskins erschien im Türrahmen. «Er denkt wohl, Sie haben Celia zum Weinen gebracht? Ist das nicht köstlich? Komm her, Stephen. Komm zu Mutter.»

Es dauerte einige Minuten, bis die Kinder besänftigt und wieder hinausgeführt worden waren. «Also, Celia», begann Lanigan, «wovor hatten Sie nun Angst, und wovor haben Sie Elspeth immer gewarnt?»

Celia sah ihn verständnislos an. Dann fiel es ihr wieder ein. «Ach so, ja. Davor, spätnachts allein nach Hause zu gehen. Ich täte das im Leben nicht, hab ich ihr immer gesagt. Es ist stockdunkel in den Straßen hinter der Bushaltestelle, mit all den Bäumen und so.»

«Etwas Spezielles meinten Sie also nicht?»

«Na, ich finde das schon was Spezielles.» Wieder stiegen ihr Tränen in die Augen. «Sie war so 'n junges, unschuldiges Ding. Das Mädchen, das die Serafinos vor ihr hatten, die Gladys, die war nicht viel älter als sie, aber mit der bin ich nie so richtig warm geworden, auch wenn wir oft zusammen ausgegangen sind. Die war mit allen Wassern gewaschen. Aber Elspeth ...» Sie ließ den Satz in der Luft hängen und fragte impulsiv: «Wie sah sie aus, als sie gefunden wurde? Ich meine, war sie ... Sie verstehen schon ... War sie arg zugerichtet? Sie soll splitternackt gewesen sein, hab ich gehört.»

Er schüttelte den Kopf. «Nein. Keinerlei Anzeichen für eine Vergewaltigung. Und in Kleidern war sie auch.»

«Ach, da bin ich aber froh ... Danke, daß Sie mir das gesagt haben», erklärte sie erleichtert.

«Es steht sowieso in den Abendzeitungen.» Er erhob sich. «Sie waren sehr hilfsbereit. Sollte Ihnen noch etwas einfallen, geben Sie mir Nachricht, ja?»

«Darauf können Sie sich verlassen.» Sie streckte ihm die Hand hin. Lanigan war erstaunt über den festen Griff. Wie ein Mann, dachte er. An der Tür blieb er stehen, als sei ihm plötzlich etwas eingefallen. «Ach richtig ... Wie war Mr. Serafino eigentlich zu Elspeth? Hat er sie anständig behandelt?»

Sie schenkte ihm einen beifälligen, sogar bewundernden Blick. «Jetzt machen Sie Nägel mit Köpfen.»

«Ja?»

Sie nickte. «Sie gefiel ihm. Er tat zwar immer so, als ob sie Luft für ihn wäre, und sprach kaum ein Wort mit ihr. Aber er hat sie förmlich mit den Blicken verschlungen, wenn er dachte, es merkt niemand. Mr. Serafino ist einer von den Männern, die 'ne Frau mit den Augen ausziehen. Das hat Gladys immer gesagt. Der hat das Spaß gemacht, und sie hat ihn sogar noch ermuntert.»

«Und was ist mit ihr passiert?»

«Mrs. Serafino wurde eifersüchtig und hat sie rausgeworfen ... Ich behaupte ja, wenn 'ne Frau eifersüchtig ist, hat sie meistens auch ihre Gründe dafür.»

«Ich hätte mir vorgestellt, daß sie danach eine Ältere engagiert.»

«Woher soll sie die wohl für so 'nen Job kriegen? Sechs Tage in der Woche, und bis zwei, drei Uhr früh?»

«Das stimmt allerdings.»

«Und außerdem hatte er wohl auch ein Wörtchen mitzureden, wer ins Haus kam.»

12. Kapitel

Lieutenant Eban Jennings von der Polizei in Barnard's Crossing, ein knochiger Endfünfziger, hatte blaue, ständig tränende Augen, die er ununterbrochen mit dem Taschentuch bearbeitete.

«In der ersten Juniwoche fängt das an und hört bis Ende September nicht mehr auf», schimpfte er, als Hugh Lanigan ins Revier kam.

«Wahrscheinlich eine Allergie, Eban. Laß dich doch mal untersuchen.»

«Hab ich ja, vor zwei Jahren. Ich bin allergisch gegen einen Haufen Dinge, haben sie festgestellt, bloß haben die alle nichts mit dieser Jahreszeit zu tun ... Vielleicht bin ich einfach gegen Sommergäste allergisch.»

«Schon möglich. Aber die tauchen doch nie vor Ende Juni hier auf.»

«Stimmt. Kann ja 'ne Art Vorahnung sein. Gibt's was Neues?»

Lanigan warf den Schnappschuß, den er von Mrs. Serafino bekommen hatte, auf den Schreibtisch. «Das geht an die Zeitungen. Vielleicht bringt uns das auf eine Spur.»

Jennings betrachtete das Bild eingehend. «Gar nicht übel – jedenfalls sieht sie da viel hübscher aus als heute morgen. Ich hab's gern, wenn ein bißchen was dran ist ... Du weißt schon, was ich meine.»

«Genau, Eban.»

«Ich hab auch was für dich, Hugh. Der Bericht vom Amtsarzt ist da.» Er reichte seinem Vorgesetzten einen Bogen Papier. «Lies mal den letzten Absatz.»

Lanigan pfiff leise durch die Zähne. «Schau einer an ... im zweiten Monat!»

«Na, und was sagst du nun?»

«Das wirft ein neues Licht auf den Fall, findest du nicht? Mrs. Serafino, ihre Freundin Celia und Mrs. Hoskins sind sich darin einig, daß sie sehr schüchtern war und keine männlichen Freunde hatte.»

In diesem Augenblick ging ein Streifenbeamter draußen vor der offenstehenden Tür vorbei. Lanigan rief ihn herein. «Ach, Bill – kommen Sie doch mal eben rein.»

«Jawoll, Sir.» Streifenpolizist William Norman war ein junger Mann mit dunklem Haar und ernstem, sachlichem Auftreten. Obwohl er Hugh Lanigan von klein auf kannte und sie sich privat mit Vornamen anredeten, stand er jetzt stramm und behandelte ihn ganz als Vorgesetzten.

«Nehmen Sie Platz, Bill.»

Norman holte sich einen Stuhl, wobei er den Eindruck zu erwecken vermochte, daß er immer noch strammstand.

«Tut mir wirklich leid, daß ich Ihnen letzte Nacht nicht freigeben konnte, aber ich hatte keinen Ersatzmann. Mehr als bitter, wenn man von der Verlobungsfeier weg zum Dienst muß.»

«Ach, das macht gar nichts, Sir. Alice hat es völlig eingesehen.»

«Ein großartiges Mädchen. Die wird mal eine gute Frau. Die Ramsays sind überhaupt nette Leute.»

«Ja, Sir; vielen Dank.»

«Ich bin mit Bud Ramsay in die Schule gegangen, und Peggy seh ich noch mit Rattenschwänzen vor mir ... Sie sind stockkonservativ, die Ramsays, und ziemlich puritanisch; aber die Sorte ist ja das Salz der Erde ... Garantiert hatten sie nichts dagegen, daß Sie Ihren Dienst wie sonst gemacht haben – ganz im Gegenteil.»

«Alice sagt, die Feier war kurz darauf zu Ende. Ich habe vermutlich nicht viel versäumt ... Die Ramsays sind auch gegen langes Aufbleiben.» Er wurde rot.

Lanigan wandte sich zu seinem Schreibtisch, um den Dienstplan zu konsultieren. «Vergangene Nacht fing Ihr Dienst um elf an?»

«Ja, Sir. Um halb elf bin ich bei den Ramsays weggegangen, um die Uniform anzuziehen. Der Streifenwagen hat mich abgeholt und ein paar Minuten vor elf am Elm Square abgesetzt.»

«Sie hatten die Runde zwischen Maple und Vine Street?»

«Ja, Sir.»

«Um ein Uhr sollten Sie über das Polizeitelefon in der Vine Street Meldung erstatten.»

«Ja Sir, das habe ich auch getan.» Er zog ein kleines Notizbuch aus der Hüfttasche. «Drei Minuten nach eins habe ich angerufen.»

«Irgend etwas Auffälliges?»

«Nein, Sir.»

«Haben Sie auf Ihrer Runde jemand getroffen?»

«Getroffen? Wieso?»

«Ist Ihnen jemand auf der Maple Street entgegengekommen?»

«Nein, Sir.»

«Kennen Sie Rabbi Small?»

«Vom Sehen, ja. Ich bin ihm auch schon in dem Viertel begegnet.»

«Letzte Nacht aber nicht? Er sagt, er sei Ihnen begegnet, als er von der Synagoge nach Hause gegangen ist. Das müßte kurz nach halb eins gewesen sein.»

«Nein, Sir. Seitdem ich die Türen im Gordon-Block kontrolliert hatte – gegen Viertel nach zwölf – bis zu meinem Anruf im Revier habe ich keinen Menschen getroffen.»

«Merkwürdig. Der Rabbi sagt, er habe Sie gesehen und Sie hätten ihn gegrüßt.»

«Nein, Sir, das war nicht gestern, sondern vorgestern. Da habe ich ihn spät aus der Synagoge kommen gesehen und ihn gegrüßt. Vergangene Nacht nicht.»

«Also gut. Was haben Sie gemacht, als Sie bei der Synagoge anlangten?»

«Ich habe kontrolliert, ob das Tor zugesperrt ist. Auf dem Parkplatz stand ein Wagen, den habe ich mit der Taschenlampe abgeleuchtet. Und dann ... Ja, dann hab ich im Revier angerufen.»

«Und Sie haben nichts Ungewöhnliches gesehen oder gehört?»

«Nein, Sir, nur den Wagen auf dem Parkplatz. Und das war ja nicht so ungewöhnlich.»

«Okay, Bill. Danke.» Damit verabschiedete ihn Lanigan.

«Der Rabbi hat dir also erzählt, er sei Bill begegnet?» fragte Jennings, nachdem Norman weg war.

Lanigan nickte.

«Dann hat er geschwindelt. Was bedeutet das, Hugh? Glaubst du, er könnte es getan haben?»

Lanigan schüttelte bedächtig den Kopf. «Ein Rabbi? Ziemlich unwahrscheinlich.»

«Warum eigentlich nicht? Gelogen hat er jedenfalls. Das heißt, er war nicht da, wo er behauptet, gewesen zu sein. Und das bedeutet wiederum, er könnte da gewesen sein, wo er nicht sein sollte.»

«Warum in einer Sache lügen, die wir so leicht nachprüfen können? Das wäre doch sinnlos. Viel wahrscheinlicher hat er die Tage verwechselt. Er ist so ein Gelehrtentyp und in Gedanken meistens bei seinen Büchern. Der Gemeindevorsteher war zu Besuch bei ihm in der Wohnung, als Stanley vorbeikam und ihm berichtete, daß eine Büchersendung eingetroffen sei, die er erwartete. Und der Rabbi hat nichts Eiligeres zu tun, als sofort in die Synagoge zu rennen, um sie anzusehen ... Dann bleibt er in seinem Arbeitszimmer sitzen und liest bis nach Mitternacht! Ein solcher Mensch kann leicht durcheinanderbringen, in welcher Nacht er nun dem Streifenbeamten begegnet ist. So etwas Nebensächliches merkt er sich nicht genau.»

«Ich finde es schon reichlich seltsam, daß er seinen Gast sitzenläßt, noch dazu den Gemeindevorsteher. Er behauptet, er hätte die ganze Nacht in seinen Büchern studiert. Na, und woher wissen wir, ob er nicht in seinem Arbeitszimmer mit dem Mädchen verabredet war? Der Amtsarzt setzt den Eintritt des Todes auf ein Uhr fest. Rechne einen Spielraum von je zwanzig Minuten. Der Rabbi gibt zu, daß er um die Zeit dort war.»

«Nein; zwanzig vor eins ist er seiner Schätzung nach ungefähr zu Hause gewesen.»

«Und wenn er da nun ein bißchen gemogelt hätte? Nur um fünf bis zehn Minuten? Niemand hat ihn gesehen. Die Handtasche des Mädchens war in seinem Wagen. Und noch was ...» Jennings hob den Zeigefinger: «Heute ist er nicht zum Morgengottesdienst gegangen, den sie täglich haben. Weshalb? Wollte er etwa nicht dort sein, wenn die Leiche entdeckt wurde?»

«Du lieber Himmel, er ist Rabbiner, ein frommer Mann ...»

«Na und? Immerhin ist er ein Mann, oder? Und jeder Mann kann mal Scherereien mit einer Frau kriegen», meinte Jennings. «Für mich das einzige, wogegen ihn sein Beruf nicht schützt. Bei jedem anderen Verbrechen – Diebstahl, Einbruch, Fälschung, tätliche Bedrohung ... Da kannst du einwenden, weder ein katholischer oder protestantischer Pfarrer noch ein Rabbi würden so was tun. Auf Geld legen sie nicht soviel Wert, und sie haben sich auch besser in der Gewalt ... Aber eine Frau – das kann jedem Mann passieren.»

«Da ist was dran, Eban.»

«Und noch was: Wenn's nicht der Rabbi war – wer denn sonst?»

«Wir haben doch eben erst angefangen. Und sogar jetzt kommen schon etliche als Verdächtige in Frage. Zum Beispiel Stanley. Er hat einen Schlüssel zur Synagoge. Er hat unten im Keller ein Feldbett. Und die Wand darüber ist mit Fotos von nackten Mädchen bepflastert.»

«Stanley hat das Zölibat nicht erfunden, das stimmt.»

«Und wer hat sie hinter die Mauer geschleppt, wo wir sie gefunden haben? Das Mädchen war ziemlich schwer, und der Rabbi ist kein Riese. Aber für Stanley wäre das eine Kleinigkeit gewesen.»

«Gut. Aber würde er nachher die Tasche des Mädchens dem Rabbi in den Wagen legen?»

«Nicht ausgeschlossen. Vielleicht haben sie auch dort vor dem Regen Schutz gesucht. Stanleys Karre hat kein Verdeck ... Und noch was: Nehmen wir an, der Mörder hatte kurze Zeit mit ihr ein Verhältnis – lange genug auf alle Fälle, daß sie schwanger wurde. Bei wem von den beiden würde man wohl leichter dahinterkommen? Ich wette, Stanley hätte es innerhalb einer Woche gemerkt, wenn der Rabbi und das Mädchen im Arbeitszimmer zusammengewesen wären. Er macht ja jeden Morgen dort sauber. Der Rabbi aber hätte auch in einem Jahr noch keine Ahnung gehabt, falls Stanley sich mit dem Mädchen im Keller vergnügt hätte.»

«Das ist allerdings richtig. Was hat Stanley dazu gesagt?»

Lanigan zuckte die Achseln. «Er behauptet, er hat im *Ship's Cabin* ein paar Bier getrunken und ist dann heimgefahren. Er wohnt bei Mama Schofield; er hat aber keinen Zeugen dafür, wann er heimgekommen ist. Er kann sich nach dem Kneipenbesuch mit dem Mädchen getroffen haben, und damit sind wir genauso schlau wie vorher.»

«Dasselbe hat er mir erzählt», sagte Jennings. «Warum verhaften wir ihn denn nicht und stellen ihm ein paar Fragen?»

«Weil wir ihm nichts beweisen können. Du hast gefragt, wer es gewesen ist, wenn nicht der Rabbi; deshalb habe ich Stanley als möglichen Täter genannt. Ich kann dir noch einen anbieten: Wie wär's mit Joe Serafino? Es wäre denkbar, daß er in seinem eigenen Haus ein Verhältnis mit ihr angefangen hat. Mrs. Serafino macht die Einkäufe und die Hausarbeit; Elspeth kümmerte sich nur um die Kinder. Joe muß also reichlich Zeit und Gelegenheit gehabt haben, in Abwesenheit seiner Frau mit dem Mädchen zusammen zu sein. Kam seine Frau überraschend zurück, gab es ja einen Riegel an der Tür. Mrs. Serafino konnte also durch die Küche nicht hinein, und Joe hätte seelenruhig durch den Hintereingang aus dem Zimmer spazieren können ... Das würde auch erklären, warum das Mädchen keinen Freund hatte. Sie brauchte ja keinen, wenn sie den Liebhaber direkt im Hause hatte. Außerdem wäre dann noch der seltsame Aufzug verständlich, in dem wir sie gefunden haben. Sie muß erst nach Hause gegangen sein, denn ihr Kleid hing im Schrank. Angenommen, Joe erschien gleich darauf in ihrem Zimmer und überredete sie zu einem kurzen Spaziergang. Da es regnete und sie sowieso einen Mantel nehmen mußte, machte sie sich nicht die Mühe, das Kleid wieder anzuziehen. Wenn sie so intim waren, hatte er sie ja schon wesentlich spärlicher bekleidet gesehen. Mrs. Serafino aber schlief und ahnte nichts.»

«Da steckt allerhand drin, Hugh», erklärte Eban begeistert. «Sie können spazierengegangen und bis zur Synagoge gekommen sein, als es richtig zu schütten anfing. Was wäre natürlicher, als im Wagen des Rabbis Schutz zu suchen?»

«Außerdem haben sowohl Stanley wie Elspeths Busenfreundin Celia auf eine Beziehung zwischen Serafino und dem Mädchen angespielt. Und ich hatte das Gefühl, Mrs. Serafino war etwas ängstlich, daß ihr Mann mit dem Fall in Verbindung gebracht werden könnte. Zu dumm, daß ich ihn nicht gleich heute früh sprechen konnte.»

«Ich habe ja mit ihm gesprochen, als wir ihn aus dem Bett holten, um die Leiche zu identifizieren. Er war aufgeregt, sicher; aber nicht mehr, als man unter den Umständen erwarten kann.»

«Was für einen Wagen fährt er?»

«Ein Buick Kabrio.»

«Ich habe es vorhin nicht gesehen.»

«Wir könnten ihm ja ein paar Fragen stellen», meinte Jennings.

Lanigan lachte. «Und du wirst erfahren, daß er von Donnerstag abend gegen acht bis Freitag früh um zwei in seinem Club war, und wahrscheinlich ständig im Blickfeld von einem halben Dutzend Angestellten und etlichen Dutzend Gästen ... Ich wollte dir ja nur klarmachen, Eban, daß die Zahl der Verdächtigen unbegrenzt ist, wenn du erst mal überlegst, wer Gelegenheit zur Tat gehabt haben könnte. Hier ist noch eine: Celia. Angeblich die einzige Bekannte der Toten. Eine große, kräftige Person.»

«Du vergißt, daß Elspeth schwanger war. Damit kann Celia beim besten Willen nichts zu tun haben, und wenn sie noch so groß und kräftig ist.»

«Ich vergesse das keineswegs. Du setzt voraus, daß der Vater des Kindes auch ihr Mörder war. Das ist nicht unbedingt gesagt. Angenommen, Celia war verliebt in einen Mann, und Elspeth hat ihn ihr ausgespannt ... Sie wurde schwanger, und Celia kam dahinter. Mir gegenüber hat sie zugegeben, Elspeth habe erwähnt, sie wolle sich untersuchen lassen. Nehmen wir mal an, sie hatte den richtigen Verdacht, oder Elspeth vertraute sich ihr an. Das wäre nur natürlich gewesen, da sie hier ganz allein war. Sie kann ihr sogar erzählt haben, wer der Vater war, wenn sie nicht wußte, daß Celia denselben Mann liebte.»

«Aber Elspeth kannte doch gar keine Männer.»

«Behauptet Celia. Mrs. Serafino glaubt zwar auch nicht, daß sie Männerbekanntschaften hatte, erwähnt aber etwas von Briefen, die Elspeth regelmäßig aus Kanada erhielt. Überdies war Celia an dem Abend aus und ist wahrscheinlich spät nach Hause gekommen – Mrs. Hoskins schlief vermutlich schon und dürfte keine Ahnung haben, wann Celia zurück war. Stell dir nun folgendes vor: Celia sieht Licht in Elspeths Zimmer. Sie weiß von dem Besuch beim Arzt, geht also hinein, um sich zu erkundigen. Elspeths Befürchtungen sind gerade bestätigt worden, und sie möchte mit jemand darüber sprechen. Celia überredet sie, rasch einen Mantel überzuwerfen und einen Spaziergang zu machen. Die Gegenwart ihrer Freundin würde ebenfalls ihre unvollständige Kleidung erklären. Es regnet heftig, als sie zur Synagoge kommen, also setzen sie sich in den Wagen des Rabbis. Dort erfährt Celia von Elspeth, wer der Mann ist. Celia kriegt einen Wutanfall und erdrosselt sie.»

«Hm ... Hast du noch mehr Kandidaten?»

Hugh lächelte. «Das reicht für den Anfang.»

«Ich tippe nach wie vor auf den Rabbi», meinte Eban.

Sobald Lanigan sich verabschiedet hatte, ging der Rabbi zur Synagoge. Er tat es aus einem gewissen Pflichtgefühl heraus und nicht, weil er glaubte, irgendwie helfen zu können. Bedauerlicherweise konnte er gar nichts für das arme Mädchen tun. Genaugenommen kam es auf das gleiche heraus, ob er zur Synagoge ging oder zu Hause blieb. Aber da die Synagoge nun einmal durch den Fall betroffen war, fand er, er müsse dort sein.

Von seinem Arbeitszimmer aus beobachtete er, wie die Polizisten geschäftig ausmaßen, fotografierten und das Gelände absuchten. Ein Schwarm von Neugierigen – einige Frauen, meist aber Männer – folgte ihnen über den Parkplatz und drängte sich dicht heran, sobald ein Wort fiel.

Es gab zwar nicht viel zu sehen, doch der Rabbi konnte sich nicht vom Fenster losreißen. Er hatte die Jalousien heruntergelassen und die Stäbe so gestellt, daß er hindurchspähen konnte, ohne daß man ihn vom Parkplatz aus beobachten konnte. Ein Polizist in Uniform bewachte seinen Wagen und hielt die Gaffer zurück. Reporter und Pressefotografen waren inzwischen auf dem Schauplatz erschienen, und er fragte sich, wie lange es noch dauern würde, bis sie ihn hier oben entdeckten und ihn interviewen wollten. Er hatte keine Ahnung, was er ihnen sagen und ob er überhaupt mit ihnen sprechen sollte. Vielleicht wäre es am gescheitesten, sie an Jacob Wasserman zu verweisen, der sie seinerseits wahrscheinlich zum Rechtsanwalt der Gemeinde schicken würde. Aber sähe es nicht verdächtig aus, wenn er sich weigerte, über den Fall zu reden?

Als es schließlich an die Tür klopfte, waren es nicht die Reporter, sondern die Polizei. Ein großer Mann mit tränenden Augen stellte sich als Lieutenant Jennings vor. «Stanley hat mir gesagt, daß Sie hier sind.»

Der Rabbi wies auf einen Stuhl.

«Wir möchten Ihren Wagen in die Polizeigarage bringen, Rabbi, um ihn gründlich zu untersuchen. Das geht am besten dort.»

«Selbstverständlich, Lieutenant.»

«Haben Sie einen Anwalt, Rabbi?»

Der Rabbi schüttelte den Kopf. «Wäre das angebracht?»

«Na ja, vielleicht sollte nicht gerade ich Sie darauf aufmerksam machen, aber wir erledigen alles gern freundschaftlich. Ein Anwalt könnte Ihnen sagen, daß Sie sich damit nicht einverstanden erklären müssen, wenn Sie nicht wollen. Natürlich würden wir in dem Fall ohne Schwierigkeiten eine gerichtliche Verfügung erwirken ...»

«Völlig in Ordnung, Lieutenant. Wenn Sie der Auffassung sind, es könnte Ihnen in dieser entsetzlichen Sache helfen, meinen Wagen in die Stadt zu schaffen, dann tun Sie es ruhig.»

«Kann ich die Schlüssel haben?»

«Sicher.» Der Rabbi nahm sie von dem Ring, der noch auf dem

Schreibtisch lag. «Das ist der Zündschlüssel, er paßt auch für das Handschuhfach. Und hier ist der Kofferraumschlüssel.»

«Ich schreibe Ihnen eine Empfangsbestätigung für den Wagen.»

«Das ist doch nicht notwendig.»

Er sah vom Fenster aus, wie der Lieutenant in seinen Wagen stieg und wegfuhr. Erfreut stellte er fest, daß gleichzeitig die meisten Zuschauer verschwanden.

Im Laufe des Tages versuchte der Rabbi mehrfach, seine Frau telefonisch zu erreichen. Es war ständig besetzt. Bei einem Anruf in Wassermans Büro erfuhr er, dieser sei nicht im Hause und werde auch nicht zurückerwartet.

Er schlug eines der Bücher auf seinem Schreibtisch auf und blätterte darin. Nach wenigen Minuten machte er sich eine Notiz auf eine Karte. Er las eine Stelle in einem anderen Buch nach und notierte abermals etwas. Bald war er völlig in seine Arbeit vertieft.

Das Telefon läutete. Miriam.

«Ich hab drei- oder viermal versucht, dich zu erreichen, aber es war immer besetzt», sagte er.

«Ich hatte den Hörer ausgehängt», erklärte sie. «Gleich nachdem du weg warst, riefen alle möglichen Leute an und erkundigten sich, ob wir es schon gehört hätten, und wollten wissen, ob sie etwas tun könnten. Einer behauptete sogar, du seist verhaftet worden ... Da hab ich den Hörer ausgehängt. Aber dann sind so komische kratzende Geräusche im Apparat, und man fragt sich, ob man vielleicht einen wichtigen Anruf versäumt. Hat bei dir jemand angerufen?»

«Kein Mensch.» Er lachte. «Vermutlich will niemand zugeben, daß er noch mit dem Volksfeind Nummer eins von Barnard's Crossing spricht.»

«Bitte, hör auf! Darüber macht man keine Witze ... Was werden wir tun, David?»

«Tun? Was gibt's denn da zu tun?»

«Ich dachte, mit dem ganzen ... Na ja, Mrs. Wasserman hat angerufen und uns eingeladen, bei ihnen zu bleiben ...»

«Aber das ist doch lächerlich, Miriam! Heute abend ist Sabbat. Ich beabsichtige, ihn in meinem eigenen Hause und an meinem eigenen Tisch zu begrüßen. Mach dir keine Sorgen – es wird schon alles gut! Ich bin rechtzeitig zum Essen daheim, und dann gehen wir wie immer zum Gottesdienst.»

«Und was treibst du jetzt?»

«Ich arbeite an meiner Abhandlung über Maimonides.»

«Muß das ausgerechnet jetzt sein?»

Er wunderte sich über ihren scharfen Ton. «Was sollte ich denn sonst tun?» fragte er nur.

13. KAPITEL

Zum abendlichen Gottesdienst waren vier- bis fünfmal soviel Menschen erschienen wie gewöhnlich, sehr zur Bestürzung der Damen vom Frauenverein, die Kuchen und Tee für den anschließenden Imbiß im Gemeindesaal vorbereitet hatten.

Der Rabbi war nicht sonderlich erfreut, wenn er an die Ursache für den unerwartet starken Besuch der Synagoge dachte. Er saß auf dem Podium neben der Thorarolle und beschloß verbittert, keinerlei Anspielung auf den Mordfall zu machen. Er tat, als sei er in sein Gebetbuch vertieft, und warf verstohlen finstere Blicke auf Gemeindemitglieder, die noch nie am Freitag abend zum Gottesdienst erschienen waren.

Da Myra Präsidentin des Frauenvereins war, nahmen die Schwarzens stets am Gottesdienst teil, saßen aber sonst immer ziemlich weit hinten, in der sechsten oder siebenten Reihe. Diesmal jedoch setzte sich Ben zwar auf seinen üblichen Platz, während Myra weiter nach vorn in die zweite Reihe ging. Sie ließ sich neben Rabbi Smalls Frau nieder, beugte sich zu ihr, tätschelte ihr die Hand und flüsterte ihr etwas ins Ohr. Miriam erstarrte – und quälte sich dann ein Lächeln ab.

Der Rabbi beobachtete den kleinen Zwischenfall. Dieser Beweis von Takt rührte ihn, zumal er völlig spontan wirkte. Doch als er darüber nachdachte, begann ihm zu dämmern, was das eigentlich bedeutete. Es war eine beruhigende, tröstliche Geste, eine Kundgebung des Mitgefühls für die Frau eines Verdächtigen. Das bot eine weitere Erklärung für den starken Andrang. Einige mochten wohl in der Hoffnung erschienen sein, er würde über das Verbrechen sprechen, andere aber wollten nur sehen, ob er Anzeichen von Schuld zeigte. Wenn er schwieg und den Fall gar nicht erwähnte, könnte das einen falschen Eindruck erwecken und so ausgelegt werden, als fürchte er sich, darüber zu reden.

In seiner Predigt berührte er das Thema nicht, aber kurz vor Ende des Gottesdienstes sagte er: «Bevor sich die Leidtragenden in der Gemeinde erheben, um den *kadisch* zu sprechen, möchte ich Ihnen den wahren Sinn des Gebetes ins Gedächtnis rufen.»

Die Gemeindemitglieder strafften sich und beugten sich vor. Jetzt kam es.

«Die Ansicht ist weit verbreitet», fuhr der Rabbi fort, «das Sprechen des *kadisch* sei eine Pflicht, die der Trauernde dem geliebten Verstorbenen schuldet. Wenn Sie jedoch das Gebet oder die Übersetzung auf der gegenüberliegenden Seite lesen, werden Sie feststellen, daß es weder den Tod erwähnt noch eine Fürbitte für die Seele des Toten enthält, sondern den Glauben an Gott, an Seine Kraft und Herrlichkeit ausdrücklich bestätigt. Der *kadisch* ist kein Gebet für den Toten, sondern für den Lebenden. Ein Mensch, der kürzlich einen geliebten Angehörigen verloren hat, bekundet hier sein unerschütterliches Gottvertrauen. Trotzdem hält unser Volk an der Auffassung fest, der *kadisch* sei eine Verpflichtung, die man dem Toten schulde. Nun entspricht es unserer Tradition, daß aus der Gewohnheit ein Gebot wird, und deshalb werde ich den *kadisch* mit den Trauernden sprechen für eine, die kein Mitglied unserer Gemeinde gewesen ist, die nicht einmal unserem Glauben angehört hat – für einen Menschen, von dem wir wenig wissen, dessen Leben aber durch einen tragischen Unglücksfall unsere Gemeinde berührte . . .»

Auf dem Heimweg von der Synagoge sprachen der Rabbi und seine Frau kaum. Endlich brach er das Schweigen. «Mrs. Schwarz hat sich ja große Mühe gegeben, um dir ihr Mitgefühl zu bezeigen.»

«Sie hat's gut gemeint, David.»

«Hm hm . . .»

Wieder schwiegen sie eine ganze Weile. Dann sagte Miriam plötzlich:

«David . . .»

«Ja?»

«David, ich habe Angst. Diese Tote . . . Es kann eine schlimme Sache werden.»

«Das glaube ich allmählich auch.»

Als sie sich ihrem Haus näherten, hörten sie drinnen das Telefon klingeln.

14. KAPITEL

Der religiöse Eifer hielt nicht bis zum Morgengottesdienst am Samstag an; es erschienen nur – wie üblich – etwa zwanzig Personen. Als der Rabbi nach Hause kam, erwartete ihn Lanigan.

«Ich störe Sie ungern an Ihrem Sabbat», entschuldigte er sich. «Aber wir unterbrechen ebenso ungern unsere Ermittlungen. Für Polizisten gibt es keine Feiertage.»

«Das macht doch überhaupt nichts. In unserer Religion haben dringende Fälle stets den Vorrang.»

«Mit Ihrem Wagen sind wir beinahe durch. Einer von meinen Leuten wird ihn morgen im Laufe des Tages herbringen. Sollten Sie in die Stadt kommen, können Sie ihn auch selber abholen.»

«Ausgezeichnet.»

«Ich möchte gern das, was wir gefunden haben, mit Ihnen durchgehen.» Er zog mehrere Plastikbeutel, die mit schwarzer Tinte beschriftet waren, aus der Aktentasche. «Das war unter dem Vordersitz.» Er schüttete den Inhalt auf den Schreibtisch: ein paar Münzen, eine mehrere Monate alte Quittung über eine Wagenreparatur, die Hülle eines Schokoladeriegels zu fünf Cent, ein kleiner Kalender mit jüdischer und englischer Zeitrechnung sowie eine Haarspange aus Plastik.

Der Rabbi warf einen flüchtigen Blick darauf. «Das stammt alles von uns. Zumindest die Spange meiner Frau erkenne ich wieder. Vielleicht fragen Sie sie aber sicherheitshalber auch noch selber.»

«Ist bereits geschehen.»

«Für das Schokoladenpapier oder das Geld kann ich mich nicht verbürgen, aber ich habe die Schokolade gegessen. Sie ist koscher. Kalender wie dieser werden von zahlreichen Firmen und Geschäften zum jüdischen Neujahrsfest verschenkt. Ich bekomme jedes Jahr Dutzende davon.» Er zog die Schreibtischschublade auf. «Hier ist noch einer.»

«Gut.» Lanigan tat alles wieder in den Beutel und leerte den nächsten auf dem Schreibtisch aus. «Das war in dem Abfallbehälter unter dem Armaturenbrett.» Mehrere verknüllte Abschminktücher mit Lippenstiftflecken, der Stiel von einem Eis mit Schokoladeüberzug und eine leere zerknautschte Zigarettenpackung.

«Das dürfte in Ordnung sein», meinte der Rabbi.

«Stammen die Flecken vom Lippenstift Ihrer Frau?»

Der Rabbi lächelte. «Warum prüfen Sie das nicht mit ihr selber nach?»

«Haben wir ja getan; es ist ihrer.» Dann zeigte er ihm den nächsten Beutel mit dem Inhalt des Handschuhfachs: eine verdrückte Schachtel mit Papiertaschentüchern, ein Lippenstift, mehrere Straßenkarten, ein Gebetbuch, ein Bleistift, ein Kugelschreiber aus Plastik, ein halbes Dutzend Fahrscheine, eine Taschenlampe und ein zerknülltes Zigarettenpäckchen.

«Scheint auch zu stimmen», sagte der Rabbi. «Ich glaube, ich kann das sogar bei dem Lippenstift mit Sicherheit behaupten, weil ich mich an eine Bemerkung meiner Frau erinnere. Nachdem sie ihn gekauft hatte, meinte sie, er wäre überaus wertvoll, wenn all die Steine echt wären. Er hat wohl einen oder anderthalb Dollar gekostet, aber sehen Sie sich mal das Glitzerzeug an, mit dem er besetzt ist.»

«Die werden zu Tausenden verkauft. Sie können also unmöglich mit Bestimmtheit wissen, ob gerade dieser hier Ihrer Frau gehört.»

«Nein, aber anders wäre es zweifellos ein merkwürdiger Zufall.»

«Solche Zufälle gibt es, Rabbi. Das Mädchen benutzte den gleichen

Lippenstift. Übrigens ist das gar nicht so erstaunlich. Es handelt sich nämlich meines Wissens um eine sehr beliebte Marke und um einen von Blondinen bevorzugten Farbton.»
«Sie war also blond?»
«Ja. Auf der Taschenlampe sind keine Fingerabdrücke, Rabbi.»
Der Rabbi überlegte kurz. «Soweit ich mich erinnere, habe ich sie das letzte Mal benutzt, um den Ölstand zu prüfen. Danach habe ich sie natürlich abgewischt.»
«Jetzt bleibt nur noch der Inhalt der Aschenbecher. In dem rückwärtigen lag eine Zigarette mit Lippenstiftspuren. In dem vorne waren zehn Stummel, alle von der gleichen Marke und alle mit Lippenstift beschmiert. Vermutlich stammen sie von Ihrer Frau. Sie sind ja Nichtraucher.»
«Allerdings. Und andernfalls hätten meine Zigaretten wohl kaum Lippenstiftflecken.»
«Das wär's also. Wir behalten das alles vorläufig.»
«Lassen Sie sich nur soviel Zeit wie Sie brauchen ... Wie geht die Untersuchung vorwärts?»
«Wir wissen schon erheblich mehr als bei meinem gestrigen Besuch. Der medizinische Befund hat keine Anzeichen für eine Vergewaltigung erbracht, aber eine andere bemerkenswerte Tatsache: das Mädchen war schwanger.»
«Ist es möglich, daß sie verheiratet war?»
«Nicht einmal das wissen wir genau. Unter ihren Sachen haben wir keine Heiratsurkunde gefunden, aber in der Handtasche, die wir in Ihrem Wagen sichergestellt haben, war ein Ehering. Mrs. Serafino hielt sie für ledig. Wenn sie trotzdem verheiratet gewesen wäre, hätte sie das garantiert vor ihrer Arbeitgeberin verheimlicht, um ihre Stellung nicht zu verlieren.»
«Aus dem Grund könnte sie ja auch den Ring in der Tasche verwahrt haben», meinte der Rabbi. «Sie trug ihn, wenn sie mit ihrem Mann zusammen war, und zog ihn wieder ab, bevor sie nach Hause kam.»
«Das wäre immerhin eine Möglichkeit.»
«Haben Sie inzwischen irgendeine Theorie, wie die Tasche des Mädchens in meinen Wagen gelangt sein mag?»
«Der Mörder könnte sie absichtlich hineingelegt haben, um den Verdacht auf Sie zu lenken. Kennen Sie jemand, der Ihnen so etwas antun würde?»
Der Rabbi schüttelte den Kopf. «Es gibt zwar etliche Leute in meiner Gemeinde, die mich nicht mögen, aber daß mich einer so haßt, daß er mich in eine solche Geschichte hineinzuziehen versucht ... Nein,

das kann ich mir beim besten Willen nicht vorstellen. Außer den Mitgliedern meiner Gemeinde kenne ich aber so gut wie niemand hier.»

«Hm ... ja, das dürfte wirklich ziemlich unwahrscheinlich sein ... Wenn aber niemand die Tasche hineingelegt hat, so kann man daraus nur schließen, daß die Ermordete irgendwann in Ihrem Wagen war und danach aus unbekannten Gründen – vielleicht hatte der Mörder das Licht in Ihrem Arbeitszimmer entdeckt – an die Stelle gebracht wurde, wo wir sie gefunden haben.»

«Richtig.»

Lanigan grinste. «Es gibt noch eine andere Theorie, Rabbi. Und wir sind verpflichtet, sie in Erwägung zu ziehen, weil sie zu den uns bekannten Tatsachen paßt.»

«Ich weiß schon: Als Stanley auftauchte und mir erzählte, daß meine Bücher eingetroffen seien, benutzte ich das als Vorwand, um wegzukommen und mich mit dem Mädchen zu treffen. Wir hatten ein Verhältnis, und unsere Zusammenkünfte fanden in meinem Arbeitszimmer statt. Ich wartete dort auf sie, bis ich müde wurde, oder glaubte, sie würde nicht mehr kommen. Aber sie erschien gerade in dem Augenblick, als die Tür hinter mir zuschnappte. Deshalb haben wir uns in meinen Wagen gesetzt. Sie teilte mir mit, sie erwarte ein Kind von mir und verlangte, daß ich mich von meiner Frau scheiden lasse und sie heirate, um ihrem Kind meinen Namen zu geben. Daraufhin habe ich sie erdrosselt, den Leichnam auf den Rasen hinter der Mauer geschleppt und bin kaltblütig nach Hause spaziert.»

«Zugegeben, das klingt lächerlich, Rabbi, aber ... Es wäre durchaus denkbar, was Zeit und Ort anbetrifft. Ich würde sagen, die Möglichkeit, daß es so war, steht eine Million zu eins. Trotzdem ... eh, sollten Sie beispielsweise eine längere Reise planen, müßte ich Sie leider bitten, sie zu verschieben.»

«Ich verstehe», sagte der Rabbi.

In der Tür drehte sich Lanigan um. «Ach ja, noch etwas, Rabbi. Streifenpolizist Norman erinnert sich nicht, Ihnen oder sonst jemand in der fraglichen Nacht begegnet zu sein.» Als er die verblüffte Miene des Rabbis sah, grinste er.

15. KAPITEL

Elspeth Bleechs Bild erschien in den Samstagszeitungen. Ab achtzehn Uhr begannen bei Hugh Lanigan die Informationen einzulaufen, mit denen er gerechnet hatte. Sie hatte das Haus der Serafinos am frühen

Nachmittag verlassen und war den ganzen Tag unterwegs gewesen. Natürlich mußte sie einer Anzahl von Leuten begegnet sein. Manche riefen sofort an, andere wieder mochten es sich erst überlegen, bevor sie sich mit der Polizei in Verbindung setzten.

Der erste Anruf kam von einem Arzt in Lynn. Er glaube, die fragliche junge Frau sei am Donnerstag nachmittag unter dem Namen Mrs. Elizabeth Brown bei ihm gewesen. Die Adresse stimmte, nur die Hausnummer war umgedreht. Sie hatte die Telefonnummer von Familie Hoskins angegeben.

Wie der Arzt weiter berichtete, hatte er bei der Untersuchung festgestellt, daß sie im ersten Schwangerschaftsstadium und ihr Gesundheitszustand ausgezeichnet war. Nein, sie habe keinen aufgeregten oder nervösen Eindruck gemacht; nicht mehr als andere Patientinnen in dieser Lage. Viele nahmen die Mitteilung, daß sie ein Kind erwarteten, begeistert auf, aber es gab auch eine ganze Menge, die betroffen reagierten, selbst wenn sie verheiratet waren.

Nein, sie habe nicht erwähnt, was sie am Spätnachmittag oder abends vorhatte, höchstens seiner Sprechstundenhilfe gegenüber, und die sei jetzt nicht mehr in der Praxis. Wenn die Polizei das für wichtig halte, wolle er sich gern mit ihr in Verbindung setzen und sie danach fragen. Lanigan bat ihn darum, und der Arzt versprach, es sofort zu tun.

Unmittelbar darauf kam ein weiterer Anruf, diesmal von der Sprechstundenhilfe. Sie hatte das Bild in der Zeitung gesehen und bestätigte, daß die Ermordete am Donnerstag nachmittag in der Praxis gewesen sei. Nein, sie habe nichts Ungewöhnliches bemerkt. Nein, die junge Frau habe nichts von ihren Plänen für den Spätnachmittag oder Abend erwähnt. O ja, bevor sie gegangen sei, habe sie gefragt, wo sie telefonieren könne. Sie habe ihr den Apparat in der Praxis angeboten, aber Mrs. Brown ... eh, Bleech. Also, sie habe lieber die öffentliche Fernsprechzelle benutzen wollen.

Danach setzte Hochbetrieb ein. Anrufe von Leuten, die mit Sicherheit erklärten, sie gesehen zu haben – einige in Geschäften in Lynn, was möglich gewesen wäre, andere in Städten in der Umgebung, wo die Wahrscheinlichkeit geringer war. Ein Tankwart berichtete, sie habe auf dem Rücksitz eines Motorrades gesessen, das bei ihm gehalten und nach dem Weg gefragt habe. Der Geschäftsführer eines Vergnügungsparks in New Hampshire behauptete sogar steif und fest, das Mädchen sei gegen fünfzehn Uhr dort gewesen und habe sich wegen einer Stellung erkundigt.

Lanigan blieb bis neunzehn Uhr an seinem Schreibtisch und fuhr dann nach Hause. Er hinterließ strikte Anweisung, alle Anrufe, die

Elspeth Bleech betrafen, in seine Wohnung weiterzuleiten. Doch es kamen keine. Als er gerade mit dem Abendessen fertig war, klingelte es an der Tür. Er öffnete. Agnes Gresham, die Inhaberin des *Surfside*-Restaurant, stand vor ihm, eine gutaussehende Sechzigerin mit wunderbar frisiertem schlohweißem Haar.

«Ich rief im Revier an und hörte, du seist nach Hause gefahren, Hugh», begann sie in leicht mißbilligendem Ton.

«Tritt näher, Aggie. Darf ich dir eine Tasse Kaffee anbieten?»

Sie setzte sich. «Nein, danke. Es handelt sich um eine geschäftliche Sache», erklärte sie.

«Kein Gesetz verbietet, daß wir es uns gemütlich machen, während wir uns geschäftlich unterhalten ... Aber ganz wie du willst. Betrifft es mein Geschäft oder deines?»

«Deines, Hugh Lanigan. Die junge Frau, deren Bild in der Zeitung veröffentlicht ist ... Sie hat Donnerstag abend in meinem Lokal gegessen.»

«Um welche Zeit etwa?»

«Von kurz vor halb acht, als ich während Mary Trumbulls Abendbrotpause die Kasse übernahm, bis gegen acht.»

«Bist du ganz sicher, Aggie?»

«Absolut. Mir ist das Mädchen aufgefallen.»

«Weshalb?»

«Wegen des Mannes, mit dem sie zusammen war.»

«Ach? Kannst du ihn beschreiben?»

«Ungefähr vierzig, dunkel, gutaussehend. Nach dem Essen sind sie in einen großen blauen Lincoln gestiegen, der vor dem Eingang parkte.»

«Weshalb hast du so besonders auf ihn geachtet? Haben sich die beiden gestritten?»

Sie schüttelte ungeduldig den Kopf. «Kein Gedanke. Sie sind mir aufgefallen, weil ich ihn kenne.»

«Wer war es denn?»

«Ich habe keine Ahnung, wie er heißt, aber ich weiß, wo er arbeitet. Ich habe meinen Wagen bei der Becker Ford Agency gekauft und ihn dort einmal an einem Schreibtisch gesehen.»

«Du hast uns sehr geholfen, Aggie. Ich danke dir.»

«Ich kenne schließlich meine Pflicht.»

«Daran habe ich nie gezweifelt.»

Sobald sie gegangen war, rief er in Beckers Wohnung an.

«Mr. Becker ist nicht zu Hause. Hier spricht Mrs. Becker. Kann ich Ihnen behilflich sein?»

«Vielleicht, Mrs. Becker.» Lanigan stellte sich vor. «Können Sie mir sagen, wie der Angestellte Ihres Mannes heißt, der einen blauen Lincoln fährt?»

«Mein Mann fährt einen schwarzen Lincoln.»

«Nein, es handelt sich um einen blauen.»

«Dann muß es Melvin Bronstein sein, der Partner meines Mannes. Er hat einen blauen Lincoln ... Ist was passiert?»

«Nein, gar nichts, *ma'am*.»

Danach läutete er Lieutenant Jennings an. «Glück gehabt bei den Serafinos?»

«Viel nicht, aber wenigstens etwas. Die Simpsons gegenüber haben Donnerstag nacht, um Mitternacht oder sogar noch später, beobachtet, daß ein Wagen vor dem Haus der Serafinos parkte.»

«Ein blauer Lincoln?»

«Woher weißt du denn das schon wieder?»

«Laß gut sein, Eban. Komm doch bitte gleich aufs Revier. Es gibt Arbeit.»

Bei seiner Ankunft war Eban Jennings schon da. Hugh erzählte ihm von Aggie Greshams Mitteilungen. «Ich möchte ein Bild von diesem Melvin Bronstein haben, Eban. Fahr bitte in die Redaktion vom *Lynn Examiner*.»

«Woher willst du denn so genau wissen, daß die eins haben?»

«Weil Bronstein in Grove Point wohnt. Leute dieser sozialen Größenordnung beruft man in einen Ausschuß oder wählt sie in einen Vorstand. Dann lassen sie sich zuerst mal fotografieren und ihr Bild im *Examiner* veröffentlichen ... Such ein gutes, deutliches Bild aus und laß dir ein halbes Dutzend Abzüge machen.»

«Sollen die an die Zeitungen gehen?»

«Nein. Sobald sie fertig sind, klapperst du eventuell mit Smith und Henderson – ich muß mir den Dienstplan ansehen und zwei bis drei Männer aussuchen – die Fernstraßen Nummer 14, 69 und 119 ab. Ihr haltet bei jedem Motel, zeigt Bronsteins Bild vor und stellt fest, ob er irgendwann in den letzten Monaten dort abgestiegen ist. Nach dem Register könnt ihr nicht gehen, weil er sich möglicherweise unter falschem Namen eingetragen hat.»

«Das kapier ich nicht.»

«Was ist denn daran nicht zu kapieren? Wohin würdest du mit einem Mädchen gehen, mit dem du schlafen willst?»

«In den nächsten Heuschober.»

«Ja – du! So, und jetzt laß den Unsinn und mach dich auf die Socken.»

16. Kapitel

Es war ein strahlender, sonniger Sonntagmorgen mit wolkenlosem Himmel; vom Wasser wehte eine leichte Brise. Ein ideales Golfwetter, wie sich auch in der Kleidung vieler Vorstandsmitglieder der Gemeinde zeigte, die nach und nach im Versammlungssaal eintrafen.

Jacob Wasserman sah sie zu zweit und dritt hereinkommen und wußte, daß er geschlagen war. Er wußte es, weil ihm blitzartig klarwurde, daß die überwiegende Mehrzahl zum gleichen Typ gehörte: aalglatte, erfolgreiche Geschäftsleute, für die die Zugehörigkeit zur Gemeinde in erster Linie eine gesellschaftliche Verpflichtung darstellte und die einem schlampig gekleideten, altmodischen Rabbi gegenüber etwa die gleiche Haltung einnehmen würden wie gegenüber einem unfähigen Angestellten.

Wasserman rief die Versammlung zur Ordnung und verlas zunächst Protokoll und Ausschußberichte. Alle seufzten hörbar auf, als er damit fertig war und auf den Vertrag des Rabbis zu sprechen kam.

«Die meisten von Ihnen erleben den Rabbi nur in seiner öffentlichen Funktion als Leiter der Gottesdienste oder als Redner auf Versammlungen. Doch daneben hat er eine Fülle weiterer Aufgaben. Er hält ständig Verbindung mit dem Leiter der Religionsschule. Und dann hat er Dutzende – was heißt Dutzende? – Hunderte von Anrufen zu erledigen: Juden und Christen, Einzelpersonen und Organisationen, die manchmal gar nichts mit der Gemeinde zu tun haben, überhäufen ihn mit Fragen, Bitten, Plänen, die bedacht und diskutiert werden müssen ... Ich könnte noch stundenlang weitermachen, aber dann kämen Sie heute nicht mehr zum Golfspielen.»

Beifälliges Gelächter.

«Die meisten unter Ihnen haben keine Ahnung von diesen und den zahllosen anderen Aufgaben, die der Beruf des Rabbiners mit sich bringt», fuhr er ernst fort. «Ich aber kenne sie. Und ich möchte abschließend sagen, daß der Rabbi sich sogar noch besser bewährt hat, als ich es mir damals bei seiner Einstellung erhofft hatte.»

Al Becker hob die Hand und erhielt das Wort. «Ich weiß nicht recht, ob ich so begeistert bin, wenn der Rabbi, der von uns engagiert ist und den wir bezahlen, sich mit tausend Dingen zu schaffen macht, die gar nichts mit der Gemeinde zu tun haben. Aber vielleicht übertreibt unser verehrter Vorsitzender ein wenig.» Er lehnte sich vor, stützte sich mit geballten Fäusten auf den Tisch, ließ den Blick von einem zum anderen schweifen und sprach mit erhobener Stimme weiter: «Niemand hier hat mehr Respekt vor unserem Vorsitzenden Jake Wasserman als ich. Meine Achtung gilt dem Menschen wie der Arbeit, die er für unsere Gemeinde geleistet hat; sie gilt seiner Integrität und seinem Urteilsvermögen. Wenn Jake Wasserman zu mir sagt, der Sowieso ist ein guter Mann, gehe ich jede Wette ein, daß er recht hat. Und wenn er jetzt erklärt, der Rabbi sei ein guter Mann, bin ich auch davon überzeugt.» Er schob den Unterkiefer kampfbereit vor. «Trotzdem sage ich, der Rabbi ist hier am falschen Platz. Er mag sicher ein ausgezeichneter Rabbi sein, doch nicht für unsere Gemeinde. Es heißt, er sei ein hervorragender Gelehrter, aber dafür haben wir momentan keinen Bedarf. Unsere christlichen Nachbarn und Freunde betrachten uns als eine unter mehreren Glaubensgemeinschaften in dieser Stadt. Wir brauchen einen würdigen Repräsentanten, einen Mann, der in der Öffentlichkeit eindrucksvoll auftreten kann, der sich auf Public Relations versteht ... Der Direktor der High School hat mir vertraulich mitgeteilt, daß er im nächsten Jahr dem geistlichen Oberhaupt unsrer Gemeinde die ehrenvolle Aufgabe übertragen will, die Rede bei der Abschlußfeier zu halten. Wenn ich mir nun unseren jetzigen Rabbiner auf dem Podium vorstelle, in verbeulten Hosen und ungebügelter Jacke, mit ungekämmtem Haar und schiefsitzender Krawatte, wie er seine Rede mit Histörchen aus dem Talmud würzt und seine üblichen Haarspaltereien betreibt – also, offen und ehrlich, das wäre mir peinlich.»

Abe Reich erhielt das Wort. «Ich weiß aus eigener Erfahrung, was Mr. Wasserman meint, wenn er sagt, daß der Rabbi sich mit vielen anderen Dingen befaßt, die sich die meisten von uns gar nicht klarmachen. Ich selber hatte die Ehre, ihn von dieser Seite kennenzulernen, und ich kann Ihnen versichern, das war für mich ein großes Erlebnis. Seitdem empfinde ich Bewunderung für den Rabbi. Er mag kein Festredner sein, aber was er im Gottesdienst sagt, hat Hand und Fuß und leuchtet mir ein. Mir ist das lieber als jemand, der ein Riesentamtam macht und mit großen Worten um sich wirft. Wenn er spricht, spüre ich, er ist aufrichtig, und das kann ich weiß Gott von vielen hochberühmten Rabbinern, die ich gehört habe, nicht behaupten.»

Dr. Pearlstein stand auf, um seinen Freund Al Becker zu unterstützen. «Wenn ich einem Patienten etwas verschreibe, höre ich ein dutzendmal jede Woche die Frage, ob er nicht die Medizin vom letzten Jahr nehmen könne, oder die, die ich einem Bekannten von ihm bei den gleichen Symptomen verordnet habe. Ich muß dann erklären, daß ein verantwortungsbewußter Arzt jedem Patienten in jedem Einzelfall individuell ...»

«Keine Reklamesendung, Doktor», kam ein Zwischenruf, und der Arzt stimmte in das allgemeine Gelächter ein.

«Ich will damit folgendes sagen: Al Becker hat die Sachlage treffend geschildert. Kein Mensch behauptet, der Rabbi sei unfähig oder ein Scharlatan. Die Frage lautet vielmehr: Ist er der Rabbi, den unsere Gemeinde im jetzigen Zeitpunkt braucht? Ist er das, was der Arzt diesem speziellen Patienten für seinen speziellen Zustand verordnet hat?»

«Ja, aber vielleicht ist ein anderer Arzt anderer Meinung.»

Ein Stimmengewirr erhob sich, und Wasserman klopfte mit dem Lineal auf den Schreibtisch.

Einer von denen, die nie zu einer Vorstandssitzung erschienen waren, bat ums Wort. «Hört doch mal zu, Leute», sagte er, «was hat denn das für einen Sinn, darüber zu diskutieren? Eine Idee oder ein Projekt werden klarer, je mehr man darüber redet. Aber wenn man über einen Menschen spricht, führt das doch zu gar nichts. Es gibt nur einen Haufen Ärger. Wir alle kennen schließlich den Rabbi und wissen, ob wir ihn haben wollen oder nicht. Ich sage, Schluß mit der Debatte, wir stimmen jetzt ab.»

«Sehr richtig!»

«Abstimmen!»

«Jawohl – abstimmen!»

«Einen Augenblick noch!» Alle erkannten Abe Cassons dröhnendes Organ, dessen heisere Klangfarbe und Umfang in tausend politischen Versammlungen erworben worden waren. «Bevor Sie abstimmen, möchte ich ein paar Worte zur Lage im allgemeinen sagen.» Er stand auf und wanderte durch den Gang nach vorn, um seine Zuhörer im Auge zu haben. «Ich will nicht darüber rechten, ob der Rabbi sein Amt gut oder schlecht führt. Aber zum Thema Public Relations, das mein Freund Al Becker angeschnitten hat, würde ich mich gern kurz äußern.»

Er sprach jetzt gedämpfter und mehr im Konversationston. «Ich bin nun seit beinahe zehn Jahren Vorsitzender des republikanischen Bezirksausschusses und kann wohl mit Recht von mir behaupten, daß ich die Mentalität unserer nicht-jüdischen Freunde und Nachbarn gut kenne. Sie begreifen nicht, nach welchen Gesichtspunkten wir einen Rabbi engagieren oder entlassen. Sie kapieren nicht, daß es bereits zwanzig Minuten nach seinem Eintreffen in der Stadt eine Partei für und eine gegen ihn gibt. Sie verstehen nicht, wieso einige Gemeindemitglieder zu Gegnern des Rabbiners werden, nur weil ihnen die Hüte seiner Frau nicht gefallen – na, so ist es doch bei uns! Sobald ein Rabbi eine neue Gemeinde übernimmt, hat er die Gruppe der Freunde seines Vorgängers automatisch gegen sich. So ist es bei uns. Und die Christen verstehen das nicht; ehe ein Pfarrer sein Amt verliert, muß schon etwas Handfestes gegen ihn vorliegen ... Wenn wir also den Rabbi hinaussetzen, werden sie als erstes einen stichhaltigen Grund dahinter wittern. Und was wird ihnen da wohl unweigerlich einfallen?

Vor wenigen Tagen wurde hinter der Synagoge ein junges Mädchen ermordet aufgefunden. Bekanntlich war der Rabbi um die Tatzeit allein in der Synagoge, in seinem Arbeitszimmer. Sein Wagen stand auf dem Parkplatz, und darin wurde die Handtasche des Mädchens gefunden. Nun wissen zwar Sie und ich und ebenso die Polizei, daß der Rabbi es nicht getan haben kann ...»

«Und warum kann der Rabbi das nicht getan haben?» fragte einer.

Totenstille herrschte, nachdem ein Verdacht, der vielen Anwesenden keineswegs ganz ferngelegen hatte, offen ausgesprochen worden war.

Casson donnerte los: «Wer das auch gesagt hat, der sollte sich schämen! Ich kenne Sie alle, die hier versammelt sind, und bin überzeugt davon, daß keiner von Ihnen ernstlich annimmt, der Rabbi könne diesen scheußlichen Mord begangen haben. Als Lokalpolitiker kann ich Ihnen versichern, daß ich einigermaßen über die Ansichten der Polizei im Bilde bin. Und ich sage Ihnen, sie glauben keine Sekunde, daß es der Rabbi getan hat. Aber ...» Sein Zeigefinger richtete sich nachdrücklich gegen die Versammlung: «... aber er muß in Erwägung gezogen werden. Wäre er nicht Rabbiner, so wäre er der Verdächtige Nummer eins; wir haben nur sein Wort, daß er sich ununterbrochen in seinem Arbeitszimmer aufgehalten hat. Es gibt keinen anderen Verdächtigen.»

Er sah bedeutsam in die Runde. «Und jetzt, zwei Tage danach, wollen Sie ihn hinauswerfen ... Wie wirkt sich das wohl auf die Public Relations aus, Al? Was werden deine christlichen Freunde denken, wenn sie erfahren, daß der Rabbi zwei Tage, nachdem er zum Verdächtigen in einem Mordfall geworden ist, von seiner Gemeinde hinausgeworfen wird? Was willst du ihnen darauf erwidern, Al? ‹Ach, deswegen haben wir ihn doch nicht entlassen, sondern weil seine Hosen nicht gebügelt waren?›»

Al Becker stand auf. Er war nicht mehr so selbstsicher. «Ich habe doch nichts gegen den Rabbi persönlich. Das möchte ich ausdrücklich feststellen. Ich denke nur an das Wohl der Gemeinde. Wenn ich der Ansicht wäre, daß man die Argumente, die unser Freund Abe Casson gerade vorgebracht hat, gegen den Rabbi auswerten, daß er durch die Entlassung in den Mord verwickelt werden könnte – das heißt, noch mehr, als es bereits der Fall ist –, dann würde ich sagen, nein. Aber Sie wissen alle genausogut wie ich, daß die Polizei ihn nicht ernstlich mit dem Verbrechen in Verbindung bringen kann. Und Sie wissen auch, daß sie es ihm nicht etwa deshalb anhängen wird, weil wir ihn entlassen. Wenn wir das aber jetzt versäumen, haben wir ihn das ganze nächste Jahr am Hals.»

«Einen Augenblick, Al!» Das war wieder Casson. «Ich fürchte, du hast den springenden Punkt nicht begriffen. Mir geht es nicht darum, was für Folgen dieser Schritt für den Rabbi hätte – ich denke an die Gemeinde. Manche werden sagen, wir hätten ihn entlassen, weil wir ihn für schuldig hielten. Es wird heißen, daß in unserem Rabbinat ja ein feines Sammelsurium von Leuten sitzen muß, wenn einer von ihnen so schnell in Mordverdacht geraten kann. Andere wieder werden es absurd finden, den Rabbi überhaupt in Erwägung zu ziehen. Und alle werden sie denken, daß wir Juden einander nicht über den Weg trauen und unser geistliches Oberhaupt auf einen bloßen Verdacht hin entlassen ... Das wird sich nicht sehr vorteilhaft ausnehmen in diesem Land, wo jeder Mensch so lange als unschuldig gilt, bis ihm das Gegenteil nachgewiesen worden ist. Begreifst du das, Al? Es geht mir nur um uns.»

«Nun, ich bin gegen einen neuen Vertrag für den Rabbi.» Becker lehnte sich mit gekreuzten Armen zurück, um damit zu zeigen, daß er sich an der weiteren Debatte nicht mehr beteiligen werde.

«Wozu streiten wir uns eigentlich?» meldete sich einer der Männer zu Wort, die Becker hergelotst hatte. «Ich kann den Gesichtspunkt von Abe Casson verstehen und den von Al Becker auch. Aber warum wir uns ausgerechnet heute entscheiden müssen, das verstehe ich nicht. Nächste Woche findet doch noch eine Sitzung statt. Heutzutage arbeitet die Polizei schnell. Vielleicht ist die ganze Angelegenheit bis zur nächsten Sitzung geklärt. Ich schlage vor, die Sache solange zu vertagen. Schlimmstenfalls können wir immer noch eine weitere Versammlung einberufen.»

«Im schlimmsten Fall braucht ihr euch deswegen keine Kopfschmerzen mehr zu machen», knurrte Abe Casson.

17. Kapitel

Wasserman war fest davon überzeugt gewesen, daß der Rabbi bei einer Abstimmung verlieren würde. Die Erleichterung über den Ausgang stand ihm im Gesicht geschrieben.

«Sie können mir glauben, Rabbi», sagte er, «die Zukunft sieht rosiger aus. Wer weiß schon, was in den nächsten ein, zwei Wochen passiert? Angenommen, die Polizei erwischt den Täter nicht – meinen Sie wirklich, wir lassen uns auf eine weitere Vertagung ein? Nein, dann schlage ich mit der Faust auf den Tisch und werde den Leuten ins Gesicht sagen, wie unfair es ist, Sie auf diese Weise hinzuhalten, während

Sie sich nach etwas anderem umsehen könnten. Das wird ihnen bestimmt einleuchten. Und selbst wenn die Polizei den Mann findet, denken Sie, daß Al Becker für die nächste Sitzung ebenso viele Teilnehmer zusammentrommeln kann? Nein, das schafft er nicht – ich habe doch meine Erfahrungen mit der Gesellschaft! Einmal geht so was, aber dann ist Schluß ... Und mit den Leuten, die ständig kommen, gewinnen wir glatt, das gebe ich Ihnen schriftlich.»

Der Rabbi war bedrückt. «Ich habe das Gefühl, als ob ich mich ihnen mit aller Gewalt aufdränge. Vielleicht sollte ich doch verzichten. Es ist für einen Rabbiner nicht angenehm, nur geduldet zu sein. Es ist würdelos.»

«Aber ich bitte Sie, Rabbi! Wir haben über dreihundert Mitglieder. Wenn die ganze Gemeinde abstimmen würde, bekämen Sie die Mehrheit, das können Sie mir glauben. Ich sag Ihnen, die überwiegende Mehrzahl ist für Sie. Diese Leute im Vorstand – die vertreten doch nicht die Gemeinde, sondern nur sich selber. Becker hat sie vor mir erwischt, deshalb haben sie in sein Horn geblasen. Aber wenn er sie zur nächsten Sitzung auffordert, wird er von allen zu hören bekommen, daß sie bereits anderweitig verabredet sind.»

Der Rabbi lachte. «Wissen Sie, Mr. Wasserman, im Seminar hatten wir Studenten ein beliebtes Thema, wenn wir zusammensaßen: Was kann ein Rabbi tun, um seine Stellung zu sichern? Wir haben da verschiedene Möglichkeiten ausgeknobelt – aus schierem Flax, verstehen Sie mich recht ... Aber jetzt könnte ich noch einen Weg anbieten: Man braucht bloß Verdächtiger in einem Mordfall zu werden ... Eine glänzende Lösung für einen Rabbi, der seine Stellung sichern will.»

Doch nachdem der Rabbi Wasserman zu seinem Wagen begleitet hatte, war er längst nicht mehr so unbeschwert. Düster sah er Miriam bei ihren gewohnten Handgriffen nach dem sonntäglichen Mittagessen zu: sie arrangierte die Obstschale auf dem Couchtisch im Wohnzimmer, schüttelte die Kissen auf der Couch und den Sesseln auf, staubte die Tische und Lampen schnell noch einmal ab.

«Erwartest du jemand?» fragte er.

«Nicht direkt, aber am Sonntag nachmittag kommen doch immer Leute vorbei, vor allem bei so schönem Wetter. Willst du nicht lieber die Jacke anziehen?»

«Ehrlich gesagt, im Augenblick habe ich von meiner Gemeinde die Nase voll ... Ist dir eigentlich klar, Miriam, daß wir fast ein Jahr in Barnard's Crossing wohnen und uns die Stadt noch nie richtig angesehen haben? Los, wir schwänzen! Zieh dir bequeme Schuhe an. Wir fahren mit dem Bus in die Stadt und bummeln einfach herum. Was hältst du davon?»

«Und was tun wir?»

«Gar nichts ... Wenn du meinst, daß wir tatsächlich einen Vorwand brauchen, könnten wir ja bei der Polizei vorbeigehen und den Wagen abholen. Aber ich möchte am liebsten nur wie ein Tourist kreuz und quer durch die engen, krummen Straßen der Old Town wandern ...»

Sie verließen den Bus am Rande der Old Town, schlenderten weiter und blieben stehen, sobald sie etwas Interessantes entdeckten. Im Rathaus bewunderten sie die alten Standarten, die in Glaskästen an den Wänden ausgestellt waren. Sie studierten die Bronzetafeln an den historischen Gebäuden. Einmal gerieten sie in eine Horde von Touristen, die den Erklärungen des Fremdenführers zuhörten, und sie gingen mit, bis die Gesellschaft wieder in ihren Bus einstieg. Dann spazierten sie durch die Hauptstraße, betrachteten die Schaufenster der Antiquitätenläden, der Andenkengeschäfte und die Auslagen der Schiffsausrüster mit Leinen und Trossen, Ölzeug, Messingbeschlägen, Laternen, Kompassen und Ankern. Sie entdeckten einen kleinen Park mit Aussicht auf den Hafen, setzten sich auf eine Bank und sahen den Segelbooten zu. Schweigend genossen sie die friedliche Szene.

Endlich machten sie sich auf die Suche nach der Polizeigarage und verliefen sich prompt. Etwa eine Stunde irrten sie durch ein Gewirr kleiner Sackgassen mit Bürgersteigen, so schmal, daß sie nicht nebeneinander gehen konnten. Zu beiden Seiten standen Holzhäuser, oft nur dreißig Zentimeter voneinander entfernt; durch die schmalen Lükken sah man winzige altmodische Gärten mit Stockrosen, Sonnenblumen und kleinen, mit Wein bewachsenen Lauben.

Die Sonne brannte heiß, und sie wurden allmählich müde. Weit und breit war niemand, den sie nach dem Weg zurück zur Hauptstraße fragen konnten. Dann gerieten sie plötzlich auf eine Straße, die sich am Ufer entlangzog, und eine Ecke weiter entdeckten sie die Hauptstraße mit ihren vielen Geschäften. Sie schritten rascher aus, um sie nicht wieder aus dem Auge zu verlieren. Doch als sie gerade einbiegen wollten, rief sie Hugh Lanigan an, der auf seiner Vorderveranda Siesta hielt. «Kommen Sie doch herein und setzen Sie sich ein Weilchen.» Sie ließen sich das nicht zweimal sagen.

«Ich dachte, Sie arbeiten», begrüßte ihn der Rabbi lächelnd. «Oder ist der Fall geklärt?»

Lanigan lächelte zurück. «Ich gönne mir nur eine Schnaufpause, Rabbi – genau wie Sie. Aber zwischen meiner Arbeit und mir liegt nur der Weg zum Telefon.»

Die Veranda war geräumig und behaglich. Sie hatten sich gerade in den Korbsesseln niedergelassen, als sich Mrs. Lanigan zu ihnen gesellte, eine schlanke grauhaarige Frau in langen Hosen und Pullover.

«Sie dürfen sich doch einen Drink genehmigen, Rabbi?» fragte Lanigan besorgt. «Oder verstößt das gegen Ihren Glauben?»

«Nein, wir sind keine Abstinenzler. Sie wollen mir vermutlich das gleiche anbieten, was Sie trinken.»

«Richtig. Sie kriegen nirgends einen so guten Gin Fizz wie bei meiner Frau.»

«Wie geht die Untersuchung vorwärts?» erkundigte sich der Rabbi.

«Wir machen Fortschritte», erklärte Lanigan munter. «Und wie geht's Ihrer Gemeinde?»

«Die macht auch Fortschritte», erwiderte der Rabbi lächelnd.

«Ich habe gehört, Sie haben Ärger.»

Der Rabbi sah ihn forschend an, sagte jedoch nichts.

Lanigan lachte. «Ich darf Ihnen eine kleine Lektion über die Arbeitsweise der Polizei geben, Rabbi. In jeder Großstadt existiert ein Bevölkerungsteil, den man als konstant kriminell bezeichnen könnte. In ihm sind die meisten Verbrecher zu suchen, nach denen die Polizei fahndet. Und wie hält die Polizei diesen Kreis unter Kontrolle? Vorwiegend durch Information. In einer Stadt wie Barnard's Crossing gibt es keine Kriminellen, nur ein paar chronische Störenfriede. Aber wir bedienen uns derselben Methode, um auf dem laufenden zu bleiben. Allerdings haben wir keine richtigen Spitzel; wir hören uns bloß den Haufen Klatsch aufmerksam an, der uns so zu Ohren kommt ... Ich bin fast genausogut wie Sie darüber im Bilde, was in Ihrer Synagoge geschieht. An der heutigen Sitzung haben ungefähr vierzig Personen teilgenommen. Und als sie nach Hause kamen, erzählten sie natürlich alles haarklein ihren Frauen. Sie glauben doch nicht etwa, daß in einer Stadt wie unserer achtzig Leute ein Geheimnis bei sich behalten können, noch dazu, wenn es gar keins ist? Ach, Rabbi, in unserer Kirche erledigen wir solche Dinge wesentlich einfacher. Bei uns gilt, was der Pfarrer sagt.»

«Ist er denn soviel besser als die anderen?» entgegnete der Rabbi.

«O ja, gewöhnlich ist der Pfarrer schon ein guter Mann», sagte Lanigan, «weil die meisten Unfähigen durch den Ausleseprozeß ausgesiebt werden. Natürlich haben wir ein paar verdammte Narren im Klerus, aber darum dreht sich's ja gar nicht. Der springende Punkt ist: Wenn Sie auf Disziplin Wert legen, brauchen Sie unbedingt jemand, an dessen Autorität nicht zu rütteln ist.»

«Das dürfte wohl der Unterschied zwischen den beiden Systemen sein», meinte der Rabbi. «Wir fördern den Zweifel ... in allem.»

«Sogar in Dingen des Glaubens?»

«Da wird sehr wenig von uns verlangt. Wir sehen lediglich ein, daß es zu nichts führt, an der Existenz eines einzigen allmächtigen, allwissenden, allgegenwärtigen Gottes zu zweifeln. Aber wir haben kein formuliertes Glaubensbekenntnis, das wir anerkennen müssen. Bei meiner S'*micha* zum Beispiel – Sie nennen es Priesterweihe – wurde ich weder über meinen Glauben befragt, noch habe ich einen Eid abgelegt.»

«Wodurch unterscheiden Sie sich dann von Ihren Gemeindekindern?»

Der Rabbi lachte. «Zunächst kann man nicht von meinen Gemeindekindern sprechen, zumindest nicht in dem Sinn, daß sie meiner Obhut anvertraut sind und daß ich Gott für sie Rechenschaft schulde. Tatsächlich habe ich keine Verantwortung und, notabene, auch kein Privileg, die nicht für jedes männliche Mitglied meiner Gemeinde von seinem dreizehnten Lebensjahr an ebenfalls gelten. Mutmaßlich unterscheide ich mich von dem durchschnittlichen Mitglied meiner Gemeinde nur dadurch, daß man von mir eine profundere Kenntnis der Gebote und unserer Tradition erwartet. Das ist alles.»

«Aber Sie erteilen doch den Segen, Sie besuchen die Kranken, Sie übernehmen Trauungen und Beerdigungen . . .»

«Zu Trauungen bin ich durch die Zivilbehörden ermächtigt; ich besuche die Kranken, weil das jedes Menschen Pflicht ist; ich tue es routinemäßig und folge damit weitgehend dem Beispiel Ihrer Pfarrer. Selbst die Erteilung des Segens ist offiziell jenen Gemeindemitgliedern vorbehalten, die von Aaron abstammen, wie es auch in orthodoxen Gemeinden geschieht. Wenn in einer liberaler eingestellten Gemeinde wie der unseren der Rabbiner diese Aufgabe übernimmt, ist das eigentlich ein Eingriff.»

«Jetzt verstehe ich, weshalb Sie sagen, Sie seien kein Geistlicher», meinte Lanigan. Dann fiel ihm etwas ein. «Aber wie halten Sie nun Ihre Gemeinde bei der Stange?»

Der Rabbi lächelte melancholisch. «Das gelingt mir doch allem Anschein nach nicht gerade sonderlich, wie?»

«So habe ich das nicht gemeint. Ich dachte dabei nicht an Ihre momentanen Schwierigkeiten, sondern wollte wissen, wie Sie Sünden verhindern.»

«Mit anderen Worten: wie funktioniert das System? Vermutlich, indem man jedem einzelnen das Verantwortungsgefühl für seine Handlungen beibringt.»

«Also Willensfreiheit? Die haben wir auch.»

«Natürlich, aber bei uns ist es ein bißchen anders. Die katholische Kirche gibt ihren Anhängern Willensfreiheit, aber sie hilft ihnen auch, wenn sie straucheln. Sie haben einen Priester, der die Beichte anhören und Absolution erteilen kann – und dann kann ja auch bei Ihnen mit

Hilfe von Himmel und Hölle jedes Unrecht im irdischen Leben wettgemacht werden. Für uns gibt es nur die eine Chance. Wir müssen unsere guten Werke auf dieser Erde und in diesem Leben tun. Und da niemand die Last mit uns teilt oder sich für uns verwendet, müssen wir eben selber die Verantwortung für unser Tun tragen.»

Zuerst hatte der Rabbi einen sachlichen Konversationston angeschlagen, dann war er jedoch feierlich geworden, so daß es beinahe wie eine Predigt klang. Miriam räusperte sich warnend. «Wir müssen aufbrechen, David», sagte sie.

Der Rabbi sah auf die Uhr. «Es ist wahrhaftig spät geworden. Tut mir leid, daß ich pausenlos geredet habe. Das war nicht meine Absicht. Es liegt wohl an dem Gin Fizz, fürchte ich.»

«Mir hat das Freude gemacht, Rabbi», sagte Lanigan. «Es mag Sie vielleicht verwundern, aber ich bin sehr an religiösen Fragen interessiert ... Freilich gibt es nicht allzuoft Gelegenheit, darüber zu diskutieren. Die meisten Menschen scheuen sich vor solchen Gesprächen.»

«Vielleicht ist es ihnen nicht mehr so wichtig», meinte er.

«Das könnte durchaus sein, Rabbi. Jedenfalls hat es mir viel Freude ...»

Das Telefon schellte; Mrs. Lanigan ging hinein und kam sofort zurück. «Eban ist am Apparat, Hugh.»

Ihr Mann hatte inzwischen begonnen, den beiden Smalls den kürzesten Weg zur Polizeigarage zu erklären. «Sag ihm, ich rufe ihn zurück», rief er.

«Er ist nicht zu Hause, sondern in einer Telefonzelle.»

«Ach so ... Na, dann muß ich wohl ...»

«Wir finden's schon», sagte der Rabbi. Lanigan nickte abwesend und eilte ins Haus.

Während er die Verandastufen hinunterstieg, fühlte sich der Rabbi auf unbestimmte Weise irritiert.

18. KAPITEL

Am nächsten Morgen kurz nach sieben wurde Melvin Bronstein verhaftet. Das Ehepaar saß noch beim Frühstück, als Eban Jennings und ein Sergeant, beide in Zivil, erschienen.

«Sind Sie Melvin Bronstein?» fragte Jennings den Mann, der die Wohnungstür öffnete.

«Ja – bitte?»

Der Polizist zeigte seine Dienstmarke. «Mein Name ist Lieutenant Jennings von der Polizeistelle Barnard's Crossing. Ich habe einen Haftbefehl für Sie.»

«Aus welchem Grund?»

«Sie sollen vernommen werden in der Mordsache Elspeth Bleech.»

«Beschuldigen Sie mich des Mordes?»

«Ich habe lediglich Anweisung, Sie zum Verhör auf die Polizei zu bringen», erklärte Jennings.

Debbie Bronstein rief aus dem Eßzimmer: «Wer ist denn da, Mel?»

«Einen Augenblick, Liebes», rief er zurück.

«Sie werden es ihr sagen müssen», meinte Jennings wohlwollend.

«Würden Sie bitte mitkommen?» bat Bronstein leise und führte ihn ins Eßzimmer.

Debbie Bronstein sah verblüfft auf.

«Die Herren sind von der Polizei, Liebes», sagte er. «Ich soll aufs Revier mitkommen, um ein paar Auskünfte zu geben und Fragen zu beantworten.» Er schluckte schwer. «Es handelt sich um das arme Ding, das hinter der Synagoge gefunden wurde.»

Debbie Bronsteins von Natur blasses Gesicht rötete sich etwas, sie blieb jedoch völlig gelassen. «Weißt du denn irgend etwas über den Tod des Mädchens, Mel?»

«Über ihren Tod nicht», erklärte Bronstein tiefernst, «aber über das Mädchen selber. Die Herren glauben, das könnte ihnen bei den Ermittlungen helfen.»

«Kommst du zum Mittagessen nach Hause?» erkundigte sich seine Frau.

Bronstein sah die Polizisten fragend an.

Jennings räusperte sich. «An Ihrer Stelle würde ich nicht damit rechnen, *ma'am*.»

Debbie Bronstein legte die Hände an die Tischkante und stieß sich leicht ab. Die Polizisten merkten jetzt erst, daß sie in einem Rollstuhl saß.

«Wenn du der Polizei bei dieser schrecklichen Geschichte helfen kannst, Mel, mußt du natürlich alles tun, was in deinen Kräften steht.»

Er nickte. «Es wird am besten sein, wenn du Al anrufst und ihn bittest, er soll sich mit Nate Greenspan in Verbindung setzen.»

«Selbstverständlich.»

«Soll ich dich ins Bett zurückbringen, oder möchtest du aufbleiben?»

«Ich lege mich wohl lieber wieder hin.»

Er bückte sich und hob sie aus dem Rollstuhl. Einen Augenblick stand er regungslos da und hielt sie auf den Armen. Sie sah ihm tief in die Augen.

«Es ist alles in Ordnung, Liebste», flüsterte er.
«Natürlich», murmelte sie.
Dann trug er sie aus dem Zimmer.

Die Nachricht verbreitete sich wie ein Lauffeuer. Rabbi Small kam nach einem arbeitsreichen Vormittag in der Synagoge zurück und wollte sich gerade zu Tisch setzen, als Ben Schwarz anrief, um ihm die Neuigkeit zu berichten.

«Sind Sie sicher?» fragte der Rabbi.

«Es ist ganz offiziell, Rabbi. Wahrscheinlich bringen sie es in den nächsten Rundfunknachrichten.»

«Wissen Sie Näheres?»

«Nein. Nur daß er verhaftet wurde, weil sie ihn vernehmen wollen.» Nach einer Pause fuhr er fort: «Tja ... Rabbi, ich weiß nicht recht, inwieweit das Ihre eventuellen Pläne beeinflussen könnte, aber ich finde, Sie sollten doch wissen, daß Bronstein nicht zu Ihrer Gemeinde gehört.»

«Aha. Haben Sie jedenfalls vielen Dank.»

Er erzählte Miriam von dem Gespräch. «Schwarz schien der Meinung zu sein, ich könnte das Ganze ignorieren, wenn es mir paßt. Ich vermute wenigstens, daß er darauf hinauswollte, als er mir sagte, Bronstein sei kein Gemeindemitglied.»

«Willst du das tun?»

«Aber Miriam!»

«Und was hast du nun vor?»

«Das weiß ich noch nicht genau. Auf jeden Fall werde ich ihn besuchen. Dafür werde ich wohl eine amtliche Genehmigung brauchen und wahrscheinlich auch eine von seinem Anwalt. Vielleicht wäre es sogar noch wichtiger, daß ich mit Mrs. Bronstein spreche.»

«Wie wäre es, wenn du dich mit Lanigan in Verbindung setzt?»

Der Rabbi schüttelte den Kopf. «Was kann ich ihm denn schon sagen? Ich habe ja keine Ahnung, was für Beweismaterial die Polizei hat; ich kenne die Bronsteins kaum. Nein, ich rufe gleich bei Mrs. Bronstein an.»

Eine Frau meldete sich und sagte, Mrs. Bronstein könne nicht ans Telefon kommen.

«Hier spricht Rabbi Small. Würden Sie sie bitte fragen, ob sie mich heute irgendwann empfangen könnte?»

«Bleiben Sie am Apparat.» Kurz darauf kam sie zurück und berichtete, Mrs. Bronstein lasse ihm für seinen Anruf danken; ob er am frühen Nachmittag vorbeikommen könne.

«Sagen Sie Mrs. Bronstein, ich bin um drei Uhr bei ihr.»

Er hatte gerade aufgelegt, als es an der Tür klingelte. Es war Hugh Lanigan.

«Ich komme eben von der Synagoge», berichtete er. «Wir haben jetzt einen bestimmten Anhaltspunkt, den wir nachprüfen müssen. Haben Sie von Bronstein gehört?»

«Allerdings. Die Vorstellung, daß er der Täter sein könnte, erscheint mir reichlich phantastisch.»

«Kennen Sie ihn gut, Rabbi?»

«Nein.»

«Dann hören Sie erst mal zu, ehe Sie übereilte Schlüsse ziehen ... Bronstein war in der Mordnacht mit dem Mädchen zusammen. Das ist keiner von den phantastischen Irrtümern, die der Polizei hin und wieder unterlaufen. Er gibt es selbst zu, daß er mit ihr gegessen und den ganzen Abend verbracht hat. Er gibt es zu, Rabbi.»

«Freiwillig?»

Lanigan lächelte. «Sie denken an den dritten Grad, vielleicht einen Gummischlauch, so in der Richtung? So fortschrittlich sind wir hier noch nicht.»

«Nein, ich dachte eher an endlose Verhöre, in denen der eine oder andere Lapsus passiert und so lange aufgebauscht wird, bis man ihn als Schuldbekenntnis werten kann.»

«Nein, Rabbi, da sind Sie auf dem Holzweg. Sobald er im Revier war, machte Bronstein eine Aussage. Er hätte sie verweigern können, bis er mit seinem Anwalt gesprochen hatte, aber das tat er nicht. Er erklärte, das Mädchen im *Surfside* Restaurant aufgelesen zu haben. Er hat sie nie zuvor gesehen, sagt er. Nach dem Essen seien sie in Boston im Kino gewesen und hätten anschließend noch eine Kleinigkeit gegessen. Dann will er sie nach Hause gebracht haben und heimgefahren sein ... Hört sich alles ganz klar und einfach an, nicht wahr? Aber die Leiche des Mädchens wurde Freitag morgen entdeckt. Heute ist Montag. Vier Tage später. Warum hat er sich denn nicht freiwillig gemeldet und der Polizei alles mitgeteilt, was er wußte, wenn er nichts mit der Sache zu tun hatte?»

«Weil er verheiratet ist. Er hatte unüberlegt gehandelt, und diese Unbedachtheit nahm plötzlich gewaltige Dimensionen an. Es war falsch von ihm, nicht zur Polizei zu gehen; es war feige, töricht, wenn Sie wollen – deswegen wird er noch nicht des Mordes schuldig.»

«Das ist ja nur Punkt eins, Rabbi. Weiter: Das Mädchen war schwanger. Mrs. Serafino, ihre Arbeitgeberin, war ehrlich verblüfft, als sie das hörte. Einmal war Elspeth Bleech ein ruhiges, zurückhaltendes Mädchen und trieb sich nicht herum, und außerdem ging sie nie mit Männern aus. Soviel Mrs. Serafino weiß, wurde Elspeth in der ganzen Zeit, die sie bei ihnen war, nie von einem Mann abgeholt. Sie hat auch nie erzählt oder angedeutet, daß sie mit einem Kavalier ausgewesen sei. An ihrem freien Donnerstag ging sie abends gewöhnlich ins Kino, allein oder mit einer Freundin, die ein paar Häuser weiter arbeitet. Wir haben diese Celia verhört; wie sie sagt, hat sie mehrfach angeboten, ein Rendezvous für Elspeth zu arrangieren, die das aber immer ablehnte. Als Elspeth erst ganz kurze Zeit hier war, überredete Celia sie, den Polizei- und Feuerwehrball zu besuchen. Da gehen alle Hausangestellten hin. Außer diesem einen Mal war sie nie tanzen. Celia meint, Elspeth hätte vielleicht in Kanada einen Freund gehabt – sie bekam von Zeit zu Zeit Briefe –, anders kann sie es sich nicht erklären. Celia war Elspeths einziger Umgang in Barnard's Crossing, und sie kann mit Elspeths Schwangerschaft ja nicht gut etwas zu tun haben. Also mußten wir weitersuchen. Wir haben uns ein bißchen umgehört und festgestellt, daß Ihr Freund Bronstein mindestens ein halbes Dutzend Mal in verschiedenen Motels an den Fernstraßen 14 und 69 abgestiegen ist. Meistens hat er sich als Brown eingetragen. Er war in Begleitung einer Dame, die er als seine Frau anmeldete. Soweit wir in Erfahrung gebracht haben, fanden diese Ausflüge immer donnerstags statt. Mit Hilfe eines Bildes konnten wir ihn einwandfrei identifizieren; in einem Motel hatte man außerdem seine Autonummer notiert. Einige Motelbesitzer erinnern sich genau, daß die sogenannte Ehefrau blond war und dem Foto der Toten ähnlich sah, das wir ihnen zeigten ... Das ist Punkt zwei, Rabbi.»

«Haben Sie ihm das mit den Motels gesagt?»

«Natürlich, sonst hätte ich es Ihnen ja nicht erzählt.»

«Und was hat er erwidert?»

«Er gibt zu, in den Motels gewesen zu sein, bestreitet aber, daß Elspeth die Begleiterin war; er spricht von einer anderen, deren Namen er nicht nennen will.»

«Wenn das wahr ist – und warum sollte es nicht wahr sein? –, dann ist das wirklich bewundernswert von ihm.»

«Ja, wenn ... Aber wir haben noch mehr herausgebracht. Punkt drei: Elspeth hat am Donnerstag nachmittag einen Frauenarzt konsultiert. Wahrscheinlich trug sie den Ehering, den wir in ihrer Tasche gefunden haben – aus naheliegenden Gründen. Sie war zum erstenmal in der Sprechstunde, also war sie sich über ihren Zustand bis Donnerstag nicht im klaren, selbst wenn sie einen Verdacht gehabt haben mag. Sie hat sich als Mrs. Elizabeth Brown angemeldet. Und Bronstein hat in den Motels immer Mr. und Mrs. Brown eingetragen, wie ich Ihnen eben sagte.»

«Der Name ist ungefähr so häufig wie Smith», wandte der Rabbi ein.

«Richtig.»

«Außerdem stimmt das alles nicht mit der Tatsache überein, daß sie unter dem Mantel und der Regenhaut nur einen Unterrock anhatte. Ganz im Gegenteil. Er muß sie nach Hause gebracht haben, wie er sagte, weil sie ihr Kleid dort gelassen hat. Es besteht doch vermutlich kein Zweifel daran, daß Mantel und Regenmantel ihr gehören und daß das Kleid, das sie trug, in ihrem Zimmer gefunden wurde?»

«Allerdings, und damit kommen wir gleich zu Punkt vier. Dazu muß ich Ihnen die Raumeinteilung im Hause Serafino kurz erläutern. Sie kennen die Serafinos nicht; danach habe ich Sie wohl schon gefragt ... Serafino betreibt eine Art Nachtclub. Ein kleines Lokal, in dem die Leute an winzigen Tischen hocken und getauften Schnaps trinken. Er spielt manchmal Klavier, und seine Frau trägt Chansons vor – schlüpfrige, gelegentlich eindeutig obszöne Liedchen ... Nicht besonders sympathisch, könnte man sagen; aber daheim leben sie wie ein ganz normales junges Ehepaar. Sie haben zwei kleine Kinder und gehen jeden Sonntag in die Kirche. Der Club schließt erst um zwei Uhr früh; deshalb brauchen sie jemand, der nachts auf die Kinder aufpaßt. Nur an den Donnerstagen bleibt Mrs. Serafino zu Hause, und ihr Mann ist allein im Lokal. Donnerstags ist nämlich wenig los, weil die Dienstmädchen Ausgang haben und die Stammkundschaft deshalb daheimbleiben muß. Jedenfalls brauchen die Serafinos ein Kindermädchen, das im Hause wohnt – für Leute in bescheidenen Verhältnissen gar nicht so leicht zu bekommen. Und das sind sie, trotz aller Vorstellungen, die man sich von Nachtclubbesitzern macht. Ihr Haus hat zwei Stockwerke. Eltern und Kinder schlafen oben. Von der Küche im Erdgeschoß zweigt eine Art Appartement für das Mädchen ab: Schlafzimmer, eine kleine Toilette, eine Duschecke und vor allem ein separater Eingang. Können Sie sich das alles vorstellen?»

Der Rabbi bejahte.

«Eine Wohnung, die fast ganz vom übrigen Haus getrennt ist. Was sollte also unseren Freund Bronstein hindern, mit dem Mädchen hereinzukommen ...»

«Und sie hat das Kleid ausgezogen, während er im Zimmer war?»

«Warum denn nicht? Wenn unsere Theorie stimmt, hat sie bei früheren Gelegenheiten erheblich mehr abgelegt als nur das Kleid.»

«Aber weshalb ist sie dann wieder nach draußen gegangen?»

Lanigan zuckte die Achseln. «Ich gebe zu, daß wir uns da auf reine Vermutungen einlassen. Es wäre sogar denkbar, daß er sie bereits in ihrem Zimmer erdrosselt und nachher hinausgetragen hat. Ein Nachbar gegenüber war gerade beim Zubettgehen und sah Bronsteins blauen Lincoln bei den Serafinos vorfahren. Das war kurz nach zwölf. Eine halbe Stunde später stand der Wagen immer noch da. Dies wäre also Punkt vier.»

«Hat der Nachbar beobachtet, daß sie aus- oder wieder eingestiegen sind?»

Lanigan schüttelte den Kopf.

«Ich verstehe nicht viel von solchen Dingen», meinte der Rabbi bedächtig, «aber als Talmudist bin ich durchaus in der Lage, juristischen Gedankengängen zu folgen ... Ihre Theorie hat tausend Haken.»

«Zum Beispiel?»

«Zum Beispiel die Sache mit dem Mantel und der Regenhaut. Falls er sie in ihrem Zimmer umgebracht hat, warum hat er ihr dann einen Mantel und darüber einen Regenmantel angezogen? Und warum hat er sie zur Synagoge gebracht? Und wie ist ihre Handtasche in meinen Wagen gekommen?»

«All diese Einwände habe ich bedacht, Rabbi, und noch andere, die Sie nicht erwähnten. Trotzdem habe ich mehr als genug in der Hand, um seine Festnahme zu rechtfertigen und ihn so lange dazubehalten, bis wir einiges nachgeprüft haben. So ist das immer – Sie kriegen einen Anhaltspunkt, und von da aus müssen Sie weiterarbeiten. Dann finden Sie nach und nach Antworten auf alle Fragen.»

«Gewiß. Und wenn Sie sie nun nicht bekommen, entlassen Sie den Mann nach einer Weile, und er ist ruiniert», sagte der Rabbi bitter.

«Tja ... Das gehört eben zu den Nachteilen, die das Leben in einer organisierten Gesellschaft mit sich bringt.»

19. Kapitel

Nathan Greenspan war ein Gelehrtentyp, langsam im Denken und Sprechen. Er saß hinter dem Schreibtisch, stocherte mit einem löffelähnlichen Gegenstand in seiner Pfeife herum, blies dann ein paarmal durch, um sich zu vergewissern, daß sie richtig zog, und begann sie bedächtig und methodisch zu stopfen. Währenddessen lief Becker, die unvermeidliche Zigarre in der Faust, im Zimmer auf und ab und teilte Greenspan mit, was passiert war, was er befürchtete und was er von ihm erwartete: Greenspan solle das Polizeirevier stürmen, Bronsteins sofortige Freilassung verlangen und andernfalls mit einer Klage wegen rechtswidriger Verhaftung drohen. So ungefähr stellte es sich Becker vor.

Der Rechtsanwalt hielt ein Streichholz an die Pfeife, paffte, bis sie richtig brannte, und drückte den Tabak fest in den Kopf. Er lehnte sich zurück und sprach in den Pausen zwischen mächtigen Rauchwolken. «Ich kann einen Haft ... prüfungstermin beantragen, wenn ... es den Anschein hat ... daß er zu Unrecht festgehalten wird ...»

«Natürlich wird er zu Unrecht festgehalten! Gar keine Frage. Er hatte nichts damit zu tun.»

«Woher wissen Sie das?»

«Weil er es sagt ... Und weil ich ihn kenne. Sie wissen doch auch, was für ein Mensch Bronstein ist. Finden Sie etwa, daß er wie ein Mörder aussieht?»

«Nach allem, was Sie mir vorhin erzählt haben, hat die Polizei ihn ja nicht wegen Mordes verhaftet, sondern ihn nur festgenommen, um ihn zu verhören. Er besaß Informationen, an denen die Polizei ein berechtigtes Interesse hatte – wie er sagte, ist er mit ihr ausgewesen in der Nacht, in der sie umgebracht wurde. Selbst wenn das nicht der Fall gewesen wäre, selbst wenn er sie nur gekannt hätte oder irgendwann einmal mit ihr ausgegangen wäre, würde die Polizei ihn verhören wollen.»

«Man hat zwei Polizisten zu ihm geschickt, um ihn zu verhaften.»

«Weil er nicht freiwillig gekommen ist – was er nebenbei hätte tun sollen.»

«Na schön, meinetwegen. Aber Sie wissen ja selber, was das bedeutet hätte ... Nein, er wollte sich ganz einfach aus der Sache raushalten. Das war also falsch – na schön; trotzdem ist es noch kein Grund, ihn zu verhaften – zu Hause und vor den Augen seiner Frau!»

«Das ist die übliche Praxis, Al. Jedenfalls ist es passiert.»

«Und was schlagen Sie nun vor?»

«Ich werde ihn natürlich aufsuchen. Wahrscheinlich wird er über Nacht dort bleiben müssen. Wenn ihn die Polizei jedoch länger festhalten will, muß sie ihn einem Richter vorführen und glaubhafte Gründe vorbringen. Ich vermute, sie hat dafür nicht genügend Material, falls sie das überhaupt beabsichtigt ... Es ist wohl am aussichtsreichsten, daß ich zum *District Attorney* gehe und festzustellen versuche, was im einzelnen gegen ihn vorliegt.»

«Warum können Sie sie nicht zwingen, ihn freizulassen, wenn sie nicht imstande sind, ihm die Tat nachzuweisen?»

Greenspan seufzte leise. Er legte die Pfeife auf einen Aschenbecher und nahm die Brille ab. «Hören Sie mal zu, Al: Ein Mädchen ist umgebracht worden. Im Augenblick wollen alle um jeden Preis den Mörder finden. Das heißt, jede Justizstelle sympathisiert mit der Polizei und wird ihr mit jedem Gesetz, jeder Verordnung zu Hilfe eilen. Wenn ich nun loslege, um ihn mit juristischen Kniffen freizubekommen, werden alle – die Zeitungen eingeschlossen – sich daran stoßen. Mel hätte keine gute Presse, und das wäre sehr ungünstig für ihn, egal, was passiert. Andererseits wird der *District Attorney* uns jede nur mögliche Chance einräumen, wenn er den Eindruck bekommt, daß wir mit ihm zusammenarbeiten wollen.»

«Und was soll ich tun?»

«Überhaupt nichts, Al. Sie üben sich nur in Geduld.»

Geduld war jedoch Al Beckers schwächste Seite. Wenn die Führung der Untersuchung von der Haltung des *District Attorney* abhing, so überlegte er, dann konnte er den Gang der Dinge vielleicht beschleunigen, indem er seinen Freund Abe Casson veranlaßte, Druck dahinterzusetzen. Der *District Attorney* verdankte dem einflußreichen Casson sein Amt [1].

«Was erwartest du denn von mir, Al?» fragte Casson. «Ich kann dir nur versichern, daß bereits jetzt allerhand Beweismaterial gegen Mel vorliegt. Man könnte sogar damit schon vor die Geschworenen gehen; sie wollen ihren Fall aber erst noch unangreifbar machen.»

«Mel hat es nicht getan, Abe.»

«Woher weißt du das?»

«Weil er es mir gesagt hat. Und weil ich ihn kenne.»

Casson schwieg beharrlich.

«Menschenskind, du kennst doch Mel Bronstein auch. Ist ihm so was zuzutrauen? Er ist sanft und empfindsam wie eine Frau. Das ist doch Unsinn.»

«Diese Fälle klingen immer unsinnig, bis sie geklärt sind. Dann ergeben sie auf einmal sehr viel Sinn.»

«Sicher», sagte Becker bitter. «Wenn noch ein winziger Fetzen Beweismaterial fehlt, liefert man ihn. Und wenn es noch eine Lücke gibt, wird sie verstopft. Verdammt noch mal, Abe, du weißt doch genau, wie das vor sich geht. Man hat einen Anhaltspunkt und beginnt ihn zu verfolgen. Man setzt alle bis zum letzten Mann auf die Fährte. Man weiß ja, was man beweisen will, deshalb bohrt man immer weiter und beweist es schließlich auch – bis man den armen Hund restlos fertiggemacht hat. Und der wahre Mörder geht frei aus.»

«Was kann ich denn tun, Al?»

«Du bist doch auf du und du mit dem *District Attorney*. Er hört bestimmt auf dich. Du kannst ihn sicher dazu bewegen, daß er die Augen offenhält und auch andere Spuren verfolgt.»

---

[1] Der *District Attorney* – der Staatsanwalt – wird in den Vereinigten Staaten auf Zeit gewählt.

Abe Casson schüttelte den Kopf. «Das tut er sowieso. Das ist seine Pflicht. Die derzeitige Untersuchung liegt in den Händen von Polizeichef Lanigan, und der tut es auch ... Du willst deinem Freund helfen? Geh zum Rabbi.»

«Zum Rabbi? Warum? Damit er ein Gebet für ihn spricht?»

«Weißt du, Al, du hast eine mächtige Klappe. Manchmal glaube ich, das ist der einzige Teil in deinem Kopf, der wirklich funktioniert ... Hör mir jetzt mal zu: Aus irgendeinem Grund hat Hugh Lanigan großen Respekt vor unserem Rabbi. Sie stehen ausgezeichnet miteinander. Neulich hat der Rabbi mit seiner Frau den ganzen Nachmittag auf Lanigans Veranda gesessen.»

«Auf meiner Veranda hat der Rabbi noch nie gesessen.»

«Wahrscheinlich hast du ihn nie eingeladen.»

«Na schön, also der Polizeichef mag ihn. Was kann der Rabbi für mich tun?»

«Vielleicht das, was ich deiner Ansicht nach beim *District Attorney* für dich tun sollte.»

«Meinst du, er wäre dazu bereit, wo er doch genau weiß, daß ich derjenige bin, der ihn raussetzen will?»

«Glaubst du ernstlich, er würde dich das in einem solchen Fall entgelten lassen? Da kennst du den Rabbi aber schlecht. Wenn du meinen Rat hören und deinem Freund wirklich helfen willst – das ist mein Vorschlag.»

Miriam konnte sich nicht verstellen; sie empfing Al Becker ziemlich frostig. Der Rabbi begrüßte ihn förmlich. Al ließ sich jedoch durch den kühlen Empfang nicht abschrecken, falls er ihn überhaupt registrierte. Er fixierte den Rabbi mit seinem streitbarsten Blick und begann: «Mel Bronstein kann das unmöglich getan haben, und ... Sie müssen da was unternehmen, Rabbi.»

«Jeder könnte es getan haben», entgegnete der Rabbi milde.

«Ja, ja, ich weiß», knurrte Becker gereizt. «Ich wollte nur sagen, daß er der letzte ist, dem so was zuzutrauen wäre. Bronstein ist eine Seele von Mensch, Rabbi. Er liebt seine Frau. Sie haben keine Kinder. Nur die beiden, und er hängt abgöttisch an ihr.»

«Ist Ihnen das Beweismaterial bekannt, das gegen ihn vorliegt?» fragte der Rabbi.

«Sie meinen, daß er fremd gegangen ist? Na, wenn schon. Wissen Sie, daß seine Frau seit zehn Jahren mit multipler Sklerose im Rollstuhl sitzt? Seit zehn Jahren können sie nicht mehr ... Eh, ich meine, als Mann und Frau ... Na, Sie verstehen schon.»

«Das war mir unbekannt.»

«Ein gesunder Mann braucht eine Frau. Sie als Rabbi werden das nicht verstehen . . .»

«Rabbiner sind nicht kastriert.»

«Entschuldigen Sie. Dann wissen Sie ja, wovon ich rede. Die Mädchen, die er ausgeführt hat, haben Mel nicht *soviel* bedeutet.» Er schnippte mit den Fingern. «Er ist mit ihnen ins Bett gegangen, na schön . . . Wenn er statt dessen auf dem Sportplatz trainiert hätte, wär's aufs gleiche herausgekommen.»

«Davon bin ich nicht so überzeugt, aber das tut nichts zur Sache . . . Was erwarten Sie nun von mir?»

«Keine Ahnung. Sie waren den ganzen Abend in Ihrem Arbeitszimmer. Vielleicht könnten Sie sagen, Sie hätten aus dem Fenster gesehen und bemerkt, wie ein Mann vom Parkplatz weggefahren ist, und beschwören, daß es kein blauer Lincoln war . . .»

«Verlangen Sie von mir, daß ich einen Meineid leiste?»

«Mein Gott . . . Entschuldigen Sie, Rabbi; ich bin so durcheinander, daß ich nicht mehr weiß, was ich sage . . . Ich werde noch meschugge über der Geschichte! Heute früh – stellen Sie sich vor, heut früh hab ich einen Kunden verloren, der jedes zweite Jahr bei mir einen Lincoln Continental gekauft hat. Seit zehn Jahren – regelmäßig wie ein Kalender . . . Samstag sind wir handelseinig geworden. Mittags wollte er vorbeikommen und den Vertrag unterschreiben . . . Als er nicht erscheint, ruf ich ihn an, und er sagt auf einmal, er will den alten Wagen doch noch ein Weilchen behalten, oder vielleicht will er sich lieber einen kleineren zulegen . . . Wissen Sie, warum er plötzlich abgesprungen ist? Dreimal dürfen Sie raten! Fünfzehn Jahre lang haben Mel und ich den Laden aufgebaut, und jetzt geht er über Nacht in die Brüche.»

«Machen Sie sich nun Sorgen um Ihr Geschäft oder um Ihren Freund?» fragte der Rabbi kühl.

«Um beides! Mel war nicht nur mein Partner oder mein Freund – für mich war er wie ein jüngerer Bruder. Wenn Sie mal fünfzehn Jahre daran verwendet haben, einen Laden aufzubauen, ist das nicht nur ein x-beliebiger Broterwerb für Sie. Der Laden, das ist ein Stück von mir selber!»

«Ich kann Ihre Lage verstehen, Mr. Becker», sagte der Rabbi nicht unfreundlich. «Ich wünschte, ich könnte Ihnen helfen. Aber Sie sind nicht hergekommen, um mich zu bitten, daß ich Ihrem Freund geistlichen Trost spende. Was Sie verlangen, ist gänzlich ausgeschlossen. Ich fürchte, die Sache hat Ihre Urteilsfähigkeit getrübt. Sonst müßte Ihnen klar sein, daß man mir nicht glauben würde, selbst wenn ich bereit wäre, Ihrem Vorschlag zu folgen.»

«Ich weiß, ich weiß ... Ich bin eben völlig durchgedreht, Rabbi. Aber eines müßte Ihnen möglich sein ... Sie sind doch sein Rabbi, nicht wahr?»

«Ich habe Grund zu der Annahme, daß ich kritisiert wurde, weil ich meine Zeit Fragen widme, die nichts mit der Gemeinde zu tun haben», bemerkte er ruhig. «Meines Wissens ist Mr. Bronstein kein Gemeindemitglied.»

Becker wurde wütend. «Na, wenn schon! Heißt das, daß Sie ihm nicht helfen dürfen? Er ist schließlich Jude, oder? Er gehört zur jüdischen Gemeinde von Barnard's Crossing, und Sie sind der einzige Rabbiner am Ort ... Sie können ihn doch wenigstens besuchen, wie? Und Sie können auch zu seiner Frau gehen. Die Bronsteins sind keine Gemeindemitglieder, sagen Sie. Na schön, aber dafür ich. Helfen Sie mir.»

«Also ehrlich gesagt, habe ich bereits eine Verabredung mit Mrs. Bronstein und wollte gerade einen Besuch bei Mr. Bronstein vereinbaren, als Sie geklingelt haben.»

Becker war nicht dumm. Er brachte sogar ein Grinsen zustande. «Na schön, Rabbi. Eins zu null für Sie. Wahrscheinlich habe ich das verdient ... Was haben Sie vor?»

«Polizeichef Lanigan war vorhin hier und hat mir in großen Umrissen erklärt, was gegen Mr. Bronstein vorliegt. Ich fand zunächst einmal, das Beweismaterial ließe sich auch anders auslegen. Aber ich kenne die Bronsteins ja kaum. Deshalb dachte ich, daß ich als erstes versuchen sollte, das nachzuholen.»

«Die nettesten Leute, die Sie sich vorstellen können, Rabbi.»

«Sie wissen doch, wie eine große Organisation arbeitet, Mr. Becker. Die Polizei ist eine große Organisation ... Sie sehen sich überall um, bis sie einen Verdächtigen finden – von dem Augenblick an konzentrieren sie sich ganz auf ihn. Natürlich sind sie verpflichtet, weiter zu suchen, solange noch Zweifel bestehen. In der Praxis aber ... Ich dachte mir nun, daß ich Lanigan vielleicht dazu bewegen könnte, sich auch weiterhin um andere Spuren zu kümmern.»

«Genau das hat mir vorgeschwebt, Rabbi», sagte Becker begeistert. «Genau das habe ich zu Abe Casson gesagt. Fragen Sie ihn selber ... Mann, jetzt ist mir schon wesentlich wohler!»

20. Kapitel

Das Gefängnis bestand aus vier kleinen, mit Stahl vergitterten Zellen im Erdgeschoß des Polizeigebäudes von Barnard's Crossing. Jede Zelle enthielt ein schmales eisernes Feldbett, eine Toilette und ein Waschbecken; an der Decke hing eine Glühbirne in der Porzellanfassung. Der Korridor war Tag und Nacht schwach erleuchtet. Am einen Ende befand sich ein vergittertes Fenster und am anderen die Wachstube. Daneben lag Lanigans Büro.

Hugh Lanigan zeigte dem Rabbi die Zellen und führte ihn dann in sein Büro. «Kein großartiges Gefängnis», sagte er, «aber zum Glück brauchen wir nicht mehr.»

«Wo essen die Häftlinge?» erkundigte sich der Rabbi.

Lanigan lachte. «Gewöhnlich existieren sie bei uns nicht im Plural, höchstens vielleicht Samstag nacht. Da nehmen wir manchmal ein paar betrunkene Randalierer fest und lassen sie ihren Rausch ausschlafen. Wenn wir zu den Mahlzeiten jemand hier haben, lassen wir uns von einem Restaurant in der Nähe einen Lunchbeutel schicken.»

«Bleiben Ihre Häftlinge bis zur Gerichtsverhandlung in den kleinen Zellen?»

«O nein. Sollten wir uns entschließen, Anklage gegen Ihren Freund zu erheben, führen wir ihn morgen im Laufe des Tages einem Richter vor. Und wenn der entscheidet, daß er in Haft bleiben soll, wird Bronstein in das Gefängnis von Salem oder Lynn verlegt.»

«Beabsichtigen Sie, Anklage zu erheben?»

«Das hängt weitgehend vom *District Attorney* ab. Wir legen ihm das Material vor, das wir haben; vielleicht stellt er ein paar Fragen und entscheidet sich dann. Möglicherweise beschließt er, keine Anklage wegen Mordes zu erheben, ihn jedoch als wichtigen Zeugen festzuhalten.»

«Wann kann ich ihn sehen?»

«Jetzt gleich, wenn Sie wollen. Sie können ihn in seiner Zelle besuchen oder sich hier in meinem Büro mit ihm unterhalten.»

«Ich möchte ihn lieber allein sprechen, wenn es Ihnen nichts ausmacht.»

«Selbstverständlich, Rabbi. Ich lasse ihn holen und verziehe mich dann.» Er lachte. «Sie haben doch keine versteckten Waffen bei sich? Oder eine Feile?»

Der Rabbi klopfte lächelnd auf seine Jackentaschen. Lanigan öffnete die Tür zur Wachstube und rief einem Polizisten zu, er solle den Häftling in sein Büro bringen. Dann machte er hinter sich zu und ließ den Rabbi allein. Kurz darauf erschien Bronstein.

Er wirkte wesentlich jünger als seine Frau, was der Rabbi dem unterschiedlichen Gesundheitszustand und nicht dem Alter zuschrieb. Sichtlich verlegen begann er: «Ich weiß Ihren Besuch wirklich zu schätzen, Rabbi, aber ... Na, es wäre mir lieber, wenn wir uns woanders begegnet wären.»

«Sehr begreiflich.»

«Wissen Sie, ich muß ständig daran denken, was für ein Segen es ist, daß meine Eltern das nicht mehr erlebt haben, und ... Ja, und daß ich keine Kinder habe ... Ich könnte ihnen nicht mehr in die Augen sehen – selbst wenn die Polizei schließlich den Täter findet und mich laufen läßt.»

«Das verstehe ich. Aber Sie müssen sich klarmachen, daß jeder Mensch Pech haben kann. Dagegen sind nur die Toten gefeit.»

«Das ist alles so häßlich ...»

«Jedes Unglück ist häßlich. Sie dürfen nicht dauernd darüber nachgrübeln. Erzählen Sie mir von dem Mädchen.»

Bronstein antwortete nicht gleich. Er stand auf, wanderte nervös umher und rang sichtlich um Konzentration und Fassung. Dann blieb er abrupt vor dem Rabbi stehen und stieß hastig hervor: «Ich habe sie an dem Abend das erste Mal in meinem Leben gesehen. Das schwöre ich beim Grab meiner Mutter. Ich bin fremd gegangen, das gebe ich zu. Manche Menschen sagen vielleicht, wenn ich meine Frau liebte, hätte ich sie nicht betrogen, nicht einmal unter den gegebenen Umständen ... Kann sein, daß ich ihr treu geblieben wäre, wenn wir Kinder gehabt hätten. Oder wenn ich mehr Charakter hätte; ich will nichts beschönigen. Ich hatte meine Affären, ja; aber keine einzige war ernst oder ging tief. Außerdem habe ich immer mit offenen Karten gespielt. Nie habe ich versucht, die Tatsache zu verheimlichen, daß ich verheiratet bin. Und nie habe ich bei einer Frau die Platte vom unverstandenen Mann aufgelegt oder eine Scheidung als möglich hingestellt. Es war immer eine ganz saubere, klare Sache. Ich hatte eben gewisse Bedürfnisse. Na ja, viele Frauen sind schließlich in der gleichen Situation und greifen zu dem gleichen Mittel. Die Frau, mit der ich öfter in Motels abgestiegen bin ... Es war nicht dieses Mädel, Rabbi. Sie ist verheiratet; ihr Mann hat sie verlassen, und sie hat die Scheidung eingereicht.»

«Wenn Sie der Polizei den Namen nennen ...»

Bronstein schüttelte heftig den Kopf. «Das würde ihre Scheidung komplizieren. Vielleicht werden ihr dann sogar die Kinder abgesprochen ... Keine Sorge, wenn man mir tatsächlich den Prozeß macht, und der Ausgang davon abhängt, wird sie sich schon melden.»

«Sie haben sich jeden Donnerstag mit ihr getroffen?»

«Nein, in den letzten drei Wochen nicht mehr. Sie wurde nervös; sie bildete sich steif und fest ein, daß ihr Mann sie durch Detektive beobachten lassen könnte.»

«Und da haben Sie also das Mädchen angesprochen – gewissermaßen als Ersatz?»

«Ich will ganz offen sein, Rabbi. Als ich sie ansprach, hatte ich durchaus kein rein platonisches Motiv. Ich habe sie in einem Restaurant aufgegabelt, im *Surfside*. Wenn die Polizei wirklich an der Wahrheit interessiert wäre, statt mir die Sache anzuhängen, würde sie sich bei den Kellnerinnen und Gästen erkundigen. Einige würden sich bestimmt daran erinnern, daß ich zuerst an einem Tisch saß und sie an einem anderen, daß ich zu ihr gegangen bin und mich vorgestellt habe. Jeder konnte sehen, daß es eine Zufallsbekanntschaft war ... Aber ich wollte eigentlich auf etwas anderes hinaus: Nachdem wir gegessen und uns eine Weile unterhalten hatten, merkte ich, daß das arme Ding verängstigt war – zu Tode verängstigt. Sie gab sich die größte Mühe, es nicht zu zeigen und vergnügt zu sein, aber ... Beweist das nicht, daß sie etwas Unangenehmes erwartete?»

«Möglich. Jedenfalls lohnt es sich, dem nachzugehen.»

«Sie tat mir leid. An Annäherungsversuche dachte ich gar nicht mehr. Ich wollte nur noch einen netten Abend verbringen. Wir fuhren nach Boston und gingen ins Kino ...» Er zögerte; dann beugte er sich vor und dämpfte die Stimme, als fürchte er, belauscht zu werden: «Ich will Ihnen was verraten, was ich der Polizei nicht erzählt habe, Rabbi. Die silberne Kette, die sie trug und mit der sie erdrosselt wurde – Gott verzeihe mir –, die habe ich ihr gekauft, bevor wir ins Kino gingen.»

«Und das haben Sie der Polizei verschwiegen?»

«Allerdings. Denen sag ich doch freiwillig nichts, was sie gegen mich verwenden können! Nach dem Verhör zu schließen, wäre das ein gefundenes Fressen für die – ein klarer Beweis, daß ich den ganzen Abend vorhatte, sie umzubringen ... Ihnen hab ich's gesagt, damit Sie sehen, daß ich Ihnen reinen Wein einschenke.»

«Gut. Wo waren Sie danach?»

«Nach dem Kino haben wir in einem Restaurant Pfannkuchen gegessen und Kaffee getrunken. Und dann hab ich sie heimgefahren. Der Wagen stand direkt vor ihrem Haus, ganz offen und ehrlich.»

«Sind Sie mit hineingegangen?»

«Selbstverständlich nicht. Wir saßen noch eine Weile draußen im Auto und haben uns nur unterhalten. Nicht mal den Arm hab ich um sie gelegt. Nur so dagesessen und geschwatzt. Dann bedankte sie sich, stieg aus und ging ins Haus.»

«Haben Sie sich wieder mit ihr verabredet?»

Bronstein schüttelte den Kopf. «Es war ein netter Abend für mich und für sie auch, glaube ich. Auf der Heimfahrt wirkte sie wesentlich gelöster als beim Abendessen. Aber ich sah keine Veranlassung für eine Wiederholung.»

«Sie sind also von dort direkt nach Hause gefahren?»

«Stimmt.»

«Ihre Frau schlief schon?»

«Ich nehme es an. Manchmal denke ich, sie stellt sich nur schlafend, wenn ich spät heimkomme. Jedenfalls lag sie im Bett, und das Licht war aus.»

Der Rabbi lächelte. «Genauso hat sie es mir geschildert.»

Bronstein blickte rasch hoch. «Heißt das, daß Sie mit meiner Frau gesprochen haben? Wie geht es ihr? Wie nimmt sie das alles auf?»

«Ja, ich war bei ihr.» Er vergegenwärtigte sich die magere, bleiche Frau im Rollstuhl, deren Haar grau zu werden begann und aus der hohen, glatten Stirn zurückgebürstet war; ein sympathisches, feingeschnittenes Gesicht mit wachen, intelligenten grauen Augen. «Sie machte einen durchaus heiteren Eindruck.»

«Heiter?»

«Vermutlich hat sie sich sehr zusammengenommen. Trotzdem hatte ich das Gefühl, daß sie fest an Ihre Unschuld glaubt. Wenn Sie es getan hätten, sagte sie, dann hätte sie das auf den ersten Blick gesehen.»

«Ein solcher Beweis dürfte vor Gericht wohl kaum anerkannt werden, Rabbi, aber ... Wir stehen uns wirklich sehr nahe. In den meisten Ehen gehen die Frauen ganz in ihren Kindern auf, wodurch die Männer mehr oder minder zurückgesetzt werden. Seit der Erkrankung meiner Frau vor etwa zehn Jahren waren wir viel mehr zusammen als Ehepaare sonst. Bei uns ist einer für den anderen ein offenes Buch. Verstehen Sie, Rabbi?»

Der Rabbi nickte.

«Wenn sie sich natürlich nur schlafend stellte ...»

«Sie bleibt immer auf und wartet auf Sie, hat sie gesagt, außer am Donnerstag. Als ich die Vermutung äußerte, daß ihre Bridgegäste sie wohl sehr angestrengt hätten, widersprach sie. Sie wußte, daß Sie mit einer Frau ausgegangen waren, und wollte Sie nicht in Verlegenheit bringen. Das ist der Grund.»

«Großer Gott!» Er verbarg das Gesicht in den Händen.

Der Rabbi sah ihn mitleidig an und fand eine Predigt jetzt unangebracht. «Es hat sie nicht gekränkt, sagt sie. Sie hat es verstanden.»

«Tatsächlich? Sie versteht es?»

«Ja.» Dem Rabbi war nicht wohl bei der Wendung, die das Gespräch genommen hatte, und er versuchte, das Thema zu wechseln. «Ist Ihre Frau völlig ans Haus gefesselt, Mr. Bronstein, oder kommt sie manchmal heraus?»

Sein Gesicht wurde weich. «Freilich. Bei schönem Wetter fahre ich sie im Auto spazieren, wenn sie sich wohl genug fühlt. Das ist dann ein bißchen so wie früher, wenn sie neben mir sitzt. Da erinnert mich kein Rollstuhl daran, daß sie krank ist. Ich habe allerdings einen im Kofferraum, einen zusammenklappbaren. An warmen Abenden parke ich gelegentlich am Ufer-Boulevard, setze sie in den Rollstuhl und fahre sie am Wasser entlang.»

«Wie kommt sie in den Wagen?»

«Ganz einfach. Ich trage sie auf den Vordersitz.»

Der Rabbi stand auf. «Bei ein oder zwei Punkten lohnt es sich nach meinem Dafürhalten, die Polizei darauf aufmerksam zu machen.»

Bronstein erhob sich ebenfalls. Zögernd streckte er dem Rabbi die Hand hin. «Bitte, glauben Sie mir, Rabbi – ich bin Ihnen wirklich dankbar für Ihren Besuch.»

«Behandelt man Sie anständig?»

«Aber ja.» Er nickte zu den Zellen hinüber. «Seit ich alle Fragen beantwortet hatte, bleibt die Zellentür unverschlossen, so daß ich im Korridor auf und ab gehen kann, wenn ich Lust dazu habe. Es sind auch schon Polizisten auf einen Schwatz zu mir gekommen und haben mir Zeitschriften gebracht. Ich frage mich . . .»

«Ja?»

«Ich frage mich, ob Sie wohl meiner Frau Bescheid geben könnten, daß es mir gut geht. Ich möchte nicht, daß sie sich Sorgen macht.»

Der Rabbi lächelte. «Ich setze mich mit ihr in Verbindung, Mr. Bronstein.»

21. KAPITEL

Als er das Gefängnis verließ, überlegte der Rabbi bekümmert, daß seine ersten Hilfsversuche lediglich zwei Punkte aufgedeckt hatten, beide unwesentlich und beide nachteilig für den Verhafteten: Von Mrs. Bronstein hatte er gehört, daß sie gerade Donnerstag nacht nicht mehr aufgewesen war, um ihren Mann zu begrüßen. Es hätte ohnehin nicht viel genutzt, wenn sie aussagen könnte, daß er keinen erregten Eindruck gemacht habe; als Ehefrau wäre sie keine absolut glaubwürdige Zeugin, und in jedem Fall war es nur ein negativer Beweis. Und aus seiner Unterhaltung mit Mel Bronstein war ihm das Bild im Gedächtnis haftengeblieben, wie er seine Frau aufhob und sie in den

Wagen setzte. Es war ihm immer als schwierig und umständlich erschienen, daß der Mörder die Leiche von einem Wagen zum anderen getragen haben sollte; aber jetzt hatte ihm Mel Bronstein gezeigt, daß es dazu keines Tricks bedurfte, ja, daß er darin Übung besaß.

Bronstein hatte einen großen Lincoln, er dagegen einen Kompaktwagen. Das mochte einen Unterschied bedeuten. Zu Hause fuhr er in die Garage, stieg aus und studierte den Wagen; sein mageres Gelehrtengesicht hatte sich verfinstert. Dann rief er Miriam.

Sie stellte sich neben ihn und folgte seiner Blickrichtung. «Blechschaden?»

Statt einer Antwort umfaßte er geistesabwesend ihre Taille. Sie lächelte liebevoll; er beachtete es nicht und riß die Wagentür auf.

«Was soll das, David?»

Er saugte an der Unterlippe, während er das Wageninnere inspizierte. Dann beugte er sich wortlos zu ihr und hob sie auf.

«David!» Sie begann zu kichern.

Er stolperte mit seiner Last zur offenen Wagentür und versuchte, sie auf den Sitz zu verfrachten. «Laß den Kopf nach hinten hängen», befahl er.

Statt dessen schlang sie, immer noch kichernd, die Arme um seinen Hals und schmiegte das Gesicht an seine Wange.

«Miriam! Bitte!»

Sie biß ihn ins Ohr.

«Ich versuche zu . . .»

Herausfordernd ließ sie die Beine baumeln. «Was würde wohl Mr. Wasserman dazu sagen, wenn er uns jetzt sähe?»

«Amüsieren Sie sich gut?»

Sie fuhren herum. Im Eingang stand breit lächelnd Hugh Lanigan.

Hastig setzte der Rabbi seine Frau ab. Er kam sich albern vor. «Ich habe nur experimentiert», erklärte er. «Es ist gar nicht so einfach, eine Leiche auf einen Wagensitz zu manövrieren.»

Lanigan nickte. «Nein. Aber obwohl das Mädchen wahrscheinlich mehr wog als Ihre Frau, ist Bronstein immerhin auch ein gutes Stück größer und kräftiger als Sie.»

«Das macht wohl einen Unterschied», gab der Rabbi zu, während sie in sein Arbeitszimmer gingen.

Als sie sich gesetzt hatten, erkundigte sich Lanigan, was er bei Bronstein erreicht habe.

«Ich habe ihn ja erst heute kennengelernt», entgegnete der Rabbi. «Er gehört nicht zu den Menschen, denen so etwas zuzutrauen wäre, und . . .»

«Aber Rabbi – ich bitte Sie!» unterbrach ihn Lanigan ungeduldig. «Glauben Sie ernstlich, ein Dieb sieht diebisch aus? Oder ein Betrüger betrügerisch?»

«Wenn das Äußere und das Auftreten trügen, wird doch jeder Eindruck neutralisiert», wandte der Rabbi sanft ein. «Dann ist es schwer vorstellbar, wie das Geschworenensystem überhaupt funktionieren kann. Worauf sollen sie denn ihre Urteilssprüche gründen?»

«Auf Beweismaterial, Rabbi. Auf mathematisch exaktes Beweismaterial, wenn wir es beschaffen können, sonst auf die an Sicherheit grenzende Wahrscheinlichkeit.»

Der Rabbi nickte bedächtig und fragte beiläufig: «Ist Ihnen unser Talmud ein Begriff?»

«Ihr Gesetzbuch, stimmt's? Hat das irgend etwas hiermit zu tun?»

«Unser Gesetzbuch ist es nicht direkt. Das sind die Bücher Mose. Der Talmud liefert die Kommentare zum Gesetz. Ein direkter Zusammenhang mit unserem Fall dürfte wohl nicht bestehen. Doch selbst das sollte man nicht allzu fest behaupten, denn im Talmud findet man praktisch so gut wie alles ... Ich dachte im Augenblick weniger an den Inhalt als an die Methode des Studiums. In der Religionsschule wurden alle Fächer – Hebräisch, Grammatik, Literatur, Heilige Schrift – auf die übliche Art gelehrt; wir saßen an Schreibtischen und der Lehrer an einem größeren auf einem Podest – na, wie eben der Unterricht in allen Schulen vor sich geht. Die Unterweisung im Talmud aber war völlig anders. Stellen Sie sich einen großen Tisch vor, um den eine Schülergruppe versammelt war. Am Kopfende saß der Lehrer. Wir lasen einen Passus, eine kurze Darlegung des Gebotes. Dann folgten Einwände, Erklärungen, Argumente der alten Rabbiner, wie diese Stelle genau zu interpretieren sei. Ehe es uns noch recht bewußt war, steuerten wir unsere eigenen Argumente bei, unsere eigenen Einwendungen, unsere eigenen Haarspaltereien und Verdrehungen ... Eine solche Diskussion nennen wir den *pipul*, das heißt Pfeffer. Manchmal übernahm es der Lehrer, einen bestimmten Standpunkt zu verteidigen, und dann pfefferten wir ihm unsere Fragen und Bedenken hin ... Beginnt man erst zu argumentieren, tauchen ständig neue Gedanken auf. Ich erinnere mich noch an einen meiner ersten Studienfälle: eine Talmudstelle, die sich mit der Schadensfestsetzung befaßt, wenn durch einen Funken vom Hammer des Hufschmieds ein Feuer entstanden ist. Wir haben zwei volle Wochen mit diesem einen Passus zugebracht, und als wir schließlich widerstrebend aufhörten, hatten wir das Gefühl, kaum angefangen zu haben ... Das Talmudstudium hat auf die Juden einen enormen Einfluß ausgeübt. Unsere großen Gelehrten haben ihr Leben damit verbracht, nicht etwa, um durch exakte Auslegung des

Gesetzes ihre akuten Probleme zu lösen, sondern weil es sie als geistiges Training faszinierte. Es regte sie zu den vielfältigsten Gedankengängen an ...»

«Und Sie schlagen nun vor, mit dieser Methode unser derzeitiges Problem anzupacken?»

«Warum nicht? Untersuchen wir doch einmal, ob die an Sicherheit grenzende Wahrscheinlichkeit Ihrer Theorie im einzelnen standhält.»

«Schön, legen Sie los.»

Der Rabbi erhob sich und begann im Zimmer auf und ab zu wandern. «Wir werden nicht mit der Leiche anfangen, sondern mit der Handtasche.»

«Weshalb?»

«Weshalb nicht?»

Lanigan zuckte die Achseln. «Okay, Sie sind der Lehrer.»

«Die Handtasche ist nämlich ergiebiger für uns, und sei es auch nur, weil drei Personen damit zu tun haben, während es bei der Leiche hinter der Mauer bloß zwei sind: Das Mädchen und sein Mörder. Die Handtasche jedoch bezieht zu diesen beiden noch mich mit ein, weil sie in meinem Wagen gefunden wurde.»

«Also gut.»

«Auf welche Art und Weise konnte nun die Handtasche an den Fundort gelangt sein? Das Mädchen oder der Mann, der sie umgebracht hat, könnten sie dort hinterlassen haben. Oder auch eine dritte unbekannte, unverdächtige und bislang unberücksichtigte Person.»

«Haben Sie einen Trumpf im Ärmel, Rabbi?» erkundigte sich Lanigan argwöhnisch.

«Nein, ich gehe bloß sämtliche Möglichkeiten durch.»

Es klopfte. Miriam erschien mit einem Tablett. «Ich dachte mir, daß ihr vielleicht gern einen Kaffee hättet.»

«Vielen Dank», sagte Lanigan. «Wollen Sie sich nicht zu uns setzen?» fragte er, als er bemerkte, daß nur zwei Tassen auf dem Tablett standen.

«Darf ich?»

«Selbstverständlich. Wir haben nichts Vertrauliches zu besprechen. Der Rabbi erteilt mir nur meine erste Talmudlektion ...» Und als sie mit einer Kaffeetasse zurückkam: «Gut, Rabbi – wir haben alle Personen erfaßt, von denen die Handtasche in Ihrem Wagen zurückgelassen worden sein könnte. Wie kommen wir damit weiter?»

«Natürlich erhebt sich als erstes die Frage, weshalb sie überhaupt die Tasche bei sich hatte. Vermutlich nehmen manche Frauen ganz automatisch ihre Tasche mit, wenn sie das Haus verlassen.»

«Viele befestigen ihren Hausschlüssel in der Handtasche mit einer Kette», meinte Miriam.

Lanigan nickte ihr zu. «Gut geraten. Der Hausschlüssel war mit einer kurzen Kette an dem Ring befestigt, mit dem der Reißverschluß an einer Innentasche aufgezogen wird.»

«Sie schleppte also lieber die ganze Tasche mit, bloß um sich die kleine Mühe zu sparen und den Schlüssel loszumachen», fuhr der Rabbi fort. «Jetzt wollen wir uns nacheinander die Personen vornehmen, die die Tasche in meinem Wagen gelassen haben könnten. Zuerst den Dritten, den großen Unbekannten, um ihn zu eliminieren. Es müßte jemand gewesen sein, der zufällig vorbeikam und die Tasche entdeckte, vermutlich weil sie in der Nähe meines Wagens auf der Erde lag. Er hätte sie zweifellos geöffnet, und wenn er nur einen Hinweis auf die Besitzerin suchte, um die Tasche zurückgeben zu können, wahrscheinlicher aber aus purer Neugier. Wenn es ein unehrlicher Finder gewesen wäre, hätte er sämtliche Wertgegenstände gestohlen, was aber nicht geschehen ist.»

«Woher wissen Sie das, Rabbi?» Lanigan wurde plötzlich hellhörig.

«Weil Sie einen goldenen Ehering erwähnten, den Sie gefunden haben. Ein unehrlicher Finder hätte ihn natürlich gestohlen. Da er es nicht tat, vermute ich, daß alle anderen Wertsachen – wie etwa Geld – ebenfalls unberührt geblieben sind.»

«Es war allerdings etwas Geld im Portemonnaie», gab Lanigan zu. «Zwei Scheine und ein paar Münzen; ganz normal.»

«Ausgezeichnet. Wir können also unterstellen, daß es sich hier nicht um jemand handelt, der die Tasche gefunden, alle Wertgegenstände herausgenommen und die für ihn jetzt wertlose Tasche dann weggeworfen hat, damit sie nicht bei ihm entdeckt wurde.»

«Also gut – einverstanden. Und jetzt? Hilft Ihnen das weiter?»

«Nur zur Klarstellung. Angenommen nun, er war ehrlich und wollte sie lediglich dem rechtmäßigen Eigentümer wiedergeben. Also legte er sie in meinen Wagen, weil er sie in der Nähe gefunden und vermutet hatte, sie gehöre dahin, oder weil er dachte, der Fahrer würde sich die Mühe machen und sie dem rechtmäßigen Besitzer zurückerstatten ... Wenn er weiter nichts mit der Tasche zu tun hatte, warum hat er sie dann hinten auf den Boden gelegt, statt auf den Vordersitz, wo der Fahrer sie viel eher finden mußte? Ich wäre tagelang herumgefahren, ohne sie zu entdecken.»

«Schön – also hat weder ein ehrlicher noch ein unehrlicher Unbekannter die Tasche im Wagen liegen lassen ... Ich habe das auch nie behauptet.»

«Jetzt zu dem Mädchen ...»

«Die scheidet aus. Um die Zeit war sie bereits tot.»

«Woher wollen Sie das so sicher wissen? Die wahrscheinlichste Erklärung ist doch wohl, daß sie selber die Handtasche im Wagen gelassen hat.»

«Hören Sie zu, Rabbi: Die Nacht war warm; Sie haben doch bestimmt bei offenem Fenster in Ihrem Arbeitszimmer gesessen, nicht wahr?»

«Ja. Das Fenster war offen, aber die Jalousien waren heruntergelassen.»

«Der Wagen stand sechs Meter vom Haus entfernt. Ihr Arbeitszimmer liegt im ersten Stock – sagen wir, rund vier Meter über dem Erdboden ... Der Wagen war praktisch vor Ihrer Nase geparkt ... Besser: vor Ihren Ohren. Wenn jemand in das Auto gestiegen wäre, geschweige denn gestritten hätte und darin ermordet worden wäre, so hätten Sie das unweigerlich gehört, egal, wie vertieft Sie in Ihre Studien waren.»

«Aber es könnte doch passiert sein, nachdem ich die Synagoge verlassen hatte», wandte der Rabbi ein.

Lanigan schüttelte den Kopf. «Nicht so ohne weiteres. Sie sagen, Sie sind irgendwann nach Mitternacht weggegangen, etwa zwanzig nach zwölf. Der Streifenpolizist Norman kam die Maple Street in Richtung Synagoge entlang und hatte sie um diese Zeit oder ganz kurz danach im Blickfeld. Von da ab konnte er den Parkplatz bis drei Minuten nach eins beobachten, als er von dem Polizeitelefon an der Ecke aus seine Meldung machte. Dann ging er die Vine Street hinunter, wo die Serafinos wohnen und über die logischerweise das Mädchen gekommen sein müßte.»

«Gut. Dann später?» meinte der Rabbi.

Abermals schüttelte Lanigan den Kopf. «Nichts zu machen. Der Amtsarzt hat in seinem ersten Bericht angegeben, das Mädchen sei gegen ein Uhr umgebracht worden, mit einem Spielraum von je zwanzig Minuten. Diesem Befund lagen Körpertemperatur, Leichenstarre und so weiter zugrunde. Von Bronstein erfuhren wir, daß sie nach dem Kino noch etwas gegessen hatten; damit konnte der Arzt den Eintritt des Todes nach dem Mageninhalt bestimmen, was erheblich exakter ist. Er hat uns einen zusätzlichen Bericht geschickt, in dem er ein Uhr als äußersten Zeitpunkt festsetzt.»

«In dem Fall müssen wir die Möglichkeit in Betracht ziehen, daß ich trotz der geringen Entfernung zum Wagen zu vertieft war, um etwas zu hören. Bedenken Sie, die Wagenfenster waren geschlossen; sie brauchten also nur die Tür vorsichtig auf- und zuzumachen und sich leise zu unterhalten ... Außerdem wurde sie ja erdrosselt, sie hätte also gar nicht laut schreien können.»

«Verzeihen Sie, Rabbi», grinste Lanigan. «aber jetzt reden Sie Unsinn. Warum hätten sie wohl die Wagentür vorsichtig auf- und zumachen und flüstern sollen, wenn sie keinerlei Grund zu der Annahme hatten, daß jemand in Hörweite war? Wären sie vor dem Regen dort gewesen, so hätten sie die Fenster heruntergekurbelt – es war warm, vergessen Sie das nicht. Wenn sie jedoch während des Regens im Wagen gesessen hätten, wären sie Norman bestimmt aufgefallen. Und schließlich existiert kein Anhaltspunkt dafür, daß das Mädchen in Ihrem Wagen gewesen ist. Sehen Sie sich das an ...» Er öffnet seine Aktenmappe, nahm einige Papiere heraus und breitete sie auf dem Schreibtisch aus. «Dies ist eine Liste mit allem, was wir in Ihrem Wagen gefunden haben. Hier ist eine graphische Darstellung vom Wageninneren, die zeigt, wo jeder Gegenstand lag. Da, auf dem Boden unter dem Sitz, wurde die Handtasche gefunden. In dieser Seitentasche aus Plastik waren Papiertaschentücher mit Lippenstiftflecken, die aber vom Lippenstift Ihrer Frau stammen. Auf dem Boden, unmittelbar hinter den Vordersitzen, lag eine Haarklammer, die ebenfalls Ihrer Frau gehört. Im vorderen Aschenbecher fanden wir mehrere Zigarettenkippen und eine im rückwärtigen, und alle hatten Spuren vom Lippenstift Ihrer Frau; es war ihre Marke, die gleiche wie das halbvolle Päckchen im Handschuhfach.»

«Einen Augenblick bitte», unterbrach Miriam. «Die Kippe im rückwärtigen Aschenbecher kann aber nicht von mir stammen. Ich habe noch nie hinten gesessen, seit wir den Wagen haben.»

«Was sagen Sie da? Sie haben nie auf dem Rücksitz gesessen? Ausgeschlossen!»

«Wirklich?» fragte der Rabbi sanft. «Ich habe immer nur den Fahrersitz benutzt. Wenn ich mir's überlege, muß ich sagen, daß tatsächlich noch nie jemand auf dem Rücksitz gesessen hat. Wir haben den Wagen erst ein paar Monate und bisher keine Gelegenheit gehabt, einen Gast mitzunehmen. Ich fahre, und wenn Miriam dabei ist, sitzt sie neben mir ... Was ist daran so merkwürdig? Wie oft sitzen Sie denn in Ihrem Wagen hinten?»

«Aber irgendwie muß doch die Kippe dahin gekommen sein! Der Lippenstift gehört Ihrer Frau; es ist ihre Zigarettenmarke ... Sehen Sie sich mal die Liste mit dem Inhalt der Handtasche an. Keine Zigaretten.»

Der Rabbi las sie aufmerksam durch und wies auf eine Stelle. «Hier ist ein Feuerzeug aufgeführt. Das bedeutet, daß sie rauchte. Und was den Lippenstift betrifft, so haben Sie selber gesagt, es sei die gleiche Marke und die gleiche Farbe wie die von Miriam. Immerhin sind beide blond.»

«Einen Moment», sagte Lanigan. «Die Haarklammer wurde hinten gefunden, also müssen Sie ...»

Miriam schüttelte den Kopf. «Da ich vorn saß, muß die Haarklammer logischerweise nach hinten fallen.»

«Ja, das ist allerdings richtig», murmelte Lanigan. «Trotzdem ergibt das immer noch kein klares Bild. Sie hatte keine Zigaretten – zumindest waren keine in ihrer Tasche, stimmt's?»

«Stimmt. Aber sie war nicht allein. Es war jemand bei ihr – der Mörder. Und der hatte wahrscheinlich Zigaretten.»

«Wollen Sie damit etwa sagen, daß Elspeth Bleech in Ihrem Wagen ermordet wurde?»

«Eben das will ich sagen. Die lippenstiftverschmierte Zigarette im Aschenbecher hinten beweist, daß eine Frau auf dem Rücksitz meines Wagens saß. Und die Handtasche auf dem Boden im Fond beweist, daß diese Frau Elspeth Bleech war.»

«Gut – sagen wir, sie war dort. Gestehen wir sogar zu, daß sie in Ihrem Wagen ermordet wurde. Inwiefern hilft das Bronstein?»

«Ich würde sagen, es entlastet ihn.»

«Sie meinen, weil er selber ein Auto hatte?»

«Ja. Warum sollte er mit dem Mädchen auf den Parkplatz fahren, sich neben meinen Wagen stellen und dann umsteigen?»

«Er hat sie vielleicht in seinem Wagen getötet und dann die Leiche in Ihren gebracht.»

«Sie vergessen die Zigarette im rückwärtigen Aschenbecher. In meinem Wagen hat sie noch gelebt.»

«Angenommen, er hat sie gezwungen, in Ihren Wagen zu steigen?»

«Aus welchem Grund?»

Lanigan zuckte die Achseln. «Vielleicht, um in seinem keine Kampfspuren zu hinterlassen.»

«Sie erkennen die Beweiskraft der Zigarette nicht in ihrem vollen Umfang. Wenn Sie sie auf dem Rücksitz meines Wagens geraucht hat, muß sie ganz ruhig und entspannt gewesen sein. Niemand packte sie an der Kehle – niemand bedrohte sie. Noch etwas: Wenn sie aus irgendeinem Grund zu Bronsteins Wagen zurück mußte, nachdem sie ihr Kleid ausgezogen hatte, wozu dann der Regenmantel?»

«Weil es geregnet hat natürlich!»

Der Rabbi schüttelte ungeduldig den Kopf. «Der Wagen stand direkt vor dem Haus. Wie weit? Fünfzehn Meter? Sie hatte einen Mantel über den Unterrock angezogen. Für eine so kurze Strecke bot das bestimmt genügend Schutz.»

Lanigan stand auf und begann hin und her zu wandern. Der Rabbi beobachtete ihn. Er wollte seinen Gedankengang nicht stören. Doch als der andere weiterhin beharrlich schwieg, sagte Small: «Zugegeben – Bronstein hätte zur Polizei kommen müssen, sobald er von dem Mord erfahren hatte. Vor allem hätte er das Mädchen gar nicht erst ansprechen dürfen. Aber selbst wenn er da einen unverzeihlichen Fehler gemacht hat, so ist es doch verständlich, von seiner häuslichen Situation her gesehen. Und ebenso kann man zwar nicht verzeihen, aber doch verstehen, daß er der Polizei Informationen vorenthalten hat. Die Festnahme und die Publicity hinterher, das ist doch Strafe genug, finden Sie nicht? Hören Sie auf mich, Lanigan: Lassen Sie ihn laufen!»

«Dann hätte ich ja keinen Verdächtigen mehr.»

«Das sieht Ihnen aber nicht ähnlich.»

«Wie meinen Sie das?» Lanigan wurde rot.

«Ich kann mir nicht vorstellen, daß Sie einen Menschen festhalten, bloß um der Presse Fortschritte berichten zu können. Außerdem würde Sie das nur bei Ihren Ermittlungen behindern ... Sie werden ständig über Bronstein nachdenken und Theorien zu entwickeln versuchen, die auf ihn zugeschnitten sind. Sie werden in seiner Vergangenheit herumstochern und alles, was Sie herausfinden, unter dem Gesichtspunkt seiner möglichen Täterschaft werten ... Daß Ihre Untersuchung damit die falsche Richtung nehmen würde, das dürfte doch wohl klar sein.»

«Hm ... Na ja ...»

«Sehen Sie denn nicht, daß Sie gar nichts gegen ihn in der Hand haben, bis auf die Tatsache, daß er nicht sofort bei Ihnen gewesen ist und ausgepackt hat?»

«Aber der *District Attorney* will ihn morgen früh verhören.»

«Dann erklären Sie ihm, daß Bronstein freiwillig erscheinen wird. Ich verbürge mich für ihn. Ich garantiere Ihnen, daß er kommt, wann Sie es wünschen.»

Lanigan nahm seine Aktentasche. «Also gut, ich lasse ihn laufen ...» Er ging zur Tür und blieb stehen, die Hand am Knauf. «Sie wissen natürlich, daß Sie damit Ihre eigene Lage nicht gerade verbessert haben.»

Der Rabbi nickte langsam.

22. KAPITEL

Al Becker gehörte nicht zu den Menschen, die eine Gefälligkeit vergessen. Am Morgen nach der Freilassung seines Partners suchte er Abe Casson auf, um ihm persönlich für seine Hilfeleistung zu danken.

«Ja, ich habe zwar mit dem *District Attorney* gesprochen, aber nicht viel erreicht. Wie ich dir schon sagte, hat die hiesige Polizei den Fall weitgehend in der Hand, zumindest bis jetzt.»

«Ist das üblich?»

«Hm, ja und nein. Die Zuständigkeiten sind nicht klar abgegrenzt. Gewöhnlich schaltet sich in Mordfällen die staatliche Kriminalpolizei ein, ferner der *District Attorney*, in dessen Amtsbezirk ein Kapitalverbrechen begangen wird und dessen Dienststelle als Anklagevertreter auftritt. Dann mischt die örtliche Polizei mit, weil sie die Verhältnisse kennt ... Hier bei uns führt Hugh Lanigan die Untersuchung. Mel wurde auf seine Anordnung festgenommen und wieder freigelassen ... Und ich will dir noch was verraten: Lanigan hat sich entschlossen, Mel auf freien Fuß zu setzen, nachdem sich Rabbi Small eingeschaltet hat – er hat Lanigan offenbar klargemacht, daß man das vorliegende Beweismaterial auch anders interpretieren kann, als es die Polizei bisher getan hat.»

Al Becker nahm das zuerst nicht ganz ernst. Er bezweifelte nicht, daß der Rabbi mit Lanigan über den Fall gesprochen hatte, und hielt es auch durchaus für denkbar, daß im Verlauf der Unterhaltung eine zufällige Bemerkung Smalls dem Polizeichef neue Perspektiven eröffnet hatte. Aber daß der Rabbi überzeugende Argumente zur Entlastung Bronsteins beigesteuert haben sollte, daran glaubte er nicht. Dennoch meinte er, den Rabbi aufsuchen und ihm danken zu müssen.

Auch diesmal verlief ihre Begegnung nicht ungezwungen. Becker steuerte direkt auf sein Ziel los. «Ich habe gehört, daß Sie eine gewisse Rolle bei Mel Bronsteins Freilassung gespielt haben, Rabbi.»

Es wäre einfacher gewesen, wenn der Rabbi das – wie erwartet – bescheiden in Abrede gestellt hätte. Doch er antwortete unumwunden: «Ja, das glaube ich auch.»

«Eh ... So. Aha ... Ja, natürlich. Na, Sie kennen ja meine Einstellung zu Mel. Ich hänge an ihm wie an einem jüngeren Bruder. Da können Sie sicher verstehen, wie dankbar ich bin. Ich habe nicht gerade zu Ihren glühendsten Anhängern gezählt ...»

Der Rabbi lächelte. «Und jetzt ist Ihnen das ein bißchen peinlich. Dazu besteht gar keine Veranlassung, Mr. Becker. Ich bin überzeugt davon, daß Ihre Einwände in keiner Weise persönlich gemeint waren. Sie finden, ich sei nicht der richtige Mann für das Amt, das ich innehabe. Es steht Ihnen absolut frei, bei dieser Meinung zu bleiben. Ich habe Ihrem Freund geholfen. Das gleiche hätte ich für Sie oder jeden anderen, der es braucht, getan. Ich bin ganz sicher, daß Sie unter ähnlichen Umständen genauso gehandelt hätten.»

Becker rief Abe Casson an, um ihm von seinem Gespräch mit dem Rabbi zu berichten, und schloß: «Er macht's einem schon verdammt schwer, ihn zu mögen. Ich bin zu ihm gegangen, um ihm zu danken, weil er Mel geholfen hat, und um mich mehr oder weniger dafür zu entschuldigen, daß ich in der Vertragsgeschichte gegen ihn gearbeitet habe. Und er erklärt mir klipp und klar, daß er meine Freundschaft nicht nötig hat und daß es ihm egal ist, ob ich auch in Zukunft gegen ihn bin.»

«Den Eindruck habe ich nach deiner Erzählung nun nicht gerade. Weißt du, Al, vielleicht bist du zu gerissen, um einen Menschen wie den Rabbi zu verstehen. Du bist daran gewöhnt, zwischen den Zeilen zu lesen und zu erraten, was die Leute wirklich meinen. Ist dir je der Gedanke gekommen, daß der Rabbi genau das sagen könnte, was er wirklich meint?»

«Na schön, ich weiß schon, du, Jake Wasserman und Abe Reich – ihr seid hingerissen von ihm. Für euch drei kann der Rabbi nichts Falsches tun, aber . . .»

«Nun, für dich hat er doch anscheinend auch richtig gehandelt, Al.»

«Ich will ja gar nicht sagen, daß er mir und Mel keinen Gefallen getan hätte, und bin ihm dafür dankbar. Aber du weißt sehr gut, daß Mel in jedem Fall freigekommen wäre, vielleicht einen, vielleicht sogar zwei Tage später. Sie hatten doch überhaupt nichts gegen ihn in der Hand.»

«Sei da nur nicht so sicher. Du hast keine Ahnung, wie so was gefingert wird. In einem gewöhnlichen Fall, wo einer wegen eines gewöhnlichen Verbrechens vor Gericht gestellt wird – freilich, da bestehen Aussichten, daß er freikommt, wenn er unschuldig ist. Aber hier gibt's noch ein anderes Moment. Das ist kein bloßer Rechtsfall mehr. Da spielt Politik hinein, und dann schert sich keiner mehr darum, ob jemand schuldig ist oder nicht. Sie beginnen in anderen Begriffen zu denken: haben wir genug, um damit vor ein Geschworenengericht zu gehen? Wenn der Mann unschuldig ist, soll sich doch sein Anwalt darum kümmern, und wenn der's nicht tut, ist das eben Pech. Die Sache wird zu einer Art Fußballmatch: auf der einen Seite der *District Attorney*, auf der anderen der Verteidiger, und in der Mitte der Richter als Unparteiischer. Und der Angeklagte? Der ist der Fußball.»

«Ja, aber . . .»

«Und noch was, Al. Wenn du das Ganze wirklich aus der richtigen Perspektive sehen willst, frag dich doch nur mal: Was passiert jetzt? Wer ist der Hauptverdächtige? Ich will's dir sagen – der Rabbi ist es. Was immer du von Small halten magst, dumm kannst du ihn nicht nennen. Du kannst also sicher sein, daß er genau gewußt hat: Wenn ich Bronstein loseise, reite ich mich selber rein . . . Denk mal in Ruhe darüber nach, Al, und dann frag dich noch mal, ob es tatsächlich so schwer ist, den Rabbi zu mögen.»

23. Kapitel

Am Sonntag regnete es seit den frühen Morgenstunden. Im Korridor und in den Klassenzimmern der Sonntagsschule hing der Geruch nach feuchten Regenmänteln und Gummischuhen. Jacob Wasserman und Abe Casson standen hinter der Eingangstür und starrten mißgelaunt auf den Parkplatz, wo die Regentropfen auf den spiegelnden Asphalt klatschten.

«Viertel nach zehn, Jacob», sagte Casson. «Scheint nichts zu werden mit der Sitzung heute.»

«Ein bißchen Regen, und schon trauen sie sich nicht mehr raus.»

Al Becker gesellte sich zu ihnen. «Abe Reich und Meyer Goldfarb sind hier. Ich glaube nicht, daß ihr viel mehr zusammenkriegt.»

«Warten wir noch eine Viertelstunde», meinte Wasserman.

«Wer bis jetzt nicht da ist, kommt auch nicht mehr», erklärte Casson schroff.

«Wie wär's mit Telefonieren?» schlug Wasserman vor.

«Wenn sie Angst vor dem bißchen Regen haben, hilft kein Anruf», widersprach Becker.

Casson schnaubte verächtlich. «Glaubst du etwa, das hält sie ab?»

«Was denn sonst?»

«Meiner Ansicht nach haben sie kalte Füße bekommen. Begreifst du denn nicht, Al? Die wollen alle da nicht reingezogen werden.»

«In was reingezogen?» fragte Becker. «Wovon zum Henker sprichst du eigentlich?»

«Von dem Mädchen, das ermordet worden ist. Und von einer eventuellen Beziehung zwischen dem Rabbi und ihr. Wir wollten heute über den neuen Vertrag für den Rabbi abstimmen, erinnerst du dich? Meiner Meinung nach haben einige von den Leuten über die möglichen Folgen nachgedacht. Angenommen, sie stimmen dafür, daß der Rabbi bleibt, und dann stellt sich heraus, daß er schuldig ist – was würden wohl ihre Freunde dazu sagen, vor allem die christlichen? Wie würde sich das auf ihr Geschäft auswirken? Kapierst du jetzt?»

«Das wäre mir nie eingefallen», begann Becker langsam.

«Weil dir wahrscheinlich auch nie der Gedanke gekommen ist, daß der Rabbi es getan haben könnte», entgegnete Casson. Er sah Becker eindringlich an. «Sag mal, Al, hast du keine Anrufe gekriegt?»

Becker machte ein verdutztes Gesicht; Wasserman jedoch wurde rot.

«Aha, du hast also welche bekommen, Jacob», fuhr Casson fort.

«Was denn für Anrufe?» fragte Becker.

«Erzähl's ihm, Jacob.»

Wasserman zuckte die Achseln. «Wer kümmert sich schon darum?

Spinner, Narren, Fanatiker – soll ich mir die etwa anhören? Da gibt's nur eins für mich – ich hänge ab.»

«Und du hast auch welche gehabt?» wandte sich Becker an Casson.

«Ja. Ich nehme an, sie haben Jacob angerufen, weil er Gemeindevorsteher ist. Und mich, weil ich mich mit Politik befasse und deshalb bekannt bin.»

«Und was hast du dagegen unternommen?» bohrte Becker weiter.

Casson zuckte die Achseln. «Dasselbe wie Jacob – nichts. Was kann man denn dagegen unternehmen? Wenn der Mörder gefunden ist, hört das sowieso auf.»

«Na schön, aber etwas tun sollte man doch. Zumindest müßten wir die Polizei informieren oder ...»

«Und was können die machen? Was anderes wäre es, wenn ich eine Stimme wiedererkennen sollte.»

«Hm ...»

«Das ist neu für dich, wie? Für Jacob wahrscheinlich auch. Aber für mich nicht. Diese Sorte von Anrufen habe ich in jedem Wahlkampf bekommen. Die Welt wimmelt von Verrückten – von verbitterten, enttäuschten, verstörten Menschen. Als Individuen sind sie meist harmlos. Im Kollektiv aber flößen sie einem Unbehagen ein. Sie schreiben schmutzige, obszöne Briefe an die Zeitungen oder an Leute, die namentlich in den Nachrichten erwähnt werden. Und wohnt jemand im gleichen Ort, rufen sie ihn eben an.»

Wasserman sah auf die Uhr. «Nun, Herrschaften, ich fürchte, wir werden heute keine Sitzung haben.»

«Es wäre nicht das erste Mal, daß wir nicht beschlußfähig sind», meinte Becker.

«Und was soll ich dem Rabbi sagen? Daß er sich noch eine Woche gedulden soll? Und daß wir nächste Woche bestimmt beschlußfähig sein werden?» Er musterte Becker spöttisch.

Becker errötete. Dann bullerte er plötzlich wütend los. «Wenn wir heute nicht beschlußfähig sind, dann eben nächste Woche oder übernächste oder überübernächste ... Du hast ja die Stimmen. Braucht er's denn schriftlich?»

«Du hast eine Kleinigkeit vergessen, Al: die Gegenstimmen, die du selber zusammengetrommelt hast», erinnerte ihn Casson.

«Über die braucht ihr euch keine Sorgen mehr zu machen», entgegnete Becker steif. «Ich habe meinen Freunden gesagt, daß ich für eine Erneuerung des Vertrages bin.»

Hugh Lanigan erschien an jenem Abend auf einen Sprung beim Rabbi. «Ich wollte Ihnen zu Ihrer Begnadigung gratulieren. Meine Informationsquelle weiß zu berichten, daß die Opposition gegen Sie zusammengebrochen ist.»

Der Rabbi lächelte unverbindlich.

«Sie scheinen nicht sehr glücklich darüber zu sein», sagte Lanigan und sah ihn prüfend an.

«Es kommt mir ein bißchen so vor, als wenn man durch die Hintertür wieder hereinspaziert.»

«Ach so – Sie meinen, Sie wurden wieder ernannt oder gewählt oder was auch immer, weil Sie Bronstein helfen konnten. Nun, in diesem Fall kann ich Ihnen mal eine Lektion erteilen, Rabbi. Ihr Juden seid skeptisch, kritisch und logisch.»

«Ich war stets der Ansicht, daß wir als überaus gefühlsbetont gelten», erwiderte der Rabbi.

«Das seid ihr auch, aber eben nur in Gefühlsdingen. Ihr Juden habt überhaupt keine Ader für Politik, und wir Iren besitzen ein Naturtalent dafür. Wenn ihr kandidiert, steigt ihr in all euren Reden und eurer Propaganda sofort in die Kernfragen ein. Und wenn ihr verliert, tröstet ihr euch mit dem Gedanken, daß ihr für die Kernfragen gekämpft und vernünftig und logisch argumentiert habt. Es muß ein Jude gewesen sein, der mal gesagt hat, er sei lieber im Recht – als Präsident der Vereinigten Staaten ... Ein Ire ist nicht so dumm; er weiß genau, daß man gar nichts tun kann, wenn man nicht gewählt wird. Deshalb heißt sein oberster Grundsatz in der Politik, daß man gewählt werden muß. Und der zweite lautet: ein Kandidat wird nicht auf Grund von logischen Argumenten gewählt, sondern wegen seines Haarschnitts, seines Hutes oder seines Akzentes. Deshalb lassen Sie sich keine grauen Haare über die Gründe oder die Art Ihrer Wahl wachsen. Freuen Sie sich lieber über die Tatsache.»

«Mr. Lanigan hat recht, David», warf Miriam ein. «Wir wissen, du hättest eine ebenso gute oder bessere Stellung bekommen können, wenn dein Vertrag nicht erneuert worden wäre, aber du bist doch gern hier in Barnard's Crossing ... Übrigens ist Mr. Wasserman sicher, daß die Gehaltserhöhung bewilligt wird, und die können wir gut gebrauchen.»

«Darüber ist bereits disponiert, meine Liebe», sagte der Rabbi hastig.

Sie schnitt ein Gesicht. «Noch mehr Bücher?»

Er schüttelte den Kopf. «Diesmal nicht. Wenn die Geschichte endlich vorbei ist, nehme ich das Extrageld als Zuschuß für einen neuen Wagen. Der Gedanke an das arme Mädchen ... Jedesmal wenn ich einsteige, überfällt mich beinahe ein Schaudern. Und ich erfinde Ausreden, um laufen zu können und nicht fahren zu müssen.»

«Verständlich», meinte Lanigan. «Vielleicht ändert sich dieses Gefühl, sobald wir den Mörder haben.»

«Ach? Wie sieht's damit aus?»

«Wir erhalten ständig neues Material. Wir arbeiten Tag und Nacht ununterbrochen. Gerade jetzt haben wir wieder vielversprechende Fingerzeige bekommen.»

«Anders formuliert: Einstweilen sitzen Sie in der Sackgasse.»

Lanigans Antwort bestand in einem Achselzucken und einem schiefen Lächeln.

«Wenn Sie meinen Rat hören wollen», sagte Miriam, «dann schlagen Sie sich die Sache jetzt mal aus dem Kopf und trinken lieber eine Tasse Tee.»

«Sehr vernünftig», nickte Lanigan.

Sie tranken Tee und plauderten über die Stadt, über Politik, über das Wetter – ziellos und oberflächlich, wie unbeschwerte Menschen Konversation betreiben. Endlich erhob sich Lanigan widerstrebend. «Es hat gutgetan, nur hier zu sitzen und zu schwatzen, Mrs. Small, aber ich muß jetzt zurück.»

Er war noch im Aufbruch, als das Telefon klingelte. Obwohl der Rabbi am nächsten stand, lief seine Frau zum Apparat und nahm ab. Sie meldete sich, lauschte einen Augenblick und preßte den Hörer fest ans Ohr. «Bedaure, falsch verbunden», sagte sie energisch und legte auf.

«In den letzten zwei Tagen scheint es ziemlich viele falsche Verbindungen zu geben», bemerkte der Rabbi.

Lanigan, die Hand auf dem Türknauf, ließ den Blick vom harmlosen, freundlichen Gesicht des Rabbis zu Miriam wandern. Ihre Wangen hatten sich gerötet – Verlegenheit? Verdruß? Zorn? Er glaubte, ein fast unmerkliches Kopfschütteln wahrzunehmen, und ging lächelnd hinaus.

Im *Ship's Cabin* fand sich allabendlich etwa derselbe Kreis in der runden Nische gegenüber dem Eingang zusammen. Manchmal waren es sechs Personen, meistens aber nur drei bis vier. Sie nannten sich die Ritter von der Tafelrunde und randalierten gern. Alf Cantwell, der Besitzer, war zwar streng und brüstete sich, seinen Laden korrekt zu führen, neigte jedoch ihnen gegenüber zur Nachsicht, weil sie Stammgäste waren; außerdem trugen sie ihre gelegentlichen Händel immer nur untereinander aus. Selbst bei den zwei oder drei Gelegenheiten, als er seinem Barmann Anweisung geben mußte, ihnen nichts mehr auszuschenken, und sie sogar aufgefordert hatte, das Lokal zu verlassen, waren sie nicht beleidigt gewesen, sondern am nächsten Abend mit der leicht zerknirschten Entschuldigung wiedererschienen: «Gestern nacht waren wir wohl 'n bißchen angesäuselt, Alf. Tut uns leid, soll nicht wieder vorkommen.»

Als Stanley am Montag abend gegen halb zehn das Lokal betrat, saßen sie zu viert am Tisch. Buzz Applebury, ein hochgewachsener, magerer Mann mit langer Nase, rief ihn sofort an. Er besaß ein Malergeschäft, und Stanley hatte gelegentlich für ihn gearbeitet. «Hallo, Stanley! Komm her und trink was.»

«Hm . . .» Stanley war unschlüssig. Gesellschaftlich standen sie eine Stufe über ihm, denn sie waren Kaufleute, er dagegen nur Arbeiter: Harry Cleeves, Inhaber einer Elektroreparaturwerkstatt, Don Winters, Besitzer eines kleinen Lebensmittelladens, und Malcolm Larch, der ein Immobilien- und Versicherungsbüro hatte.

«Los, zier dich nicht und setz dich zu uns, Stanley», drängte Larch und rückte auf die runde Bank hinüber, um ihm Platz zu machen. «Was willst du trinken?»

Sie hatten Whisky vor sich stehen. Stanley trank immer Bier und wollte nun die gebotene Gastfreundschaft nicht ausnutzen. «Für mich 'n Bier», sagte er.

«Prima, Junge, bleib du nur nüchtern. Du mußt uns nämlich vielleicht nach Haus verfrachten.»

«Na klar», grinste Stanley erfreut.

Harry Cleeves, ein blonder Riese mit rundem Babygesicht, hatte die ganze Zeit mürrisch in sein Glas gestiert und keinerlei Notiz von Stanley genommen. Jetzt wandte er sich ihm zu und fragte gewichtig: «Arbeitest du immer noch in der jüdischen Kirche?»

«In der Synagoge, meinst du? Klar.»

«Du bist schon lange dort», bemerkte Applebury.

«Zwei . . . Nee, drei Jahre.»

«Hast du auch so 'n kleines Käppi auf wie die Brüder beim Gebet?»

«Klar, wenn sie ihren Gottesdienst haben und ich Dienst mache.»

Applebury wandte sich an die anderen. «Wenn sie ihren Gottesdienst haben und er Dienst macht, sagt er.»

«Woher weißt du denn, ob du dadurch kein Jude wirst?» erkundigte sich Winters.

Stanley sah rasch von einem zum anderen und kam zu dem Schluß, daß sie ihn aufziehen wollten. Lachend erwiderte er: «Meine Fresse, Don, von so was wird man doch kein Jude.»

«Natürlich nicht, Don», sagte Applebury und schielte mißbilligend an seiner langen Nase herab auf seinen Freund. «Das weiß doch jedes Kind. Jude wirst du erst, wenn sie dir dein Dingsbums abschneiden. Haben sie dich beschnitten, Stanley?»

Stanley war überzeugt davon, daß das ein Witz sein sollte, und lachte pflichtschuldig. «Klasse», fügte er hinzu, um damit zu zeigen, daß er den Spaß auch richtig zu würdigen verstand.

«Gib bloß acht, Stanley», fuhr Winters fort, «wenn du dich mit den Juden einläßt, wirst du eines Tages selber so gerissen, daß du gar nicht mehr zu arbeiten brauchst.»

«Ach was, so gerissen sind die ja gar nicht», meinte Applebury. «Ich hab mal für einen von den Brüdern oben in Point gearbeitet. Bitten die mich doch um 'n Kostenvoranschlag, und ich schlag vorsichtshalber gleich mal 'n Drittel auf, weil ich doch damit gerechnet hab, daß die mich sowieso runterhandeln. Und was sagt der Jude zu mir? ‹Fangen Sie an, aber machen Sie Ihre Sache gut!› Na ja, und da ist dann seine Frau gekommen und hat die Farben so und kein bißchen anders haben wollen. Da hieß es nur dauernd: ‹Würden Sie wohl diese Wand eine winzige Schattierung dunkler streichen als die andere, Mr. Applebury?› Und: ‹Könnten Sie wohl die Leisten ganz mattieren, Mr. Applebury?› Na ja, und das war vielleicht schon den Preisunterschied wert ... Es war wirklich 'ne nette kleine Frau», fügte er in Erinnerung versunken hinzu. «Sie hat immer solche engen schwarzen Hosen angehabt, und beim Gehen hat sie immer so mit ihrem kleinen Hintern gewackelt. Das hat mich richtig aus der Arbeit rausgebracht.»

«Ich hab gehört, Hugh Lanigan will Jude werden», sagte Harry Cleeves. Die anderen lachten, was er jedoch offenbar nicht registrierte. Plötzlich wandte er sich an Stanley. «Wie steht's damit, Stanley? Hast du was davon gehört, daß die da unten Vorbereitungen treffen, um Hugh Lanigan zu vereidigen?»

«Nee.»

«Aber ich hab was davon läuten hören, Harry», warf Malcolm Larch ein. «Hugh hat nicht etwa vor, zu den Brüdern überzutreten. Es dreht sich nur um die Sache mit dem Mädchen. Ich denke mir, Hugh steckt mit denen ihrem Rabbi unter einer Decke, damit nur ja nichts durchsickert ... Ich meine, kein Beweis dafür, daß der Rabbi das auf dem Kerbholz hat.»

«Wie kann er denn so was tun?» fragte Cleeves. «Ich meine ... Wenn's der Rabbi gewesen ist, wie kann Hugh das dann vertuschen?»

«Also ich hab's so gehört: Er hat versucht, es statt dessen diesem Bronstein anzuhängen, weil Bronstein nicht zu ihrem Verein gehört. Aber dann stellt sich auf einmal raus, daß er zu einem von ihren hohen Tieren Beziehungen hat. Was bleibt ihnen übrig? Sie müssen ihn wieder laufenlassen. Jetzt suchen sie sich bestimmt irgendeinen Außenstehenden als Sündenbock ... Bitte, das sagen Leute, die es wissen müssen. Hat dich Hugh mal unter Druck gesetzt, Stanley?» fragte er betont harmlos.

Stanley war jetzt sicher, daß sie ihn durch den Kakao zogen, aber er fühlte sich auf einmal unbehaglich. Er zwang sich zu einem Grinsen. «Nee. Hugh schert sich 'nen Dreck um mich.»

«Eins versteh ich nicht», murmelte Cleeves nachdenklich. «Aus welchem Grund wollte der Rabbi die Kleine eigentlich umbringen?»

«Das gehört zu ihrer Religion, hat einer zu mir gesagt», erklärte Winters. «Aber ... Ich meine, das hört sich ja nun ziemlich unwahrscheinlich an.»

«Ich halte da auch nicht viel von, zumindest nicht hier in der Gegend», meinte Larch. «In Europa vielleicht, oder in 'ner Stadt wie New York, wo sie mächtig sind und mit so was durchkommen könnten. Aber nicht bei uns.»

«Was hat er denn dann von so 'nem jungen Ding gewollt?» fragte Winters.

«Sie war doch schwanger, oder?» wandte sich Cleeves abrupt an Stanley. «Hat er das von ihr gewollt, Stanley?»

«Ach, ihr habt ja 'n Dachschaden!» knurrte Stanley. Sie lachten, ohne daß sich die Atmosphäre merklich entspannte. Ihm war ungemütlich zumute.

Larch sagte: «Du, Harry, mußt du nicht mal telefonieren?»

Cleeves sah auf die Uhr. «Ist's nicht schon 'n bißchen spät?»

«Je später, desto besser, Harry.» Er zwinkerte seinen Freunden zu und sagte: «Stimmt's nicht, Stanley?»

«Kann schon sein.»

Das rief neuerliches Gelächter hervor. Stanleys Gesicht war zur grinsenden Maske erstarrt. Er wollte aufbrechen, wußte aber nicht recht, wie. Alle beobachteten jetzt stumm, wie Cleeves die Nummernscheibe drehte und dann in die Muschel sprach. Nach wenigen Minuten kam er wieder heraus und machte mit Daumen und Zeigefinger ein O, um zu zeigen, daß der Anruf erfolgreich gewesen war.

Stanley stand auf, damit Cleeves wieder auf seinen Platz konnte. Da wurde ihm klar, daß jetzt der Augenblick gekommen war, sich zu verdrücken. «Tja, ich geh dann mal heim», murmelte er.

«Mach doch keinen Unsinn, Stanley. Trink lieber noch eins.»

«So jung kommen wir nicht wieder zusammen, Stanley.»

«Der Abend hat doch eben erst angefangen...»

Applebury packte ihn beim Arm, aber Stanley schüttelte ihn ab und marschierte zur Tür.

24. Kapitel

Carl Macomber, Stadtverordnetenvorsteher von Barnard's Crossing, war von Natur aus ein Grübler. Lang, dürr, grauhaarig, seit vierzig Jahren Kommunalpolitiker, davon rund die Hälfte im Stadtparlament. Als Vorsteher erhielt er zweihundertfünfzig Dollar jährlich, fünfzig mehr als seine Kollegen. Diese Summe war fraglos keine angemessene Entschädigung für die drei oder mehr Stunden wöchentlich, die er das Jahr über in Sitzungen verbrachte, auch nicht für die zahllosen Stunden, in denen er für die Stadt arbeitete, noch für die hektischen Wochen des Wahlkampfes alle zwei Jahre.

Ohne Zweifel hatte sein kleines Herrenartikelgeschäft unter seiner Leidenschaft für Politik gelitten. Bei jeder Wahl gab es ausgiebige Debatten mit seiner Frau, ob er wieder kandidieren solle. Er erklärte oft, sie zu überzeugen, sei für ihn die größte Hürde im ganzen Wahlkampf.

«Aber, Martha, ich muß einfach bei der Stange bleiben, wo's jetzt darum geht, daß das Dollop-Grundstück vom Staat enteignet werden soll. Über das ganze komplizierte Drum und Dran weiß außer mir kein Mensch Bescheid ...»

Beim vorigen Mal war es die neue Schule gewesen, und davor die neue Gesundheits- und Hygiene-Abteilung, und davor die Überprüfung der Gehälter der städtischen Angestellten, und davor wieder etwas anderes. Manchmal wunderte er sich selbst darüber. Seine starre Yankeeseele erlaubte es ihm nicht, sich eine so sentimentale Anwandlung wie die Liebe zu seiner Geburtsstadt einzugestehen. Vielmehr bemäntelte er es damit, daß er eben gern im Mittelpunkt des Geschehens und über alles im Bilde sei und daß er nur seine Pflicht tue, weil er nun einmal für diese Aufgabe befähigter sei als sämtliche anderen Kandidaten.

Wenn man die Geschicke der Stadt lenken will, pflegte er zu sagen, darf man sich nicht erst mit den Problemen beschäftigen, wenn sie akut werden – da ist es bereits zu spät. Nein, fuhr er dann fort, man muß eine Krise im Werden wittern können und ihr zuvorkommen ... Um eine solche Situation handelte es sich jetzt bei dem ‹Synagogen-Mord›, wie die Zeitungen den Fall betitelt hatten. Das wollte er nicht in der regulären Sitzung erörtern. Schon die fünf Mitglieder waren ihm zuviel – er brauchte ja nur drei Stimmen für die Mehrheit, um jeden Beschluß mit einem Minimum an Diskussionen in einer offiziellen Versammlung durchzupeitschen. Er hatte Heber Nute und George Collins angerufen, nächst ihm die ältesten im Amt. Jetzt saßen sie in seinem Wohnzimmer, tranken eisgekühlten Tee und kauten

Ingwerplätzchen, die Martha Macomber auf einem Tablett hereingebracht hatte. Sie unterhielten sich über das Wetter, den Geschäftsgang und die allgemeine politische Lage der Vereinigten Staaten. Endlich rückte Carl Macomber mit der Sprache heraus.

«Ich hab euch hergebeten wegen der Sache mit der Synagoge unten in Chilton. Das macht mir Kummer. Neulich abend war ich im *Ship's Cabin* und hab da ein Geschwätz gehört, das mir gar nicht gepaßt hat. Ich saß in einer der Nischen, konnte also nicht gesehen werden. Es waren die üblichen Tagediebe, die dort ihr Bier trinken und sich am liebsten selber reden hören. Sie sagten, der Rabbi müsse es getan haben, und es geschehe nichts, weil die Polizei von den Juden bestochen sei. Hugh Lanigan und der Rabbi seien dicke Freunde und besuchten sich dauernd gegenseitig.»

«Da war wohl Buzz Applebury der Wortführer, was?» erkundigte sich George Collins, ein dicker, umgänglicher Mann. «Vor ein paar Tagen war er bei mir wegen eines Kostenvoranschlages – ich will die Fensterrahmen streichen lassen ... Da hat er auch so dahergeredet. Natürlich hab ich ihn ausgelacht. Einen armen Irren hab ich ihn genannt.»

«Stimmt schon, es war Buzz Applebury», gab Macomber zu. «Aber außerdem noch drei oder vier andere. Sie schienen alle ein Herz und eine Seele zu sein.»

«Und das macht dir Kopfschmerzen, Carl?» fragte Heber Nute. Er war nervös, reizbar und wirkte ständig verärgert. Auf der straffgespannten Haut seiner Glatze schwoll eine Zornesader an. «Verdammt noch mal, um solche Leute darf man sich doch gar nicht kümmern!» Seine Stimme bebte vor Empörung darüber, daß er wegen einer Bagatelle hergeholt worden war.

«Du irrst dich, Heber; es war ja nicht nur dieser Wirrkopf Applebury. Und die anderen fanden das offenbar durchaus vernünftig. Dieses dumme Geschwätz macht längst die Runde, und es kann gefährlich werden.»

«Ich sehe nicht, was du dagegen tun kannst, Carl», bemerkte Collins bedächtig. «Du kannst ihm nur wie ich sagen, daß er ein armer Irrer ist.»

«Genützt hat das offenbar auch nichts», warf Nute griesgrämig ein. «Du hast doch noch was auf dem Herzen, Carl. Ein Kerl wie Applebury bringt dich doch nicht so aus der Fassung. Also, was ist los?»

«Es ist ja nicht Applebury allein. Von meiner Kundschaft habe ich den gleichen Blödsinn gehört. Mir gefällt das nicht. Überall dieses Gerede, seitdem die Geschichte losgegangen ist. Es hat sich ein bißchen gelegt, als Bronstein festgenommen wurde, aber nach seiner Freilassung ist es nur noch schlimmer geworden. Wenn's nicht Bronstein war, muß es eben der Rabbi gewesen sein, sagen die Leute. Und daß der Rabbi nicht angeklagt wird, weil er mit Hugh Lanigan befreundet ist.»

«Hugh ist durch und durch Polizist», erklärte Nute. «Er würde seinen eigenen Sohn verhaften, wenn der was ausgefressen hätte.»

«Hat denn nicht der Rabbi diesen Bronstein losgeeist?» fragte Collins.

«Stimmt; aber das wissen die Leute ja nicht.»

«Sobald sie den Mörder erwischt haben, gibt's Ruhe», meinte Collins.

«Woher willst du wissen, daß es nicht der Rabbi war?» fragte Nute.

«Na, und woher wollen wir wissen, daß sie den Mörder finden?» konterte Macomber. «Solche Fälle werden manchmal nie aufgeklärt. Und in der Zwischenzeit wird ein Haufen Unheil angerichtet.»

«Unheil? Wieso?»

«Wenn Gehässigkeit und Bosheit geschürt werden. Die Juden sind empfindlich und reizbar. Und hier handelt sich's schließlich um ihren Rabbi.»

«Das ist eben ihr Pech», knurrte Nute. «Aber ich sehe nicht ein, warum wir Samthandschuhe anziehen sollen, bloß weil sie empfindlich sind.»

«In Barnard's Crossing leben über dreihundert jüdische Familien», entgegnete Macomber. «Da die meisten von ihnen in Chilton wohnen, kannst du den derzeitigen Marktwert ihrer Häuser auf rund zwanzigtausend Dollar pro Stück veranschlagen. Bei unserer Steuerveranlagung werden fünfzig Prozent des Marktwertes zugrunde gelegt. Das heißt dreihundert mal zehntausend, also drei Millionen Dollar. Drei Millionen Dollar bringen ganz hübsche Steuern ein.»

«Na, und wenn die Juden nun ausziehen, kommen eben Christen dafür», meinte Nute. «Das würde mich nicht kratzen.»

«Du machst dir nicht viel aus Juden, nicht wahr, Heber?» fragte Macomber.

«Nein, könnte ich nicht behaupten.»

«Und wie steht's mit Katholiken und Farbigen?»

«Für die hab ich auch keine besondere Vorliebe.»

«Und für Yankees?» fragte Collins grinsend.

«Aus denen macht er sich genausowenig», sagte Macomber ebenfalls grinsend. «Weil er nämlich selber einer ist ... Wir Yankees können keinen Menschen leiden, uns selber eingeschlossen, aber wir tolerieren jeden.»

Sogar Heber gluckste.

«Also deswegen habe ich euch heute abend hergebeten», fuhr Macomber fort. «Weil ich an Barnard's Crossing denke und an die Veränderungen in den vergangenen fünfzehn, zwanzig Jahren. Unsere Schulen können heute jede Konkurrenz aushalten. Wir haben eine Bibliothek, die als eine der besten in Städten unserer Größenordnung gilt. Wir haben ein neues Krankenhaus gebaut. Wir haben das Kanalisationsnetz um viele Kilometer erweitert und viele Kilometer von Straßen gepflastert. Unsere Stadt ist in den fünfzehn Jahren nicht nur größer, sondern auch besser geworden. Und das ist den Bewohnern von Chilton zu verdanken – Juden und Christen. Täuscht euch da nicht. Die Leute in Chilton – ich spreche jetzt von den Christen – sind anders als wir hier in Old Town. Sie haben in ihrem Wesen mehr Ähnlichkeit mit ihren jüdischen Nachbarn als mit uns. Junge leitende Angestellte, Wissenschaftler, Ingenieure – kurz, Intellektuelle. Die meisten von ihnen haben promoviert, ihre Frauen waren auf dem College, und ihre Kinder sollen auch mal aufs College. Und ihr wißt ja, weshalb sie hergekommen sind ...»

«Weil sie eine halbe Stunde von Boston entfernt und im Sommer nahe am Ozean sind», platzte Nute heraus. «Das ist der Grund.»

«Es gibt noch andere Städte am Meer. Von denen hat keine einzige auch nur halb soviel getan wie wir, und alle haben sie einen höheren Steuersatz», erwiderte Macomber ruhig. «Nein, es ist was anderes. Damals bei der Hexenjagd in Salem sind etliche zu uns geflüchtet, und wir haben sie versteckt. Bei uns hat's nie eine Hexenjagd gegeben, und ich möchte auch heute keine haben.»

«Bitte, keine Vorlesung in Lokalgeschichte!» knurrte Collins. «Komm endlich zur Sache, Carl. Du hast doch was, das merke ich doch. Dich bedrückt doch nicht nur die Schandschnauze Buzz Applebury ... Raus mit der Sprache – was ist los?»

Macomber nickte. «Es dreht sich um Anrufe. Anonyme Anrufe von Verrückten, manchmal spätnachts. Becker, der die Lincoln-Ford-Vertretung hat, war bei mir, um ein Angebot für den neuen Streifenwagen der Polizei zu machen. Das war jedenfalls der Vorwand. Und dann hat er gesprächsweise erwähnt, daß ihr Gemeindevorsteher Wasserman und Abe Casson – ihr kennt ihn – Anrufe bekommen haben. Ich hab mich mit Hugh darüber unterhalten. Er hat nichts davon gehört, wie er sagte, aber es würde ihn nicht wundern, wenn sie auch den Rabbi telefonisch belästigen.»

«Dagegen können wir doch nichts unternehmen, Carl», sagte Nute.

«Da bin ich nicht so sicher. Wenn wir der ganzen Stadt klipp und klar zeigen, daß wir strikt gegen so was sind, würde das vielleicht helfen. Nun konzentriert sich ja alles hauptsächlich auf den Rabbi – obwohl, wenn ihr mich fragt, der ist nur eine bequeme Ausrede für Buzz

Applebury, damit er sich aufspielen kann ... Und da hab ich mir überlegt, ob wir nicht vielleicht den Unsinn benutzen sollten, den sich die Handelskammer vor zwei oder drei Jahren ausgedacht hat. Ich meine das Segnen der Boote zu Beginn der Regattawoche. Einmal hat das Monsignore O'Brien übernommen, und einmal Dr. Skinner ...»

«Und im vorigen Jahr Pastor Muller», warf Collins ein.

«Das sind zwei Protestanten und ein Katholik. Wie wär's denn, wenn wir ankündigten, daß dieses Jahr Rabbi Small die Boote segnet? Damit können wir doch zeigen, daß wir gegen diese Vorgänge sind.»

«Aber ... Nein, das kannst du doch nicht machen, Carl! Die Juden haben ja nicht mal einen Segelclub. Bei den *Argonauten* sind eine Menge katholische Mitglieder. Deshalb haben sie auch Monsignore O'Brien aufgefordert. Im *Northern* und im *Atlantic* gibt's keine Katholiken, geschweige denn Juden. Die werden sich das nicht bieten lassen. Sie haben sich sogar gegen den Monsignore mit Händen und Füßen gesträubt.»

«Die Stadt tut sehr viel für die Jachtclubs», meinte Macomber. «Und wenn man ihnen erklärt, daß der Magistrat einstimmig dafür ist, müssen sie sich's eben gefallen lassen, verdammt noch mal.»

«Kreuzdonnerwetter, das kannst du doch den Jachtclubs nicht zumuten!» protestierte Nute. «Du kannst ja auch nicht von den Leuten verlangen, daß sie ihre Kinder vom Rabbi taufen lassen!»

«Na, ich bitte dich! Wer hat denn die Boote gesegnet, bevor die Handelskammer auf diesen glorreichen Einfall kam?»

«Kein Mensch.»

«Also ist das Ganze überflüssig. Ich habe jedenfalls nichts davon bemerkt, daß sie auch nur einen Knoten mehr machen, seitdem wir mit dem Segnen angefangen haben. Schlimmstenfalls könnten die Leute sagen, daß der Segen des Rabbiners nichts genützt hat – genausowenig wie der protestantische oder der katholische Segen.»

«Na ja, laß gut sein», sagte Nute. «Was sollen wir nun tun?»

«Gar nichts, Heber. Ich gehe zum Rabbi und frag ihn. Ihr müßt mir nur den Rücken stärken, falls wir mit den beiden anderen im Magistrat Scherereien kriegen.»

Joe Serafino stand im Eingang zum Speiseraum und ließ den Blick über die besetzten Tische wandern. «Allerhand los heute, Lennie», bemerkte er.

«Hm hm ... Ganz gut besucht.» Dann murmelte der Oberkellner, ohne die Lippen zu bewegen: «Sehen Sie sich mal den Polypen an – am dritten Tisch vom Fenster.»

«Woher wissen Sie ...?»

«Ich riech 'nen Bullen meilenweit, und den da kenn ich sowieso. Er ist von der staatlichen Kriminalpolizei.»

«Hat er Sie angesprochen?»

Leonard zuckte die Achseln. «Seit der Geschichte mit dem Mädchen schnüffeln die doch dauernd hier rum. Aber heute ist das erste Mal einer reingekommen und hat 'n Drink bestellt.»

«Wer ist denn die Frau neben ihm?»

«Wohl seine eigene.»

«Dann gönnt er sich vielleicht nur 'ne kleine Schnaufpause.» Plötzlich erstarrte er. «Was tut denn die Kleine hier, die Stella?»

«Richtig! Das wollte ich Ihnen ja erzählen: Sie will mit Ihnen sprechen. Ich hab ihr gesagt, daß ich ihr Bescheid gebe, wenn Sie kommen.»

«Was will sie denn?»

«'ne feste Stellung, denk ich mir. Ich kann sie ja abwimmeln, wenn Sie wollen. Ich sag ihr, Sie haben zuviel zu tun heute und rufen sie an.»

«Machen Sie das ... Ach nein. Lassen Sie nur; ich spreche mit ihr.»

Er schlängelte sich zwischen den Tischen hindurch, blieb da und dort stehen, um einen alten Stammgast zu begrüßen. Ohne in ihre Richtung zu blicken, manövrierte er sich allmählich zu ihrem Platz. «Was soll das, Mädchen? Wenn du wegen 'ner Stellung gekommen bist, hast du nichts bei den Gästen zu suchen.»

«Mr. Leonard hat gesagt, ich soll mich hierhersetzen. Er hat gesagt, das sieht besser aus, als wenn ich im Vorraum warte.»

«Also, was willst du?»

«Ich muß mit Ihnen reden – unter vier Augen.»

Er meinte, einen drohenden Unterton in ihrer Stimme zu entdecken, und sagte: «Okay. Wo ist dein Mantel?»

«In der Garderobe.»

«Hol ihn dir. Weißt du, wo mein Wagen steht?»

«Wo Sie ihn immer parken?»

«Ja. Geh hin und warte auf mich. Ich komme gleich nach.»

Er setzte seine Runde bis zur Küchentür fort und schlüpfte rasch hinein. Eine Minute später hastete er über den Parkplatz.

Er schob sich hinter das Steuerrad und fragte: «Also, was hast du auf dem Herzen? Ich hab nicht viel Zeit.»

«Die Polente war heute vormittag bei mir, Mr. Serafino.»

«Was hast du ihnen erzählt?» fuhr es ihm heraus. Er merkte sofort, daß er einen Schnitzer gemacht hatte. Betont desinteressiert erkundigte er sich, was die Polizei gewollt habe.

«Keine Ahnung. Ich war nicht zu Hause. Sie haben mit der Frau gesprochen, bei der ich wohne. Der haben sie einen Namen und 'ne Telefonnummer hinterlassen; da soll ich anrufen ... Ich hab gesagt, wenn sie wieder anrufen, soll sie sagen, ich bin den ganzen Tag weggewesen ... Ich wollte erst mal mit Ihnen sprechen. Ich hab Angst.»

«Wovor denn? Du weißt doch gar nicht, was sie von dir wollen.»

Im Dunkeln sah er, wie sie nickte. «Ich kann's mir schon denken. Sie haben nämlich meine Wirtin gefragt, ob sie weiß, wann ich nach Hause gekommen bin ... Damals nachts ... Na, Sie wissen schon.»

Er zuckte gleichgültig die Achseln. «Du hast doch in der Nacht hier gearbeitet. Deshalb müssen sie dich natürlich fragen. Sie haben sich alle hier vorgenommen. Reine Routinesache. Wenn sie noch mal kommen, sag ihnen ruhig die Wahrheit. Du hast Angst gehabt, an deinem ersten Tag hier so spät allein nach Hause zu gehen. Und da hab ich dich eben im Wagen heimgefahren und gegen Viertel nach eins abgesetzt.»

«Aber das stimmt doch nicht! Es war früher, Mr. Serafino.»

«Ach? War's erst eins?»

«Wie ich reingekommen bin, hab ich auf die Uhr gesehen, Mr. Serafino. Halb eins war's.»

Jetzt wurde er wütend – wütend und ein wenig ängstlich. «Du willst wohl schlau sein, Mädchen, was? Versuchst du etwa, mich in eine Mordsache reinzuziehen?»

«Ich versuche gar nichts, Mr. Serafino», widersprach sie. «Ich weiß genau, es war halb eins, wie Sie mich vor meinem Haus abgesetzt haben, sogar 'n bißchen eher, weil ich um halb ja schon drin war ... Ich kann so schlecht lügen, Mr. Serafino. Da hab ich mir gedacht, ich haue vielleicht lieber nach New York ab – 'ne Schwester von mir ist dort verheiratet. Und dort such ich mir 'n Job ... Wenn das stimmt, was Sie sagen, und die Polizei nur 'ne routinemäßige Überprüfung bei mir gemacht hat, dann kümmern die sich doch wahrscheinlich gar nicht mehr um mich, wenn ich einfach verdufte.»

«Hm ... Da hast du vielleicht recht ...»

«Ich brauch aber 'n bißchen Taschengeld, Mr. Serafino ... Für Spesen. Erst mal die Fahrkarte; und dann muß ich ja meiner Schwester was fürs Wohnen und Essen zahlen. Außerdem find ich's besser, wenn ich nicht gleich zu ihr ziehe.»

«Wieviel hast du dir denn so gedacht?»

«Kommt drauf an, ob ich sofort 'ne Stellung kriege. Dann brauch ich ja nicht soviel. Aber ... Na, sagen wir mal ... Fünfhundert Dollar? Ja – die müßt ich schon haben. Auf alle Fälle.»

«Ein hübscher, kleiner Erpressungsversuch, ja?» Er beugte sich zu ihr. «Jetzt paß mal gut auf. Du weißt, daß ich mit dem Mädchen gar nichts zu tun hatte.»

«Ich ... ich weiß wirklich nicht, was ich denken soll, Mr. Serafino.»

«O doch, das weißt du ganz genau.» Er wartete auf Antwort, aber sie blieb stumm. Er sprach in verändertem Ton weiter. «Die Idee mit dem Abhauen nach New York – das ist Quatsch. Wenn du verduftest, wird die Polente sofort mißtrauisch. Die finden dich, verlaß dich drauf. Und fünfhundert Dollar – das schlag dir mal aus dem Kopf, Puppe. Ich kann nicht mit dem Geld um mich schmeißen.» Er zog die Brieftasche und entnahm ihr fünf Zehndollarscheine. «Ich hab gar nichts dagegen, dir ein bißchen unter die Arme zu greifen. Du kannst ab und zu 'n Zehner haben, wenn du was brauchst – aber mehr ist nicht drin, kapiert? Wenn du brav bist, kann ich dir vielleicht im Club 'n festen Job verschaffen – aber damit hat sich's. Und wenn dich die Polente fragt, wann du damals nachts nach Hause gekommen bist, sagst du einfach, du kannst dich nicht erinnern. Es war jedenfalls spät, wahrscheinlich eins durch ... Und daß du schlecht lügen kannst, darüber laß dir keine grauen Haare wachsen. Die Polypen erwarten in solchen Fällen sowieso, daß man nervös und aufgeregt ist.»

Sie schüttelte den Kopf.

«Was ist denn los?»

Im trüben Schein der Leuchtschrift sah er, daß ein leichtes, arrogantes Lächeln auf ihrem Gesicht lag.

«Nee, Mr. Serafino ... Ich kann mir nicht vorstellen, daß Sie mir überhaupt was geben würden, wenn Sie wirklich gar nichts damit zu tun haben. Und wenn's nicht stimmt, und Sie hatten doch was damit zu tun, dann haben Sie mir zuwenig geboten.»

«Hör zu: Ich hatte nichts mit dem Mädchen zu schaffen – gar nichts. Laß dir das gesagt sein. Und das Geld ... Paß auf, ich erklär's dir. Jeder Nachtclubbesitzer ist für die Polizei Freiwild. Sie können ihm die Hölle heiß machen, kapiert? Wenn die erst mal Ernst machen mit mir, ist mein Laden im Eimer. Der Bronstein – der, den sie hoppgenommen und dann wieder laufengelassen haben – der Bronstein verkauft Autos. Das ist was anderes. Ganz andere Branche. Bei mir dagegen ... Wenn mir so was passiert, muß ich die Bude dicht machen. Und ich hab 'ne Frau und zwei kleine Kinder. Deshalb laß ich ein paar Piepen springen, um keine Schererei zu kriegen. Das ist aber auch alles.»

Abermals Kopfschütteln.

Er saß ganz still und trommelte leise mit den Fingern auf dem Lenkrad. Dann wandte er ihr den Rücken und sprach aus dem Fenster: «Im Nachtclub-Geschäft gerät man an alle möglichen Typen.

Wenn man da seine Ruhe haben will, muß man 'ne Art Versicherung abschließen ... Da fängt einer an, einem einzuheizen, und zuerst versucht man, sich gütlich zu einigen. Klappt das nicht, setzt man sich eben mit seinem ... eh ... Versicherungsvertreter in Verbindung – klar? – Du würdest dich wundern, was für Dienstleistungen man sich so für fünfhundert Piepen kaufen kann! Und wo sich's um ein hübsches Ding wie dich dreht, da kenn ich Vertreter, bei denen ich 'n Sonderpreis kriege – vielleicht machen sie's sogar ganz umsonst. Manche von diesen Burschen spielen gern, vor allem mit so was Nettem. Die tun's aus reinem Spaßvergnügen.» Er warf ihr aus den Augenwinkeln einen Blick zu und sah, daß sie begriffen hatte. «Wie gesagt, ich möchte gern alles freundschaftlich regeln. Es macht mir nichts aus, 'ner Freundin hin und wieder unter die Arme zu greifen. Eine Freundin sucht dringend 'n Job – okay. Kann ich immer schaukeln. Oder sie braucht ein paar Piepen, sagen wir, für 'n schickes neues Kleid, da laß ich mich schon erweichen.»

Er streckte ihr das Geld abermals hin.

Diesmal nahm sie es.

25. KAPITEL

Macomber hatte seinen Besuch telefonisch angekündigt.

«Macomber? Kennen wir einen Macomber?» fragte der Rabbi, als Miriam ihm von dem Anruf erzählte.

«Es handelt sich um irgendwas Kommunalpolitisches, hat er gesagt.»

«Ach – ist das womöglich der Stadtverordnetenvorsteher? Ich glaube, der heißt Macomber.»

«Frag ihn doch nachher selber», entgegnete sie kurz angebunden und fügte dann versöhnlich hinzu: «Er will um sieben hier sein.»

Der Rabbi sah seine Frau forschend an, sagte jedoch nichts. Sie war bereits seit mehreren Tagen verstimmt, aber er fragte sie nicht gern aus.

Der Rabbi erkannte Macomber sofort und wollte ihn in sein Arbeitszimmer führen, weil er annahm, er wolle über die Gemeinde oder die Synagoge mit ihm sprechen, aber Macomber winkte ab.

«Ich will Sie nicht lange aufhalten, Rabbi. Ich wollte mich nur erkundigen, ob Sie eventuell an der Eröffnungsfeier für die Regattawoche teilnehmen würden.»

«Ich? Was soll ich dabei?»

«Seit ein paar Jahren ziehen wir das ziemlich groß auf. Vor Beginn veranstalten wir eine Feier im Hafen – mit Kapelle, Fahnenhissen und so weiter, und zum Abschluß werden die Boote gesegnet. Zweimal hatten wir dafür protestantische Pfarrer und einmal einen katholischen. Deshalb fänden wir es sehr schön, dieses Jahr einen Rabbiner zu nehmen, wo wir doch jetzt einen haben.»

«Ich begreife nicht ganz, was ich da eigentlich segnen soll», sagte der Rabbi. «Es handelt sich doch um Fahrzeuge, die zu ihrem Vergnügen herkommen, um ein Wettrennen auszutragen. Sind damit irgendwelche Gefahren verbunden?»

«Nicht direkt. Bei starkem Wind kann natürlich immer mal was passieren ... aber das ist ziemlich selten.»

Der Rabbi war verdutzt und unsicher. «Dann soll ich also für den Sieg beten?»

«Na ja, selbstverständlich sehen wir es gern, wenn unsere Leute gewinnen, aber es handelt sich hier nicht um einen Städtewettkampf.»

«Habe ich Sie richtig verstanden – ich soll die Boote selbst segnen?»

«Das ist der Sinn der Sache, Rabbi. Sie müßten die Boote segnen; nicht nur unsere, sondern alle, die um die Zeit im Hafen liegen.»

«Ich weiß nicht recht», sagte der Rabbi zweifelnd. «In diesen Dingen fehlt es mir an Erfahrung. Bei uns gibt es kaum Bittgebete. Wir bitten weniger um etwas, das wir nicht haben, sondern danken vielmehr für das, was uns beschert wurde.»

«Das ist mir nicht ganz klar.»

Der Rabbi lächelte. «Nun, ungefähr so: Bei den Christen heißt es: ‹Vater unser, der Du bist im Himmel, unser täglich Brot gib uns heute.› Bei uns lautet das entsprechende Gebet: ‹Gepriesen seiest Du, o Herr, der Du das Brot aus der Erde hervorbringst.› Das ist freilich allzusehr vereinfacht, trifft aber doch den Kern. Natürlich könnte ich für die Boote danken, die uns das Vergnügen des Segelns schenken. Das ist ein bißchen weithergeholt; ich müßte darüber nachdenken. Ich bin nicht aus der segenspendenden Branche, wissen Sie.»

Macomber lachte. «Eine hübsche Formulierung ... Monsignore O'Brien und Dr. Skinner halten sich bestimmt auch nicht für Angehörige der segenspendenden Branche. Trotzdem haben sie's übernommen, und ... Ich meine, es geht doch in erster Linie um die Zeremonie.»

«Auf das Gebet hört sowieso kein Mensch – das wollen Sie doch sagen?»

Macomber lachte auf. «Ich fürchte, Rabbi, genau das war's. Und jetzt habe ich Sie gekränkt.»

«Keineswegs. Ich bin mir genauso klar darüber wie Sie, daß die

Menschen nicht zuhören können ... Bei dem Rabbi hören sie nicht auf die Gebete, bei dem Stadtverordnetenvorsteher nicht auf die schwerwiegendsten Argumente ... Mich bewegt weniger die Frage, ob die Menschen am Hafen wirklich fromm gestimmt sind, als vielmehr, ob das Gebet nicht einem allzu oberflächlichen Zweck dient.»

Macomber sah enttäuscht aus.

«Warum wollen Sie denn unbedingt meinen Mann für Ihre Feier haben?» erkundigte sich Miriam.

Macomber sah sie an. Ihr ruhiger Blick und das entschlossene Kinn sagten ihm, daß es keinen Sinn hatte, Ausflüchte zu machen. Und so entschied er sich für die Wahrheit. «Wegen der üblen Reaktion auf diese unglückselige Geschichte. Vor allem in den letzten paar Tagen hat es Gerede gegeben – höchst unerfreuliches Gerede. So etwas kannten wir bisher nicht. Es paßt uns nicht. Da kamen wir auf die Idee, daß es vielleicht von Nutzen sein könnte, wenn wir offiziell mitteilen, der Magistrat habe Sie aufgefordert, das Segnen der Boote zu übernehmen ... Ich gebe Ihnen völlig recht, das Ganze ist ziemlich albern – die Handelskammer hatte vor ein paar Jahren diesen genialen Einfall. Aber in Ihrem Fall würde es die Tatsache unterstreichen, daß die gewählten und verantwortlichen Vertreter der Bürgerschaft diese schändlichen Geschehnisse nicht billigen und sich davon distanzieren.»

«Das ist überaus freundlich von Ihnen, Mr. Macomber», sagte der Rabbi. «Aber sehen Sie die Situation nicht vielleicht zu schwarz?»

«Nein, glauben Sie mir. Es mag sein, daß Sie persönlich noch nicht belästigt wurden, oder im anderen Fall haben Sie es vermutlich mit einem Achselzucken abgetan und sich gedacht, da sind ein paar Verrückte – schön; sie werden schon damit aufhören, wenn der Täter ergriffen wird ... Nun sind Morde dieser Art am schwierigsten und oft überhaupt nicht aufzuklären. Mittlerweile können anständige Menschen Schaden erleiden ... Ich behaupte ja nicht, daß mein Plan eine Patentlösung darstellt, aber helfen würde er fraglos ein bißchen.»

«Ich bin Ihnen wirklich dankbar, Mr. Macomber, und ich erkenne Ihre Absichten und Beweggründe hoch an ...»

«Sie willigen also ein?»

Der Rabbi schüttelte bedächtig den Kopf.

«Warum nicht? Verstößt es gegen Ihre Religion?»

«In der Tat. Es steht ausdrücklich geschrieben: ‹Du sollst den Namen des Herrn, Deines Gottes, nicht unnützlich führen.›»

Macomber erhob sich. «Da bleibt wohl nichts mehr zu sagen. Aber ich wünschte aufrichtig, Sie überlegen es sich noch einmal. Es dreht sich ja nicht nur um Sie, sondern um die ganze jüdische Gemeinde.»

Nachdem er weg war, murmelte Miriam: «Ein anständiger Mensch.»
Ihr Mann nickte stumm.

Das Telefon klingelte. Er nahm den Hörer ab. «Rabbi Small», meldete er sich und lauschte. Erschreckt beobachtete Miriam, wie ihm die Röte ins Gesicht stieg. Er legte auf und wandte sich an seine Frau. «Das sind also die falschen Verbindungen, die du in letzter Zeit gehabt hast», sagte er ruhig.

Sie nickte.

«War es immer derselbe Anrufer?»

«Manchmal ist es eine männliche, manchmal eine weibliche Stimme. Jede klang verschieden. Einige haben nur mit obszönen Ausdrücken um sich geworfen, aber die meisten sagen gräßliche Dinge.»

«Dieser Anrufer, nebenbei eine ganz sympathische Stimme, erkundigte sich, ob wir für unseren bevorstehenden Feiertag ein Menschenopfer gebraucht hätten ... Vermutlich hat er damit Pessach gemeint und nicht gewußt, daß das schon im April war.»

«Aber nein!»

«Aber ja.»

«Grauenhaft ... Da gibt es in ein und derselben Stadt Menschen wie Hugh Lanigan und Mr. Macomber, und gleichzeitig diese Leute am Telefon ...»

«Das sind doch Irre», sagte er verächtlich. «Nichts weiter als ein paar bösartige Irre.»

«Es sind ja nicht die Anrufe allein, David.»

«Nein? Was denn noch?»

«Vorher waren die Verkäufer in den Geschäften immer so freundlich. Jetzt sind sie nur noch höflich. Und die anderen Kunden weichen mir plötzlich aus.»

«Bist du sicher, daß du dir das nicht bloß einbildest?» Es klang nicht mehr so überzeugt.

«Ganz sicher, David ... Kannst du denn gar nichts tun?»

«Zum Beispiel?»

«Keine Ahnung. Vielleicht solltest du Lanigan Bescheid sagen. Oder einen Anwalt konsultieren. Oder dir Macombers Angebot noch einmal überlegen.»

Er gab keine Antwort, sondern kehrte ins Wohnzimmer zurück. Als sie hineinsah, saß er in seinem Sessel und fixierte die gegenüberliegende Wand. Auf ihr Angebot, Tee zu kochen, hatte er nur ein abweisendes Kopfschütteln. Später wagte sie sich noch einmal hinein. Er saß unverändert da und starrte vor sich hin.

«Würdest du mir bitte den Reißverschluß aufmachen?» fragte sie.

Ohne aufzustehen, zog er automatisch den Reißverschluß am Rükken ihres Kleides auf. Dann erwachte er offenbar aus seiner Geistesabwesenheit und erkundigte sich: «Warum ziehst du das Kleid aus?»

«Weil ich müde bin und ins Bett gehen möchte.»

Er lachte. «Verständlich ... Dumme Frage. Im Kleid kannst du schließlich nicht zu Bett gehen ... Wenn du nichts dagegen hast, bleibe ich noch ein bißchen auf.»

In dem Augenblick hörten sie einen Wagen vorfahren und vor der Haustür bremsen. «Wer kann wohl so spät noch kommen?» meinte er.

Sie warteten. Nach einer Weile läutete es. Miriam hatte mit einigen Verrenkungen schnell den Reißverschluß wieder hochgezogen und wollte aufmachen. Als sie sich der Haustür näherte, heulte ein Motor auf, und Reifen knirschten im Kies. Sie öffnete und schaute hinaus. Sie sah nur noch das Schlußlicht eines Wagens, der die Straße hinunterjagte und in der Dunkelheit entschwand.

Hinter ihr ein Aufschrei: «O mein Gott!» Sie drehte sich um. Jetzt sah sie es auch: Ein Hakenkreuz an der Tür. Die rote Farbe war noch frisch und tropfte wie Blut.

Er fuhr vorsichtig mit dem Zeigefinger darüber und starrte wie betäubt auf den roten Fleck. Miriam brach in Tränen aus. «Ach, David ...» schluchzte sie.

Er hielt sie fest, bis er spürte, daß sie sich wieder gefaßt hatte. Dann flüsterte er heiser: «Bring mir einen Lappen ...»

Sie preßte das Gesicht an seine Schulter. «Ich habe Angst, David. Ich hab schreckliche Angst.»

26. KAPITEL

Obwohl in den Zeitungen Bilder sämtlicher Personen, die mit dem Fall zu tun hatten, erschienen waren, erkannte Mrs. Serafino den Rabbi nicht, als er bei ihr läutete.

«Ich bin Rabbi Small», stellte er sich vor. «Ich hätte Sie gern ein paar Minuten gesprochen.»

Sie wußte nicht recht, wie sie sich verhalten sollte, und hätte am liebsten ihren Mann um Rat gefragt. Aber der schlief noch. «Handelt es sich um den Mord? In diesem Fall möchte ich lieber nicht ...»

«Ich wollte mir Miss Bleechs Zimmer ansehen.» Sein Ton war so bestimmt und selbstsicher, daß sie eine Ablehnung seiner Bitte als ungehörig empfunden hätte. Nach kurzem Zögern sagte sie: «Das geht schon, denke ich ... Es ist hinten neben der Küche.» Sie ging voraus.

Plötzlich klingelte das Telefon. Sie stürzte an den Apparat, um nach dem ersten Rufzeichen abzunehmen, und legte nach ein paar knappen Worten wieder auf. «Entschuldigen Sie. Wir haben nämlich einen Anschluß neben dem Bett, und ich wollte Joe nicht wecken.»

«Aha.»

In der Küche öffnete sie eine Tür und trat beiseite. Er ging hinein und sah sich um: Ein Bett, daneben ein Nachttisch, eine Kommode, ein kleiner Sessel. Auf dem Brett am Nachttisch standen ein paar Bücher. Er überflog die Titel und warf dann einen flüchtigen Blick auf den kleinen Radioapparat darunter. Er schaltete ihn ein und wartete, bis die Stimme des Ansagers kam: «Hier ist die Rundfunkstation WSAM, Sender Salem. Wir bringen Ihnen jetzt Musik ...»

«Ich glaube, Sie dürfen nichts anfassen», sagte sie.

Er drehte ab und lächelte entschuldigend. «Hat sie viel Radio gehört?»

«Ununterbrochen – dauernd diese verrückte Tanzmusik.»

Die Tür des Kleiderschranks stand offen. Er bat sie um Erlaubnis und sah dann hinein. Die Tür zum Bad öffnete Mrs. Serafino selbst.

«Vielen Dank», sagte er. «Das wäre wohl alles.»

Sie führte ihn zurück ins Wohnzimmer. «Haben Sie was Besonderes gefunden?»

«Das habe ich gar nicht erwartet. Ich wollte mir nur ein Bild von dem Mädchen machen. War sie hübsch?»

«Eine Schönheit war sie nicht gerade, aber ... Na, auf ihre Art schon attraktiv, so ein bißchen pummelig-ländlich, verstehen Sie: dicke Taille, dicke Beine und Fesseln ... oh, pardon!»

«Keine Sorge, Mrs. Serafino», beruhigte er sie. «Fesseln und Beine sind mir durchaus geläufige Begriffe. Machte sie einen zufriedenen Eindruck?»

«Ich denke doch.»

«Aber sie hatte keine Freunde, wie ich höre.»

«Na ja, manchmal ist sie mit dieser Celia, die bei den Hoskins zwei Häuser weiter arbeitet, im Kino gewesen.»

«Keine männlichen Bekannten? Oder wüßten Sie das nicht?»

«Von einem Rendezvous hätte sie mir bestimmt was erzählt. Sie wissen ja, wie das ist – wenn zwei Frauen zusammen in einem Haus sind, schwatzen sie ... Nein, ich bin sicher, sie hatte keine Verehrer. Wenn sie am Donnerstag abend ins Kino gegangen ist, dann allein oder mit Celia. Aber die Zeitungen schreiben ja, sie war schwanger, also muß sie doch wenigstens einen Mann näher gekannt haben.»

«Ist Ihnen an dem betreffenden Donnerstag irgend etwas aufgefallen? War sie anders als sonst?»

«Nein, es war so ziemlich wie immer. Ich war beschäftigt, deshalb hat sie den Kindern ihr Mittagessen gegeben, ist aber gleich darauf gegangen. Meistens ist sie immer schon vorher verschwunden.»

«Aber es war nicht außergewöhnlich, daß sie das Haus erst nach Tisch verließ?»

«Das würde ich nicht sagen.»

«Nun, vielen Dank, Mrs. Serafino. Das war sehr liebenswürdig von Ihnen.»

Sie begleitete ihn zur Tür, sah ihm den Vorgartenpfad nach und rief: «Hallo, Rabbi Small! Da kommt Celia. Wenn Sie mit ihr reden wollen – die mit den beiden Kindern . . .» Er eilte die Straße entlang und sprach Celia an.

Rabbi Small unterhielt sich einige Minuten mit Celia, verabschiedete sich, ging zur Ecke und inspizierte den Briefkasten. Dann stieg er in seinen Wagen und fuhr nach Salem. Dort hielt er sich eine Weile auf, ehe er nach Hause zurückkehrte.

Joe Serafino stand kurz nach zwölf auf. Er wusch sich, rieb an den blauschwarzen Bartstoppeln, beschloß, sich erst abends zu rasieren, und ging hinunter in die Küche. Hinter dem Haus spielte seine Frau mit den Kindern. Er winkte. Sie kam herein und stellte ihm das Frühstück hin. Er saß am Küchentisch und las die Comics in der Morgenzeitung, während sie sich am Herd zu schaffen machte.

Sie schwiegen, bis er mit dem Frühstück fertig war. Dann begann sie: «Wetten, daß du nie errätst, wer heute morgen hier war?»

Keine Antwort.

«Rabbi Small», fuhr sie fort. «Du weißt schon . . . in seinem Wagen haben sie die Handtasche gefunden.»

«Was wollte er denn?»

«Mich was wegen Elspeth fragen.»

«Eine Unverschämtheit! Du hast ihm doch nichts erzählt?»

«Natürlich hab ich mit ihm gesprochen. Warum denn nicht?»

Er sah sie fassungslos an. «Weil er in dem Fall Partei ist. Und weil alles, was du weißt, Beweismaterial ist. Darum.»

«Aber er ist doch so ein netter junger Mann – gar nicht so, wie man sich einen Rabbiner vorstellt . . . Ich meine, er hatte keinen Bart oder so.»

«Heutzutage ist das nicht mehr üblich. Erinnerst du dich nicht an die Hochzeit von den Golds, bei der wir voriges Jahr gewesen sind? Der Rabbiner hatte auch keinen Bart.»

«Er war nicht mal so wie der, so . . . na ja, würdevoll. Ein ganz gewöhnlicher junger Mann, wie ein Versicherungsvertreter. Richtig nett und höflich. Er wollte ihr Zimmer sehen.»

«Ihr Zim ... Und du hast's ihm gezeigt?»

«Freilich.»

«Die Polizei hat gesagt, du sollst die Tür abgeschlossen lassen. Wie kannst du denn wissen, daß er nichts klauen wollte ... Oder Fingerabdrücke verwischen ... Oder sogar was reinschmuggeln?»

«Weil ich die ganze Zeit dabei war. Er ist ja sowieso nur ein paar Minuten geblieben.»

«Also, ich will dir sagen, was ich jetzt tue. Ich rufe die Polizei an und berichte das.» Er stand auf.

«Ja, aber ... Warum denn?»

«Weil es sich um einen Mordfall handelt. Weil alles in dem Zimmer zum Beweismaterial gehört. Und weil er Partei in dem Fall ist und womöglich das Beweismaterial manipuliert hat ... Und danach sprichst du mit niemand darüber, kapiert?»

«In Ordnung.»

«Mit keinem Menschen, hast du gehört?»

«Ja, gut – ich tu's ja schon nicht.»

«Ich wünsche, daß du kein einziges Wort mehr darüber verlierst, verstehst du?»

«Ja, schon gut. Warum regst du dich denn so auf? Du bist ja puterrot geworden.»

«Man hat doch wohl noch das Recht auf Ruhe und Frieden in seinem eigenen Haus!» tobte er.

Sie lächelte ihn an. «Du bist einfach überreizt, Joe. Komm, setz dich hin und trink noch 'ne Tasse Kaffee.»

Er setzte sich hin und verschanzte sich hinter der Zeitung. Sie holte eine saubere Tasse und schenkte den Kaffee ein. Sie war stutzig geworden, unsicher und verängstigt.

27. KAPITEL

Der Rabbi war keineswegs überrascht, als Hugh Lanigan abends erschien. «Ich habe gehört, daß Sie heute früh bei den Serafinos waren.»

Er wurde rot und nickte.

«Sie haben Detektiv gespielt, geben Sie's zu, Rabbi?» Lanigans Lippen zuckten verräterisch, während er sich bemühte, eine strenge Miene aufzusetzen, obwohl ihn die Situation offensichtlich amüsierte. «Lassen Sie das mal hübsch bleiben. Sie verwischen sonst womöglich Spuren, und die sind weiß Gott so schon schwach genug. Außerdem darf ich Sie darauf hinweisen, daß das Verdacht erregen könnte. Mr. Serafino, der uns telefonisch von Ihrem Besuch unterrichtete, meinte, Sie hätten vielleicht etwas Belastendes aus dem Zimmer des Mädchens entfernen wollen.»

«Das habe ich nicht bedacht, verzeihen Sie bitte», sagte er zerknirscht. Nach kurzem Zögern fuhr er schüchtern fort: «Mir war nämlich eine Idee gekommen, die ich nachprüfen wollte.»

Lanigan warf ihm einen raschen Blick zu. «Und zwar?»

Der Rabbi sprach hastig weiter: «In jeder Folge von Ereignissen gibt es einen Anfang, eine Mitte und ein Ende. Als wir das letzte Mal über den Fall diskutierten, haben wir am Ende angefangen, fürchte ich. Mit der Handtasche. Meiner Meinung nach würden Sie weiterkommen, wenn Sie am Anfang anfangen.»

«Und was nennen Sie den Anfang? Daß das Mädchen schwanger wurde?»

«Das könnte sein, aber wir haben keine absolute Gewißheit darüber, daß das mit dem Tod des Mädchens zusammenhing.»

«Wo würden Sie also beginnen?»

«Wenn ich die Untersuchung führen würde», entgegnete der Rabbi, «würde ich zuerst wissen wollen, warum sie noch einmal weggegangen ist, nachdem Bronstein sie nach Hause gebracht hatte.»

Lanigan erwog diesen Vorschlag und zuckte dann die Achseln. «Das kann tausenderlei Gründe gehabt haben. Vielleicht wollte sie einen Brief einwerfen.»

«Warum hätte sie dazu das Kleid ausgezogen?»

«Um die Zeit hat es geregnet», bemerkte Lanigan. «Vielleicht wollte sie nicht, daß das Kleid naß wird.»

«In dem Fall wäre sie einfach in einem Mantel oder eine Regenhaut geschlüpft – was sie ja auch getan hat. Übrigens wird der Briefkasten erst am nächsten Morgen um halb zehn geleert. Davon habe ich mich überzeugt.»

«Also gut, dann ging sie eben aus einem anderen Grund – vielleicht wollte sie nur noch ein bißchen frische Luft schnappen.»

«Im Regen? Nachdem sie den ganzen Nachmittag und Abend weggewesen war? Nebenbei gilt hier derselbe Einwand – warum hätte sie dazu das Kleid ausziehen sollen? Das ist überhaupt die grundlegende Frage: *Warum hat sie das Kleid ausgezogen?*»

«Na? Warum hat sie's getan?»

«Weil sie sich zu Bett legen wollte, natürlich», verkündete der Rabbi triumphierend.

Lanigan sah ihn verständnislos an. Endlich sagte er: «Das kapier ich nicht. Worauf wollen Sie hinaus?»

Der Rabbi konnte seine Ungeduld nicht ganz verhehlen. «Sie kommt von ihrem Ausgang heim. Es ist spät, und sie muß am nächsten Morgen früh aufstehen. Also beginnt sie, sich für die Nacht fertigzumachen. Sie legt das Kleid ab und hängt es ordentlich in den Schrank. Normalerweise hätte sie sich weiter ausgezogen, aber da wurde sie unterbrochen. Ich vermute, durch irgendeine Nachricht.»

«Sie meinen einen Anruf?»

Rabbi Small schüttelte den Kopf. «Nein, oben ist ein Anschluß, so daß Mrs. Serafino das Läuten gehört hätte.»

«Wie dann?»

«Durch das Radio. Mrs. Serafino sagt, sie habe es ständig laufen lassen. Bei Mädchen dieses Alters ist das Einschalten des Radios eine Art Reflexhandlung. Genauso automatisch wie Atmen. Meiner Ansicht nach hat sie es angedreht, sowie sie das Zimmer betrat.»

«Also gut, sie hat das Radio eingeschaltet. Was für eine Nachricht könnte sie bekommen haben?»

«Der Sender Salem von WSAM bringt um zwölf Uhr fünfunddreißig eine Zusammenfassung der Tagesmeldungen. Die letzten paar Minuten sind Lokalnachrichten vorbehalten.»

«Und Sie meinen, unter den lokalen Meldungen war eine, die sie in den Regen hinausgejagt hat? Zu welchem Zweck?»

«Weil sie jemand treffen mußte.»

«Um diese Zeit? Wie konnte sie wissen, wo sie diesen Jemand treffen würde? Ich kenne das Programm – es bringt ganz gewöhnliche Lokalnachrichten ... Und wenn sie tatsächlich jemand treffen wollte, warum hat sie sich dann nicht erst mal ein Kleid angezogen? Ich muß schon sagen, Rabbi ...»

«Dazu hatte sie keine Zeit, weil sie bis ein Uhr an Ort und Stelle sein mußte», erwiderte der Rabbi gelassen. «Und sie wußte genau, daß er dort sein würde, weil er um diese Zeit über das Polizeitelefon Meldung erstatten mußte.»

Lanigan starrte ihn an. «Sie meinen doch nicht etwa ... Bill Norman?»

Der Rabbi nickte.

«Aber das ist doch undenkbar! Er hatte sich gerade mit der Tochter von Bud Ramsay verlobt. Ich war auf der Verlobungsfeier. Am selben Abend. Als Ehrengast.»

«Ja, ich weiß. Das hatte das Radio gemeldet. Ich war heute im Sender Salem und habe das nachgeprüft. Denken Sie mal kurz darüber nach und vergessen Sie nicht, daß sie schwanger war. Alle, die sie kannten, erklären übereinstimmend, daß sie nur ein einziges Mal in männlicher Gesellschaft war: auf dem Polizeiball in Old Town. Ich nehme an, dort hat sie Norman kennengelernt.»

«Sie wollen damit doch nicht etwa sagen, daß ... eh ... daß der Polizeiball für ihren Zustand verantwortlich war?»

«Kaum. Der Ball fand ja bereits im Februar statt. Aber sie hat damals Normans Bekanntschaft gemacht. Wie diese Bekanntschaft erneuert wurde, weiß ich natürlich nicht genau, kann es mir aber vorstellen. Daß der Streifenpolizist während seiner Runde in regelmäßigen Abständen telefonisch Meldung erstatten muß, ist mir wie den meisten Laien geläufig. Ich hatte immer gedacht, daß die Zeitspanne zwischen diesen Anrufen davon abhängt, wie lange er für den Weg von einem Polizeitelefon bis zum nächsten braucht.»

«Das stimmt nicht ganz», begann Lanigan. «Er hat dabei einen gewissen Spielraum.»

«Das habe ich vor ein paar Wochen entdeckt, als ich einen Streit zwischen zwei Mitgliedern unserer Gemeinde schlichten sollte. Der eine mußte spätnachts in ein Haus und hatte keinen Schlüssel. Der Taxifahrer ging auf die Suche nach dem Streifenpolizisten, der um diese Zeit immer in der Nähe seine Kaffeepause machte.»

«Ein Streifenbeamter hat acht Stunden hintereinander Dienst. Man kann nicht von ihm verlangen, daß er die ganze Zeit auf den Beinen ist, ohne zwischendurch mal auszuruhen», verteidigte sich Lanigan sofort. «Und im Winter muß man sich ja hin und wieder auch mal aufwärmen.»

«Selbstverständlich», pflichtete der Rabbi bei. «Nachdem ich mir das überlegt hatte, wurde mir klar, daß es nicht mehr als recht und billig ist, ihm einen beträchtlichen Spielraum zuzubilligen, und sei es auch nur für die Ermittlungen, die er eventuell unterwegs machen muß. Ich habe mich mit einem Ihrer Beamten namens Johnson unterhalten, der dieselbe Runde bei Tag hat. Er erklärte mir, daß der Streifenbeamte vom Nachtdienst sich das meistens selber einrichtet. Auf dieser Runde beispielsweise macht er eine Weile Station bei dem Nachtwächter vom Gordon-Block. Dann in der Molkerei, und wenn Stanley einmal in der Synagoge übernachtete, dort ebenfalls ... Nun haben wir das Haus der Serafinos, in dem Elspeth – von den Kindern abgesehen, die oben schlafen – bis zwei Uhr nachts oder noch später ganz allein ist. Ein schneidiger junger Polizist, überdies Junggeselle, muß um eins über das Polizeitelefon Ecke Maple und Vine Street Meldung erstatten und kommt dann auf seiner Runde die Vine Street hinunter direkt zum Haus der Serafinos. Was kann es in kalten, unwirtlichen Nächten Besseres geben, als auf eine halbe Stunde bei dem Mädchen hereinzuschauen, eine Tasse Kaffee zu trinken und gemütlich zu schwatzen, ehe man wieder in die Nacht hinaus muß?»

«Und wie steht's mit den Donnerstagen? Hätte sie nicht erwarten können, daß er an ihrem freien Tag abends mit ihr ausgeht?»

«Warum sollte sie das? Sie sah ihn doch die ganze Woche über jede zweite Nacht. Und da er Nachtdienst hatte, brauchte er tagsüber seinen Schlaf. Ich nehme an, sie liebte ihn und glaubte, daß er sie auch liebe. Wahrscheinlich rechnete sie darauf, ihn zu heiraten. Nichts spricht dafür, daß sie ein lockeres Mädchen war – im Gegenteil; wahrscheinlich ist sie seinetwegen nicht mit anderen Männern ausgegangen und hat Celia für Verabredungen zu viert immer einen Korb gegeben. Sie betrachtete sich als verlobt.»

«Sehr scharfsinnig», räumte Lanigan ein, «aber es beruht auf reinen Vermutungen.»

«Zugegeben. Trotzdem paßt alles zusammen und ermöglicht es uns, die Ereignisse jenes verhängnisvollen Donnerstags auf die einzig sinnvolle Weise zu rekonstruieren. Sie befürchtet, schwanger zu sein, sucht also an ihrem freien Tag einen Arzt auf. Sie zieht sich nett an und vergißt auch nicht, einen Ehering anzustecken – wo immer sie ihn her haben mag. Im Vorzimmer des Arztes gibt sie als Namen Mrs. Elizabeth Brown an, nicht Bronsteins wegen, den sie da noch gar nicht kannte, sondern weil es ein gebräuchlicher Name ist wie Smith und weil man natürlich die Anfangsbuchstaben beibehält. Bleech, Brown ... beides fängt mit B an. Der Arzt untersucht sie und erklärt ihr, sie sei in anderen Umständen.

Laut Bronstein hat sie in dem Restaurant dauernd auf die Uhr gesehen, als erwarte sie jemand. Sie haben sicher inzwischen bei den Kellnerinnen nachgeprüft, daß sie zunächst nichts bestellt hat. Ich vermute nun, daß sie sich zwar sonst donnerstags nicht sahen, sie diesmal aber ihren Liebhaber angerufen und sich mit ihm verabredet hat.»

«Wie die Sprechstundenhilfe sagt, hat sie sich erkundigt, ob eine öffentliche Telefonzelle im Hause sei», warf Lanigan ein.

Der Rabbi nickte. «Norman muß eingewilligt oder zumindest versprochen haben, er werde sich bemühen zu kommen, so daß sie im *Surfside* auf ihn gewartet hat.»

«Trotzdem ist sie mit Bronstein ausgegangen.»

«Wahrscheinlich war sie gekränkt, als Norman nicht erschien – gekränkt und vielleicht auch ängstlich. Bronstein sagt, er habe sie erst angesprochen, als er merkte, daß sie ... hm ... versetzt worden war. Und er habe sie nur gebeten, ihm Gesellschaft zu leisten, weil er nicht gern allein essen wollte. Er war viel älter als sie, und so hielt sie das wahrscheinlich für ungefährlich. Immerhin war sie ja in einem öffentlichen Restaurant. Während des Essens kam sie vermutlich zu dem Schluß, daß er ein anständiger Mensch sei, und willigte ein, den Abend mit ihm zu verbringen. Wahrscheinlich hatte sie ein dringendes Bedürfnis nach Gesellschaft – sie muß sehr niedergeschlagen gewesen sein. Er brachte sie heim, und sie machte sich fertig zum Schlafengehen. Sie hatte das Kleid bereits ausgezogen, als sie die Meldung von Normans Verlobung hörte. – Da sie wußte, daß ...»

«... daß sie Norman um ein Uhr Ecke Maple und Vine Street erreichen würde, und da es ungefähr fünf Minuten vor eins war, mußte sie sich beeilen. Also warf sie hastig den Mantel und eine Regenhaut über, weil es regnete und sie ein paar Straßen weit laufen mußte ... Ist das richtig so, Rabbi?»

«Ich würde sagen, ja.»

«Und was ist dann Ihrer Meinung nach geschehen?»

«Nun, es goß in Strömen. Er hatte meinen Wagen vor der Synagoge stehen gesehen und ihr vermutlich vorgeschlagen, einzusteigen und die ganze Sache durchzusprechen. Sie setzten sich in den Fond, und er bot ihr eine Zigarette an. Sie unterhielten sich eine Weile. Vielleicht stritten sie. Vielleicht drohte sie ihm, zu seiner Braut zu gehen. Da packte er ihre Halskette und drehte sie zusammen. Natürlich konnte er die Leiche nicht im Wagen lassen, da es zu seinen Aufgaben gehören dürfte, jedes die Nacht über im Freien geparkte Auto zumindest oberflächlich zu inspizieren. Wenn die Leiche im Wagen gefunden worden wäre, hätte er einige Erklärungen abgeben müssen. Deshalb schleppte er sie zum Rasen hinüber und versteckte sie hinter der Brüstung. Daß die Handtasche auf den Boden gerutscht war, hatte er einfach nicht bemerkt.»

«Es ist Ihnen doch klar, Rabbi, daß Sie nicht ein Jota von all dem beweisen können?»

Der Rabbi bejahte stumm.

«Aber es ist in sich logisch», fuhr Lanigan nachdenklich fort. «Wenn sie mit ihrer Geschichte zu den Ramsays gegangen wäre, hätte es das Ende seiner Verlobung mit Alice bedeutet. Ich kenne die Ramsays. Anständige Leute – aber stolz. Und ich hatte mir auch eingebildet, ihn zu kennen ...» Fragend zog er eine Braue hoch: «Sie haben sich das alles ausklamüsert und sind dann zu den Serafinos gegangen, um Ihre Theorie nachzuprüfen?»

«Nicht direkt. Ich hatte zwar eine vage Vorstellung, aber eine Erklärung begann sich erst zu formen, als ich das Radio im Zimmer des Mädchens sah. Natürlich war ich Ihnen gegenüber im Vorteil, weil ich von Anfang an Veranlassung hatte, Norman zu mißtrauen.»

«Wieso?»

«Er bestritt, mir in jener Nacht begegnet zu sein, aber ich wußte, daß er mich gesehen hatte. Welchen Grund konnte er dafür haben?

Da er mich nicht kannte, schied persönliche Abneigung aus. Wenn er zugegeben hätte, mich gesehen zu haben, hätte das seine Situation in keiner Weise verbessert – nur meine. Damit wäre ja die Tatsache bestätigt worden, daß ich die Synagoge bereits geraume Zeit vor dem Mord verlassen hatte. War er jedoch schuldig oder irgendwie in die Sache verwickelt, dann konnte es nur zu seinem Vorteil sein, wenn der Verdacht auf einen anderen fiel.»

«Warum haben Sie mir das nicht vorher erzählt, Rabbi?»

«Weil es nur ein Verdacht war. Außerdem ist es nicht leicht für einen Rabbiner, mit dem Finger auf einen Menschen zu weisen und zu erklären, er sei ein Mörder.»

Lanigan schwieg.

«Natürlich haben wir immer noch keinen wirklichen Beweis», bemerkte der Rabbi bescheiden.

«Den kriegen wir schon. Da habe ich gar keine Angst.»

«Was schlagen Sie als nächsten Schritt vor?»

«Hm ... Im Augenblick weiß ich nicht recht, ob ich Norman fragen soll, was Elspeth Bleech ihm am Donnerstag nachmittag am Telefon gesagt hat, oder warum er nicht ins *Surfside* gekommen ist ... Zunächst sollte ihn sich vielleicht diese Celia mal ansehen. Sie hat mir erzählt, daß Elspeth auf dem Polizeiball fast den ganzen Abend mit einem Mann zusammen war; wenn Ihre Theorie stimmt, dürfte das wohl Norman gewesen sein. Ferner werde ich mich bei den Simpsons erkundigen, die gegenüber von den Serafinos wohnen. Falls er sie so oft besucht hat, wie Sie annehmen, haben sie ihn vielleicht spätnachts ins Haus gehen gesehen.» Er lächelte gepreßt. «Wissen wir erst mal, wonach wir suchen, Rabbi, dann macht es uns nicht allzuviel Schwierigkeiten, es auch zu finden.»

28. KAPITEL

Die Sitzung des Gemeindevorstands war insofern ungewöhnlich, als der Rabbi daran teilnahm, der Jacob Wassermans Aufforderung erfreut und dankbar begrüßt hatte. «Sie müssen natürlich nicht, Rabbi ... Ich meine, wir nehmen es Ihnen keineswegs übel, wenn Sie nicht wollen. Sie sollen nur wissen, daß wir uns jederzeit glücklich schätzen, Sie dabei zu haben, ganz wie es Ihnen beliebt.»

Und nun saß er also das erste Mal in der Versammlung. Er lauschte aufmerksam, als der Sekretär das letzte Sitzungsprotokoll vorlas und die Vorsitzenden der verschiedenen Ausschüsse referierten. Das Hauptthema der Geschäftsordnung war ein Antrag, den Parkplatz nachts mit Scheinwerfern zu beleuchten.

Al Becker hatte diesen Antrag eingebracht und stand jetzt auf. «Ich hab mich ein bißchen umgetan und mir diesen Elektroinstallateur kommen lassen, der ja schon viel für uns gearbeitet hat. Er sollte sich mal alles anschauen und uns einen annähernden Kostenüberschlag machen. Er sagt, es gibt für uns zwei Möglichkeiten: entweder lassen wir drei Maste aufstellen, wobei einer auf etwa zwölfhundert kommen würde, oder sechs Spezialscheinwerfer am Gebäude anbringen. Das wäre zwar billiger, würde aber die Fassade beeinträchtigen. Wir könnten sie für fünfhundert das Stück kriegen, das heißt also dreitausend gegenüber drei-sechs. Dann brauchten wir eine Kontrolluhr, mit der die Scheinwerfer automatisch ein- und ausgeschaltet werden. Die wäre nicht teuer, aber wir müßten die Stromkosten einkalkulieren. Alles in allem ließe sich die Sache mit maximal fünftausend Dollar erledigen.»

Becker war gereizt über das allgemeine Aufstöhnen. «Ein Haufen Geld, ich weiß, aber es muß unbedingt sein. Ich bin froh, daß unser Rabbi heute hier ist. Niemand weiß ja besser als er, wie wichtig nachts die Beleuchtung für unseren Parkplatz ist.»

«Denk doch dran, Al, was uns das Jahr für Jahr kostet. In die Dinger kannst du keine Sechzig-Watt-Birnen einschrauben. Im Winter brennen sie ungefähr vierzehn Stunden.»

«Wäre es euch etwa lieber, wenn sich Liebespärchen auf unserem Parkplatz rumtreiben, oder wenn wir vielleicht noch mal so 'ne Geschichte wie neulich erleben?» entgegnete Becker heftig.

«Wenn ich mir die zahllosen Moskitos vorstelle, die im Sommer von den Scheinwerfern angezogen werden!»

«Na, und? Dann gibt's wenigstens unten keine mehr.»

«Und was glaubt ihr, was die Leute in der Nachbarschaft dazu sagen, wenn ein Parkplatz von der Größe die ganze Nacht über angestrahlt wird?»

Der Rabbi murmelte etwas.

«Was gibt's, Rabbi?» fragte Wasserman. «Wollten Sie sich zur Sache äußern?»

«Ich habe bloß nachgedacht», erklärte der Rabbi zerstreut. «Es gibt doch nur die eine Zufahrt zum Parkplatz. Können Sie nicht einfach eine Schranke einbauen lassen?»

Plötzliches Schweigen. Dann begannen alle auf einmal ihre Kommentare zu liefern.

«Freilich, auf dem asphaltierten Platz kampiert bestimmt keiner mit seinem Mädchen.»

«Vorn ist sowieso alles zugewachsen. Wir müßten nur die Zufahrt abriegeln.»

«Stanley könnte die Schranke jeden Abend schließen und sie morgens als erstes öffnen.»

So plötzlich, wie sie angefangen hatten, verstummten sie auch wieder und sahen ihren jungen Rabbi voller Respekt an.

Rabbi Small saß zu Hause am Schreibtisch, vor sich einen dicken Wälzer, als seine Frau in der Tür erschien. «Mr. Lanigan ist da, mein Lieber.»

Small wollte aufstehen, doch Lanigan wehrte ab: «Behalten Sie nur Platz, Rabbi.» Dann entdeckte er das Buch. «Stör ich?»

«Überhaupt nicht.»

«Es gibt gar nichts Besonderes», fuhr Lanigan fort. «Seitdem wir den Fall aufgeklärt haben, vermisse ich unseren Schwatz. Ich war sowieso in der Gegend, und da hab ich mir gedacht, schau doch aus lieber, alter Gewohnheit auf einen Sprung herein und sag guten Tag.»

Der Rabbi lächelte erfreut.

«Mir ist gerade ein kleines Musterbeispiel an Pedanterie begegnet. Das wird Sie vielleicht amüsieren», erzählte Lanigan. «Jede zweite Woche muß ich die Gehaltsliste für die Dienststelle dem städtischen Rechnungsprüfer zur Kontrolle und Genehmigung einreichen. Ich führe darin die regulären Dienststunden einzeln auf, gegebenenfalls Überstunden, Sonderaufträge, und addiere alles für jeden Mann zusammen... Verstehen Sie?»

Der Rabbi nickte.

«Und nun ist mir der ganze Krempel zurückgeschickt worden...» Lanigans Stimme verriet seine Verärgerung darüber «... weil ich bei Norman die volle Dienstrunde eingetragen hatte. Der Rechnungsprüfer erklärt, ich hätte ihm die Zeit nach dem Mord abziehen müssen. Denn als Verbrecher habe er keinen Anspruch mehr darauf gehabt, in der Gehaltsliste der Polizei geführt zu werden... Wie finden Sie das? Ich weiß nicht recht, ob ich mich mit ihm deswegen herumstreiten oder die Sache sang- und klanglos begraben soll.»

Der Rabbi spitzte den Mund und warf einen Blick auf das dicke Buch vor sich. Er lächelte. «Wollen wir mal nachsehen, was der Talmud dazu meint?»

«In dieser Reihe, die sich unter Krimi-Freunden mit Recht größter Beliebtheit erfreut, gibt es ebenso spannende wie gut geschriebene Kriminalromane und Detektivgeschichten bekannter und weniger bekannter Autoren in solcher Fülle, daß die Kennzeichnung rororo thriller inzwischen längst ein Begriff für Krimi-Qualität geworden ist.» Norddeutscher Rundfunk

neu

ANDERS BODELSEN
Profis und Amateure. Kriminalstories [2355]
BOILEAU/NARCEJAC
Tote sollten schweigen [2349]
CHESTER HIMES
Fenstersturz in Harlem [2348]
H. R. F. KEATING
Inspector Ghote reist 1. Klasse [2354]
HARRY KEMELMAN
Am Dienstag sah der Rabbi rot [2346]
WHIT MASTERSON
Notwehr [2351]
IRENE RODRIAN
Die netten Mörder von Schwabing [2347]
FRANCIS RYCK
Wollen Sie mit mir sterben? [2353]
RAMONA STEWART
Besessen [2356]
Täter unbekannt
Detektivgeschichten ausgewählt von The Times. Bd. 1 [2352]

Gesamtauflage der rororo thriller bereits über 8 Millionen

Ausgezeichnet als

«Buch des Monats»:

Am Samstag aß der Rabbi nichts [2125]

Rolf Becker/Der Spiegel, Hamburg: «Zum ‹Buch des Monats› hat die Darmstädter Jury, ein der Deutschen Akademie für Sprache und Dichtung verbundenes Literatur-Gremium, den als rororo-Taschenbuch erschienenen Kriminalroman erwählt. Es ist das erste Mal, daß diese Auszeichnung einem Kriminalroman zuteil wird. Beifall für die Auszeichnung der literarischen Gattung und für die Wahl dieses speziellen Buches!»

Harry Kemelman

Am Freitag schlief der Rabbi lang [2090]

Ausgezeichnet mit dem Edgar Allan Poe Award

Quiz mit Kemelman [2172]

8 Kriminalstories

Am Sonntag blieb der Rabbi weg [2291]

Am Montag flog der Rabbi ab [2304]

Am Dienstag sah der Rabbi rot [2346]

erschienen in der Reihe rororo thriller

Ausgezeichnet mit dem

«Edgar»

Paul Kruntorad / Nationalzeitung, Basel:
«Es ist die so schwer definierbare literarische Qualität, die diesen Krimi mit weitem Abstand an die Spitze der neuesten Titel der Krimireihen setzt.»

Frank Leonard

Postfach 100 [2330]

Über Postfach 100 erreicht man die Beschwerdestelle der New Yorker Stadtverwaltung. Ross Franklin wird dort eingestellt, um Protesten gegen Ungerechtigkeiten bei der Vergabe von Sozialbeihilfen nachzugehen. Zunächst steht er vor einem wirren Netzwerk kleiner und kleinster Korruptionsfälle. Und dann steht er vor einer Leiche.

erschienen in der Reihe rororo thriller